原来，人们说的看
不到未来，是己经看到了未来

六个葫芦 著

至死方休

预知

江苏凤凰文艺出版社
JIANGSU PHOENIX LITERATURE AND ART PUBLISHING

图书在版编目（CIP）数据

至死方休：预知 / 六个葫芦著. -- 南京：江苏凤凰文艺出版社, 2025.8. -- ISBN 978-7-5594-9436-8

Ⅰ. I247.5

中国国家版本馆CIP数据核字第2025B45G32号

至死方休：预知

六个葫芦 著

责任编辑	王昕宁
特约编辑	马春雪
装帧设计	阿 鬼
责任印制	杨 丹
特约监制	杨 琴
出版发行	江苏凤凰文艺出版社
	南京市中央路165号，邮编：210009
网　　址	http://www.jswenyi.com
印　　刷	三河市兴博印务有限公司
开　　本	880毫米×1230毫米　1/32　插页4
印　　张	9
字　　数	230千字
版　　次	2025年8月第1版
印　　次	2025年8月第1次印刷
书　　号	ISBN 978-7-5594-9436-8
定　　价	49.80元

江苏凤凰文艺版图书凡印刷、装订错误，可向出版社调换，联系电话 025-83280257

- 第1章 / 死亡回档 ……… 001
- 第2章 / 百柳书院 ……… 022
- 第3章 / 心灵之力 ……… 063
- 第4章 / 御灵组织 ……… 098
- 第5章 / 灵性测谎 ……… 126

第6章	血瞳易主	161
第7章	黑水诡事	188
第8章	诡异源头	218
第9章	胜算在我	240
第10章	银发附生	265
番外	沈灵雪	283

第 1 章
死亡回档

千万不要让它们知道你能看见!
千万不要让它们知道你能看见!

方休睁开惺忪的睡眼,洁白的天花板上,密密麻麻的血色文字刺入眼帘。

他双目无神,瞳孔微微涣散,一脸刚睡醒的茫然之色,可下一秒,他的瞳孔骤然收缩,整个人犹如惊弓之鸟一般,"腾"地一下从床上直接坐了起来。

"这……这是……"

方休抬着头,一脸惊骇错愕,只见那殷红如血的字密密麻麻地爬满天花板,字体歪七扭八,犹如一只只鲜活扭动的蝌蚪,充满了怪诞之感。

他现在大脑一片空白,根本无法理解,为什么自己好端端地在家睡觉,睡醒了之后,卧室的天花板居然被人写满了字——就仿佛有人咬破了手指,一点一点写下的似的。

"怎么回事?谁在我家天花板上写的字?"

至死方休 预知

"千万……不要……让它们知道,你能看见?"方休下意识地读出了天花板上密密麻麻的血色文字。下一秒,那遍布天花板的血色文字竟突然凭空消失了,仿佛从未出现过。

方休难以置信地使劲揉了揉眼睛,然后再度抬头去看,结果无论如何尝试,都看不到任何血色文字,眼前只有一片洁白的天花板。

"这怎么可能?!难道是我睡蒙了,产生了幻觉?还是我在做梦?"方休开始质疑自己的眼睛,"可是刚刚的字迹也太清晰、太真实了。"

如此诡异的事情,让方休莫名有些心悸,他的心脏跳得很快。无论刚才的一切是幻觉还是真的,方休此刻都只想赶紧离开卧室,出去透透气。可是就在他要离开床铺时,眼睛下意识地看向四周,整个人猛地僵住,如遭雷击。

"这不是我卧室!这到底是怎么回事?难道我还在梦中?"

方休一脸茫然地看着眼前陌生的房间,书桌、电脑、衣柜、床铺……无论什么物品,他都无比陌生。他可以肯定,这绝不是自己的卧室。

"这到底是哪里?"

方休昨天没有喝酒,也没有走错家门。昨天加完班后,他清楚地记得自己回到家中,吃了一碗泡面之后,就上床看了一部电影,然后带着疲惫睡去。可现在,放在床头柜上的泡面桶不见了,一切都整洁得过分,也陌生得过分。

"这到底是怎么回事?"方休惊愕地呢喃,然而下一秒,一股杂乱陌生的记忆涌上脑海,让他微微失神。片刻后,他缓过神来,呆呆地看着自己的手掌。

"我这是到了平行世界,还是玩游戏玩魔怔了?"方休一时间思绪万千,刚刚的陌生记忆应该是此刻被自己替代的这个角色的记忆。这记忆太多、太杂乱了,他一时间根本无法全部消化,毕竟是二十年的人生经历,不可能短时间内全部接收,他只能先挑重要的记忆去看。

第 1 章 死亡回档

这个角色也是孤儿,年龄与方休相仿,样貌更是近乎一模一样,只是人生轨迹全然不同。方休因为获得了好心人的资助,加上自己努力,所以考上了重点大学,目前正在上大学。而现在这个身份的方休则没有那么好运,高中没上完就因为没钱被迫辍学,目前在一个售楼处当销售。这个世界与方休原本生活的世界很相似,但好多历史进程、人物却全然不同。

"可刚才的血色文字是怎么回事?现在这个方休的记忆中,也没有发生过如此诡异的事情啊!"诡异的血色文字让方休有了一种不好的预感,他搜索了一遍脑海中的记忆,却没有发现任何相关信息。

正在这时,一道温柔的女声自卧室之外突然响起:"老公,该吃早餐了。"

方休被突如其来的声音吓了一跳,随即猛地一怔——老公?这里的我这么早就结婚了吗,还是只是女朋友?毕竟男女朋友之间如此称呼的也不在少数。

他赶忙回忆了一下关于老婆的记忆,但下一秒,思绪被直接打断——一道身穿白色丝绸吊带睡裙的倩影蓦然映入眼帘。

见到老婆的第一眼,方休下意识张大了嘴巴,微微失神。

看多了短视频上美颜滤镜下的美女,方休自认为对美女的抵抗力已经很强了,但见到老婆时,第一反应还是惊艳。

眼前的女人实在是漂亮得有些过分。质地柔软的丝绸睡裙十分贴合身材,勾勒出女人完美的曲线。一双白嫩的大长腿暴露在空气中,微微泛着冷白光泽,宛若世上最珍贵的羊脂白玉。她的皮肤不是普通的白,而是接近冷色调的白皙,肉眼看起来还有一点微微的粉红色。香肩之上仅仅挂着睡裙的两根纤细吊带,将天鹅般的脖颈、精致美丽的锁骨毫无保留地展现了出来。

拥有这般精致完美的身材,就算顶着一张六十分的脸,也称得上

至死方休 预知

美女，何况她的颜值远不止六十分。这是一副将女性的温婉柔美诠释得淋漓尽致的容颜——秋水一般的眸子含情脉脉地注视着方休，脸上还带着温柔的微笑，那笑容十分治愈，仿佛能抚平一切创伤。

方休此刻突然觉得，留在这个世界好像也不错，至少在自己原本的生活里，他这辈子也找不到这么漂亮温柔的老婆。

"老公，你醒了？该吃早餐了。"老婆脸上带着如水的温柔，再度柔声说道。

方休赶忙就要答应，毕竟与人交谈时两秒之内不做出反应，就会显得很蠢。但他不知道该如何称呼眼前的女人，是叫名字，还是叫老婆？又或者媳妇、宝贝？于是他在大脑中疯狂回忆有关老婆的事情。

记忆太多，方休没办法一下子找到自己需要的，它们储存在大脑的数据库中，需要方休根据所需输入指令去提取。然而，在他搜索了关于老婆的记忆后，他发现了一件十分令人惊悚的事情——他的记忆中根本就没有这个人！姓名、交往经历、特长爱好……什么都没有！

这……这怎么可能？所有的记忆都昭示着这个时空的方休是母胎单身，根本没有谈过恋爱，那眼前这个老婆是从哪里来的？

方休突然感觉浑身的血液有些凝固，心脏跟着漏跳了半拍。他看着眼前笑颜温柔的老婆，只觉得嗓子发干，像是被什么东西卡住了，说不出话。

时间已经过去了两秒，老婆很有耐心，脸上依旧挂着温柔如水的笑容。古怪的是，她的笑容自始至终都没有变过，标准得如同设定好程序的机器人，永远保持着固定的角度，连眼眸弯曲的弧度都不曾改变，睫毛甚至没有丝毫颤抖，配上那冷白色的皮肤，竟给人一种死物的错觉，仿佛一个刻了美人面的精致瓷器。

这简直不可思议！因为人是活物，是有心跳有呼吸的，一个人

第 1 章 死亡回档

很难长时间不眨眼,也很难保持笑容纹丝不动。此刻对着这样的笑容,方休再也感觉不到之前的温柔,反而有一种毛骨悚然的感觉,曾经的"治愈"也开始变得"致郁"。

"你……你是谁?"方休有些艰难地开口。

随着这句话被问出,老婆的笑容变了。她眼眸中爆发出巨大的惊喜,原本温柔的笑容在一瞬间夸张地放大,嘴角扬起一个惊人的弧度。

"你看得见我!"蕴含压抑狂喜的声音从老婆口中发出。

瞬间,方休如坠冰窟!什么叫"看得见你"?看见了会怎么样?他的大脑一时间异常混乱,他正想理清思绪,老婆却根本没给他机会。

咔嚓!瓷器碎裂的声音不断传来,只见老婆那精致的皮肤竟然开始不断开裂,眨眼之间,密密麻麻的黑色裂痕遍布全身,整个人仿佛被摔碎又拼在一起的瓷器。黑色的裂痕中响起了流水的声音,殷红的血液如蠕动的虫子一般从缝隙中钻了出来。柔顺的长发也开始活动,好似一条条扭曲的黑蛇,在空气中狂舞。

"你看得见我!"非人的吼声从老婆口中发出。

此时,她的樱桃小嘴已经裂到耳根,原本平整的牙齿成了锯齿状,而嘴的里面竟然还套嵌着另一张嘴,就仿佛自喉咙中长出来的一般。

恐惧如潮水般袭来,瞬间涌遍方休全身。他的身体不可避免地僵直,大脑一片空白。下一刻,一张血盆大口朝方休笼罩过来。方休眼前一黑,冰冷、滑腻、窒息之感涌现,紧接着,一股难以想象的剧痛袭遍全身……

方休,卒!

场面一度看起来十分惊悚,然而下一秒,四周的时空犹如被打破的玻璃一般开始碎裂,所有的一切重归虚无。

…………

至死方休 [预知]

千万不要让它们知道你能看见!
千万不要让它们知道你能看见!

洁白的天花板上似乎被人咬破手指写满了密密麻麻的血字,睡梦中的方休猛然惊醒,"腾"地一下从床上坐了起来。冷汗布满他的额头,他大口大口地喘着粗气,眼神中满是惊惧。

怎么回事?我不是死了吗?难道刚刚是在做梦?这是方休脑海中的第一想法,然而,当他看到天花板上的血字之后,身子瞬间一僵。

该死!这不是梦!方休死死盯着天花板上的文字,在他的注视之下,血色文字再次突兀地消失,仿佛被什么东西给擦掉了。

又消失了!这句话难道是提示自己装瞎?不!不对,这个世界的方休并不是瞎子!他就是一个普通人,记忆中他根本没见过老婆,他一直都是一个人生活,从未看见或听见家里还有另一个人。也许正是因为这种正常,所以他才不会如自己一般被杀。那"千万不能让它们知道你能看见"的含义……

不能让老婆知道自己可以看见她,那要当老婆不存在!只有像这个时刻的方休那般,正常生活,就当家里只有自己一个人,看不见听不见,完全无视,才不会被杀。

这时,一道温柔似水的女声已然从卧室之外传来:"老公,该吃早餐了。"

声音还是那般温柔,带着些许含情脉脉,给人以无限遐想。然而这次,她带给方休的只有无尽的恐惧。

方休下意识地想逃,却逃不掉,因为老婆已经走进了卧室,依旧是一袭白色吊带睡裙、冷白色的皮肤、足以温柔岁月的笑容。

"老公,你醒了?该吃早餐了。"老婆温柔地笑着。

死亡的阴影笼罩在方休心头,他只是一个普通人,何时经历过如

第 1 章 死亡回档

此诡异的事情？这一次，他强忍着恐惧，低下头看着自己的被子，企图按照血字提示装作看不见老婆。谁知老婆根本不按常理出牌，直接弯下了纤细的腰，待脸部快要碰触到被子时，向上转头，对着方休温柔地笑着。

四目相对，空气一时间凝固，下一秒，老婆的眼中爆发出一道骇人的惊喜之色，脸上温柔的笑容瞬间变得狰狞："你看得见我！"

方休再一次变成了尸体。

千万不要让它们知道你能看见！

血色的文字再度刺入方休的双目中时，他又一次从床上弹起，大口大口地喘着粗气。一次又一次的死亡让他在恐惧之余，心中升起一丝愤怒。

我死了，又活了，死亡回档？无限循环？每次死亡就会回到最初的原点，类似游戏中的读取存档？刚刚低头不看她，她却主动凑过来，这更加印证了我的猜想，说明她必须确认我能看见，之后才会动手。

方休的大脑飞速运转。

这时，一道温柔的女声再次出现："老公，该吃早餐了。"

老婆带着温柔的笑意缓缓走入卧室。这次，方休直接拿出手机，开始假装刷短视频。然而手机里面的内容无法引起他丝毫的兴趣，而他的后背也早已被冷汗打湿。

"老公，你怎么当着我的面看别的女人啊，你是不是不喜欢我了呀？"

我喜欢个鬼！方休在心中破口大骂。

他继续刷着短视频，企图转移注意力。这一次，他有了经验，故意将手机拿得很近，都快贴脸上了，为的就是挡住视线。

"老公，我记得你不是近视眼啊，为什么把手机放得这么近？你是不是看得见我呀?"

方休瞬间一惊!难道做出异常的举动也不行?不过,老婆在说完这句话之后,并没有直接动嘴,这让方休稍稍松了一口气。然而,当他翻到下一个视频时,视线却骤然一僵。因为下一个视频中出现的……竟然是老婆!

视频中的老婆笑靥如花,温柔似水:"老公,我好看吗?"

方休的瞳孔骤然收缩,视线不由自主地落在老婆的脸上。

"你看得见我!"

"我去你的!"方休惊怒交加,直接将手机扔了出去。手机撞在墙上,摔了个粉碎。

一旁的老婆却凑了过来,皮肤开裂,面容狰狞,嘴里不断重复着:"你看得见我!你看得见我……"

"我看见个鬼啊!"方休怒吼一声,一拳朝老婆开裂的脸庞狠狠挥去。

他从没想过自己将来会成为一个打老婆的男人,他一直很讨厌这种行为。但人生就是如此,人似乎总会活成自己讨厌的样子。

一拳打出,方休当即痛呼一声——他的手仿佛打在了一堵墙上,骨折了,而老婆却丝毫无损,眼神中还带着疯狂的贪婪。她根本不给方休任何反应的时间,张开血盆大口,一口咬掉了他的手臂。

"啊!"房间内响起凄厉的惨叫。

再度醒来的方休已经失去了理智,上次死亡的惨状让他无根本法冷静,因为实在太痛了。

"啊!"方休疯了一般破口大骂。

"老公,该吃早餐了。"老婆浅笑着走了进来。

"吃什么吃?老子弄死你!"

# 第 1 章 死亡回档

"你看得见我!"

方休对着老婆发起了冲锋,像极了冲向老虎的绵羊,毫无意外,他又死了,并且死得很惨。

经历了破罐破摔之后,方休冷静下来,这次他选择闭上眼睛。既然很难做到无视,那就直接闭眼。可能是死的次数太多了,他感觉自己明显不如之前恐惧了,有一种反正十八年后又是一条好汉的无畏感。

"老公,该吃早餐了。"

方休无视她,依旧闭着眼睛,仿佛还在睡眠。

"老公,还没睡醒吗?太阳公公晒屁股喽。"老婆的声音在耳边响起。

方休不难想象,此刻一个穿着白色睡裙的美丽女子正蹲在床边,一脸宠溺地盯着自己的侧颜,甚至她可能还用手托着光洁白皙的下巴,微微歪着头,精致的脸上带着些许无奈。

"老公,你还吃不吃早餐呀?"

方休不为所动,因为他很清楚,所谓的吃早餐,根本就是她把自己当成早餐。反正他已经打定了主意,天塌下来也不起床。老婆又尝试了几次,见方休仍在熟睡,很快便没了声息。

走了吗?该死的,这人走路没声吗?方休根本不敢睁眼去看,他决定等。房间里一片安静,安静得方休只能听见自己的呼吸声以及心跳声。

他突然发现一件事,按照正常逻辑,老婆要是想叫醒他,应该推推他,而不是一直在耳边叫他,她为什么不进行肢体接触呢?难道……在确认自己能看见她之前,她无法进行肢体接触?这是为什么?

方休此时越发理解"千万不要让它们知道你能看见"这句话的含义了。

难得的安静之下,方休并没有闲着,而是开始思考。

至死方休 [预知]

"它们"到底是谁？天花板上的血色文字是谁写的，为什么在我看到之后就诡异地消失了？为什么我能不断回档？可惜信息太少，他根本无法推断。

方休又尝试全盘接收脑海中的记忆，企图从中获得蛛丝马迹。一个小时过去了，这是方休存活最长的一次，他也整理完了记忆，了解了这大概是个怎样的世界。这里跟他原本所在的时空并没有太大不同，都是现代都市化的世界，人们也是正常生活，唯一不同的是，这个世界中的怪谈似乎比较多。虽然都是一些捕风捉影的事情，但数量明显有些不对，太多了。

这时，方休有点想睁开眼睛了，不是他没有耐心，实在是害怕尿床。对于一个成年人而言，尿床是一件羞耻的事情。而且都这么长时间没有动静，老婆可能已经走了。但出于谨慎，方休又忍了一个小时。最后，他实在忍不住了，打算起床。

方休想要睁开眼睛，可心中仍有顾虑。他经常看恐怖片，所以很怕自己一睁开眼睛，就看到恐怖电影中那种一张美人脸近在咫尺，直勾勾地盯着他的画面。

但此时，他已经忍到极限了。他试探性地将眼睛睁开一条缝，视线被浓密的睫毛遮挡，十分模糊，根本看不清任何东西，不过足以确认眼前没有什么遮挡物，透过睫毛映入眼帘的仅有天花板的洁白。

方休心中一喜，以一种十分缓慢的速度缓缓张开双眼。

呼！他松了一口气。

第一步成功，最恐怖的景象没有出现。于是他开始侧头，想看看老婆在不在床边，结果发现床边空荡荡的，没有人！

他的胆子越发大了。他缓缓坐起，为了掩人耳目，还伸了一个懒腰，一边装作活动僵硬的颈椎，一边半眯着眼左右扫视。

整个卧室空无一人！太好了，终于走了！但还不能掉以轻心，老

第1章 死亡回档

婆很有可能在外面。现在出去上厕所，极有可能碰上。方休不傻，他根本没打算离开卧室，准备就地解决。

纵观无数恐怖片，哪个主角不是因为明知有危险还非要凑上去才死的？

正当他缓缓起身，双脚碰触到地板之时，那道如梦魇般的温柔女声赫然在他身后响起："老公，你醒了呀。"

方休瞬间头皮炸开，毛骨悚然，如触电般下意识回过头。

一眼看去，他全身的血液近乎凝滞，呼吸骤然停止。只见他刚刚躺过的枕头上，竟镶嵌着一张白皙的美人面！那脸上带着温柔似水的笑意，正含情脉脉地看着他。

正是老婆！她似乎没有实体一般，整个人躺在床上犹如躺在水中，全身都被床覆盖了，仅仅露着一张脸。

方休被这突如其来的恐怖景象吓了一跳，整个人几乎跳了起来。他处处提防，生怕被老婆吓到，却万万没想到，对方根本不按常理出牌！

她什么时候出现在床上的？难道自己躺在床上的两个小时里，她一直都在那儿？这个念头一出现，无边的恐惧立刻疯狂蔓延至方休全身。

"你看得见我！"

到了现在，方休已经彻底明白，逃避是没有用的，恐惧也是没有用的，他不能一辈子闭着眼躺在床上，想要活下去，唯有直面那个女人，真正做到无视她。

"老公，该吃早餐了。"

方休充耳不闻，双目无神地起身、下床，然后朝卧室门口走去。老婆就堵在卧室门口，方休不为之所动，仿佛没看到一般，径直朝老婆"撞"去。

想象中的碰撞没有发生,方休仿佛从一团空气之中穿过,毫无阻碍。他已经猜到,这个女人在确定自己能看见她之前,无法和自己进行肢体接触。上一次她能渗入床铺就很好地证明了这一点。很快,他成功走出了卧室。

但老婆似乎根本不打算放过他,她犹如俏皮的蝴蝶一般,不断地在方休面前闪过。然后,方休又死了,死于演技不精,死于无法克服本能反应。

一个人很难做到别人一拳打过来不眨眼,即使这一拳仅仅停留在鼻尖一厘米处,并未真碰到自己,但人还是很难克制本能反应。这个女人就是这样,方休越不搭理她,她就越往方休眼前凑,甚至会犹如鬼魅一般,飘到方休眼前,等在几乎鼻尖对鼻尖的地方。这种时候,怕是专业演员都会被吓一跳。

又一次循环开始后,方休面无表情,成功走出了卧室,他没有立刻夺门而出,怕异常的举动会引起她的怀疑,而是打算先去趟厕所。那个女人似乎很害羞,并没有跟着去。正当方休松了一口气时,一颗美人头从马桶缓缓伸出。

方休又死了。

第八次,第九次,第十次……方休已经死到绝望,死到麻木,死到崩溃。

他做不到,真的做不到,无论怎么做,他都无法克服本能反应,女人会以各种各样的方式突然出现,致使他的视线不由自主地动荡。有一次,她甚至从方休的胸前钻了出来。直接逃跑也不行,反常的举动会直接刺激到她。

多次的死亡让方休一直紧绷的神经彻底崩溃,他反抗,他逃跑,他自暴自弃……没用,一切都没用,仿佛他命中注定要死在这个女人

第 1 章 死亡回档

手中。

第十一次，第十二次，第十三次……

"老公，该吃早餐了。"

"嘿嘿，老婆真好。"

方休疯了。从原本的理智清醒到疯癫混乱，他的精神状态已经完全失常。但，女人没有因为他成了精神病人就放过他，死亡的循环还在继续。

当刺激源将一个人刺激到发疯，并在他发疯之后依旧刺激他，会发生什么？没人知道……

第十八次死亡后，再度醒来，方休平静地躺在床上，如果不是那微不可查的呼吸以及心脏本能的跳动，他就和一具尸体几乎没什么分别。如果此时有人能看到他的眼睛，就会惊悚地发现，那根本不是一双活人的眼睛。那眼中满是死寂，如同一潭死水，根本无法从中看到任何属于人类的情绪。

都说眼睛是心灵的窗口，但方休的窗户被水泥封住了。如果有人能透过那厚厚的水泥，透过那死寂的眸子，看到他的内里，就会发现，平静之下隐藏着的，是难以想象的压抑到极致的疯狂以及足以点燃全身血液的仇恨！

那疯狂的仇恨的火焰正在熊熊燃烧，那是对女人的恨意，对被杀了十八次的滔天恨意！

有些人活着，但其实已经死了；有些人疯了，但其实他无比清醒。这便是此时方休的状态。多次的死亡让他陷入疯狂，可最后，滔天的恨意又从疯狂之中将他的理智硬生生拉了回来，可以说是他对那个女人的仇恨重塑了他的理智。

蓦地，方休平静地从床上坐了起来，口中无意识地呢喃："只要我活着，你就一定得消失。"他用最平静的声音，说着最令人毛骨悚然的话。

"老公,该吃早餐了。"温柔的声音适时响起。

方休仿若未闻,起身、穿鞋、下床,径直穿过老婆的身影,开始上厕所、洗漱、换衣服。

这期间,老婆一如既往地进行干扰,但方休的眼神从始至终未发生过一丝一毫的变化,就如同真的看不见她一般。穿好衣服后,方休甚至坐在桌子上平静地吃了一份早餐。

当然,早餐是他自己做的,煎了一个鸡蛋,外加一根火腿肠,用全麦面包片一夹,再配上一杯纯牛奶,简单又有营养。

很明显,越漂亮的女人越会骗人。老婆就是如此,说该吃早餐了,实则根本没有做早餐。

吃完早餐,方休径直朝房门走去。他要离开这里,去外面探究有关老婆的线索,去寻找这个世界的异常,只有这样,他才有机会报仇。

当他把手放在门把手之上时,老婆美丽的脸突然出现在了门上,脸上还带着温柔的笑容:"老公,不要出门好不好,能不能留在家里陪陪我呀?"

"咔嚓!"门把手被拧动,方休平静地走出房门。

"砰!"大门被重重关上,老婆并没有跟着出来。

历经了十八次死亡,方休终于成功走出了家门,但他心中没有丝毫劫后余生的喜悦。他现在满脑子只想着一件事——报仇!

"没有人能在杀了我十八次之后还逍遥法外!没有人!"

"嗒,嗒,嗒……"楼道里响起了方休那不轻不重的脚步声。他住在五楼,这里又是老小区,根本没有电梯,所以只能走楼梯下楼。

很快,走过昏暗破旧的楼道,单元门出现在方休眼前。他缓缓推开单元门,明亮温暖的阳光从门缝中渗入,并随着门的开启,逐渐填

第 1 章 死亡回档

满昏暗的楼道,仿佛门外是一个温暖的世界。阳光照在方休身上,暖洋洋的。

历经十八次死亡,他终于活着见到了门外的太阳。他一步踏出,投身外面的阳光世界。

随后,他整个人僵在原地,血液近乎凝结。此刻,全身被阳光包裹的他,再也感受不到丝毫温暖。他目光失神地看着这个世界,口中下意识地呢喃:"这是……地狱吗?"

街道上,天空上,有着无数狰狞恐怖的怪异生物,放眼望去,密密麻麻,铺天盖地,竟一眼望不到边际,仿佛在这个世界里,人类才是异类。

全身被黑影包裹、没有五官的人形生物行走在大街上;足以与高楼大厦比肩的无头巨人正在大楼间穿梭;飘浮在半空的巨大无眼头颅下方,连接着无数根猩红触手……无数形态各异、面容狰狞的生物,如蒲公英般肆意飘荡着。但这些生物与苍穹之上的那些相比,根本不在一个层面。

穹顶之上,一双巨大的洁白翅膀遮天蔽日,那翅膀圣洁宛若天使的翅膀,却连接在一颗满是血丝肉瘤的独眼之上。那颗独眼仿佛比太阳还要大,散发着诡异的红光,压抑、禁忌、不祥。

在远方的天空中,还站立着一名身穿红色喜服、身材苗条纤细的新娘,素白的双手十分端庄地叠在身前。听上去似乎很正常,可这新娘子却顶着一颗兔头!兔头上毛发洁白,没有丝毫杂色,双眼猩红如血,宛若两颗红宝石,脸上带着人一样的微笑。明明顶着一颗兔头,却给人一种古代大家闺秀的感觉,仿佛它真是一名极其端庄美丽的新娘,这种感觉极其的怪异!

除了这两个生物,还有一些更加难以名状的生物——

至死方休 预知

灰白色的黏滑巨物浑身长满密密麻麻的眼球，那些眼球如气泡般不断破灭，又从血肉中长出新的眼球，往复循环；通体漆黑，头上却长满肉瘤的泥胎神像；没有实体，却有无数人脸在其中嘶吼的黑雾……

每一个都十分诡异，且让人无法理解。这些穹顶之上的生物组成了一幅极具冲击力的画面，它们身上似乎无时无刻不散发着不可名状的污秽又真实的信息，而这些扭曲的信息正不断冲击着方休的灵魂。这一刻，他好像听到了无数邪恶堕落的呓语，那不是人类能发出的声音，每一个字都饱含足以让人发疯的精神污染。

如果是之前的方休，怕是看一眼就要崩溃。但此时的方休已经死了十八次，如果真的有灵魂，那他的灵魂早已被死亡、疯狂、仇恨扭曲得不成样子。

这些生物虽然长得十分骇人，却不足以让他精神崩溃，反而让他的灵魂更加扭曲且疯狂，或者说，从第一次在这个时空苏醒时，他的精神就一直处于崩溃状态，这些精神污染对他来说反而像是一种洗礼。

"呵……哈哈……哈哈哈……"方休突然抑制不住地大笑，只是他的笑声极度扭曲压抑，仿佛是从喉咙中硬生生挤出来的一般，令人毛骨悚然。

不知道为什么，看着这满世界的怪异生物，他就是想笑，止不住地笑。他不想被那些生物发现异常，所以捂住了嘴，但扭曲的笑声依旧抑制不住地从指缝中溢出。于是他只能低下了头，白皙的脸庞被垂下的阴影遮盖，却遮不住那双眸子中的炙热疯狂。

"有意思……这个世界真是太有意思了！哈哈哈……咳咳……"剧烈的笑意让他止不住地咳嗽起来，可越咳嗽，他便笑得越剧烈，以至于咳嗽得也越发剧烈，甚至开始干呕。

"叔叔，你怎么了？是生病了吗？"一个小女孩突然闯入方休的

第 1 章 死亡回档

视线。

那是一个看上去只有四五岁,绑着两个羊角辫,吃着棒棒糖的小女孩。

看到小女孩出现,方休并不觉得意外。根据记忆,他知道这方世界表面上看起来很正常,人们都在正常地生活,上学、工作、结婚、生子,似乎所有人都不知道这些怪异生物的存在。所以,小区内出现一个小女孩很正常。

他尽量收敛笑意,让自己看上去和蔼一些:"我没事,小妹妹,还有,要叫'哥哥'哦。"

方休伸出手,想要摸摸眼前这个可爱小女孩的小脑袋瓜。曾几何时,他也幻想过以后生一个可爱的女儿。然而,小女孩的下一句话却让他的手直接僵在了半空。

"你看得见我!"小女孩脸上的天真无邪瞬间消失,露出了与老婆一模一样的压抑疯狂的惊喜之色。

方休微微一愣,随即再度止不住地狂笑起来:"哈哈哈……有意思!真是太有意思了。"这次,他笑得眼泪都出来了。

他将手重重按在小女孩的头上,用力揉了揉对方的头发。但下一刻,他的手就被弹开了。因为小女孩正以肉眼可见的速度疯狂膨胀,犹如吹气球一般,眨眼间,天真可爱的小女孩就变成了一座两米多高的肉山。羊角辫变成了两根粗壮黝黑的犄角,手中的棒棒糖也变成了一根白骨大棒,似乎是某种不知名生物的腿骨。

"你看得见我!"小女孩疯狂嘶吼。

方休大笑着看着她,眼中闪烁的光芒似乎比眼前的不明生物还要疯狂。

"比起之前,我还是更喜欢你现在的样子,因为……这样动起手来就不会有任何负担。"

至死方休 [预知]

小女孩嘶吼着举起了手中一人多高的白骨大棒，大棒垂下的阴影将方休全部笼罩，犹如死亡降临。

而方休依旧在笑："现在我终于知道为什么要笑了，因为如你这般的存在实在是太多了，多到让我兴奋！哈哈哈……"

"砰！"白骨大棒重重落下……

方休再度从睡眠中醒来时，脸上的疯狂之色已经褪去，取而代之的是死水般的平静。他重复着之前的操作，穿衣、洗漱、上厕所、吃饭，然后离开家门。

他再次看到了漫天的不明生物，以及那个吃着棒棒糖的可爱小女孩。他无视一切，走出小区，来到街道上。

街道上的行人很多，车水马龙。人们忙着上班或者上学，全然无视了满大街的不明生物，有些人的肩膀上甚至趴着人头蛇身的生物，但他们丝毫不觉异样，还和周围的人有说有笑地交谈。有时候，无知也是一种幸福。

方休在街边扫了一辆共享单车，打算在大街上转转，好好观察一下。想要清除这些生物，就必须先了解它们。当然了，所谓的观察并不是盯着它们看，一旦被察觉，那就只能回档了。方休只能装作闲逛的样子，四处观察。他想看看这种生物是不是到处都有，以及是否有源头。

"叮！"一声清脆的提示音响起。方休停下车子，拿出手机，发现是工作群的消息。经理吴大海正在@他。

吴大海：@方休，都几点了还不来上班？这是你这个月第几次迟到了？这个月的奖金还想不想要了？

一上来便是三连问，语气咄咄逼人，压迫感十足，仿佛就站在你面前。

第 1 章 死亡回档

要是原来的方休，此时早已诚惶诚恐地道歉了，但现在，方休实在懒得理这些俗事。在这如同地狱一般的世界，他只想探求世间真相，然后报仇。安安稳稳地上班对他来说，是一件很奢侈的事情。试想一下，每天要装作看不见身边的不明生物，时刻谨小慎微，稍不留神就会死掉，这种状态下，活着已经足够艰难，更别说上班了。

正当他打算关闭群聊，不去理会这些俗事之时，他突然想到了自己银行卡上三位数的余额。

想探究这个世界的真相，几百块肯定是不够的，总不能骑着共享单车四处转。这个城市可能到处是这种生物，但其他城市不见得如此，要验证这一点就需要坐高铁甚至飞机，这都需要钱。这个世界的方休似乎还有一笔提成没发，如果能获得那笔提成，应该足够支撑一段时间了。

一念至此，方休决定再去一趟公司，辞职，然后要回自己的提成。

其实他想过利用死亡回档的能力去中大奖，但想想还是算了，没那个命。另外，没有特殊情况，他真的不想再死了，死亡的感觉很让人讨厌，哪怕他已经死了很多次。

方休所在的城市名为绿藤市，而他的公司则在绿藤市开发区，那里有一处名为百柳书院的别墅区，他就在百柳书院售楼处当销售。半年前他曾卖出一套别墅，但提成一直没发，于是方休开始在工作群里编辑信息。

方休：我辞职了，下午我会去售楼处找你结算上次的提成。

编辑完成，点击发送。

方休说得直白，并未有过多的客套，如同刚步入社会的愣头青，很容易得罪人。但他不在乎，也懒得去理那些人情世故。为了追求高效，他不想在这上面浪费时间，只想尽快解决这些俗事，然后去办自己的事。

至死方休 [预知]

他的信息发送成功，群里直接炸开了锅，吴经理更是疯狂@他。

吴大海：@方休，你什么意思？我上次不是说了吗？提成年底就发，你要是现在辞职，提成一分钱都拿不到！

方休随意扫视了一眼，并未回复，而是直接关闭群聊，随后骑着共享单车直奔百柳书院。

他家距离百柳书院很远，坐公交车需要两个小时，但他丝毫不着急，打算好好观察一下这座城市。他骑得很慢，似乎是在闲逛，但他的心神却全部集中在四周的怪异生物身上。

他越骑越远，见到的生物种类也越来越多，它们千奇百怪，各有不同。渐渐地，他也发现了一点规律——这些生物能看见人类，但人类看不见它们。

这些生物大致分两类——

一类没有理智，长相怪异狰狞，只知道疯狂咆哮，或不断攻击四周的人类，但这些攻击如同空气一般，根本无法对周围的事物造成影响。

还有一类是类人型的生物，它们会装作你的同事、同学、亲人等，陪伴在你身边，与你说话。当然，人类根本看不见它们，也听不到它们说的话。很显然，老婆就属于这第二类。这一类生物很有特点，它们大多与人类相似，甚至有些从外表看就是人类。它们似乎企图融入你的生活，即便你看不见听不见它们，如同一个局外人，可它们依旧努力陪在你身边。

这让方休很是疑惑，为什么这类生物执着于角色扮演，明明无法影响到现实，却坚持不懈地陪伴在人类身边？

回想老婆的所作所为，方休心中有了猜想——这些生物在试探人类是否能够看到它们，毕竟只要能够看到，它们便可以攻击。

不对！方休瞬间否定了自己的猜想。试探应该只是一方面，正常

第 1 章 死亡回档

来说，它们在试探完某个人真的看不见之后，应当换下一个目标，去试探别人才对，毕竟这样效率最高。可是老婆失败之后并没有离开。不只老婆，这一路上，方休看到了许多类人型生物，它们都是死缠着一个人，即便那人听不见，也拼命和那人说话。这到底是为什么？

蓦地，方休脑海中灵光乍现，一个令人毛骨悚然的念头涌现——它们在融入人类的生活！

没错！一定是这样！要不然老婆为什么要角色扮演？它们如果想试探人类能否看见，完全可以通过恐吓，比如突然出现，而非角色扮演。所以，唯一的可能就是它们企图融入人类的生活。

那它们这样做的目的是什么？

从结果开始推。这些生物的目的很明显，就是吃人，所以它们所做的一切都是为吃人做准备。难道……融入生活能够更好地帮助它们接触到人类？这些生物的状态似乎是虚幻的，人类看不见它们时，它们就是虚幻的，只有双方都确认能看到彼此之后，它们才会由虚转实。

为什么一定要看见呢？不对！或许听见也行。自己能看见、听见，其他人则是无法听也无法看。听见、看见都代表着信息的传递。这些生物确定人类能接收到自身的信息之后，双方便可以接触。所以它们待在人类身边，应该是为了让人类接收到信息，感知到自己的存在。融入人类的生活定然能加速这一过程，不然它们没必要这么做。

这时，方休猛然间意识到，或许一些人的幻听、眼花等，根本不是错觉。

有些人可能在不经意间听到过有人在说话甚至叫自己的名字，但四周空无一人，这种时候，极有可能就是它们在融入你的生活。它们融入的程度越高、时间越久，人类接收到的信号可能就越多。信号接收得越多，它们现身的概率也会随之增高！

所以，千万不要回应！

第 2 章
百柳书院

方休思索间,时间已是中午,他随便找了个拉面馆,吃了一碗拉面,便继续启程了。他要观察更多的生物,发现更多的真相。

很快,黄昏已至,昏暗的阳光落在绿藤市,整座城市仿佛都蒙上了一层阴霾,而城市中的那些不明生物也越发模糊狰狞。终于,方休到了百柳书院附近。

百柳书院是一片豪华的别墅区,虽然位置比较偏僻,四周的街道空荡荡的,不见行人,但依旧不能掩盖其寸土寸金的本质。别墅区主打豪华清幽,在这里买得起房的,大多有豪车,有司机接送,这点距离对他们来说不算什么,他们反而更加看中这里的清幽。

方休骑着共享单车路过幽静的林荫路,两侧的绿化很好,树木成荫,花草丛生,被修剪成各式各样的精美造型。这是百柳书院的开发商花大价钱修缮的。这条路是通向书院的主路,路的尽头便是百柳书院。可能是因为地方比较偏僻,人烟稀少,附近就连不明生物都比较少,只有零星的三两只。

方休穿过主路,而后骤然停在了原地,他仔细打量着眼前的建筑,平静的眸底暗流涌动。

第 2 章 百柳书院

百柳书院……不见了！曾经风景秀丽、整齐豪华的一大片别墅消失了，取而代之的竟是一座精神病院。

精神病院占地很广，有着数栋建筑，建筑之间有天桥连接。只是仿佛废弃许久一般，墙体破旧，许多地方的漆皮已经掉落，整体透着一种阴森恐怖的感觉。门口的牌子已经倾斜，灰尘密布，但仍能看清名字——青山精神病院。

方休面无表情地注视着眼前的精神病院，他很清楚自己并没有走错路，这里原来是百柳书院，而非什么青山精神病院。

"难道这和那些畸形生物是一种东西，只是与之前的不同，这次的竟是一座精神病院？还是说这座精神病院也是那些生物搞出来的？"方休起了探究的心思，一路走来，第一次见到这般景象，直觉告诉他，这里面很可能蕴含着某些关于那些生物的隐秘。

随即，方休停下自行车，打开手机。之前因为经理吴大海一直打电话骚扰，他嫌麻烦，所以就关机了。他打开手机一看，来自吴大海的未接电话有十三个，还有三个是赵昊打来的。赵昊是方休的同事，平日里两人关系最好。方休想了想，拨通了赵昊的电话。

"嘟，嘟，嘟……"等待了大约三十秒，电话那头才传来赵昊喘着粗气且故意压低的声音。

"休哥，你怎么才回电话啊，你那边什么情况？吴大海发飙了，说要把你辞退，并且让你一分钱都拿不到。"连珠炮一般的话语从电话那头传来，语气中充满了焦急与关切。

方休陷入沉默。人没事吗？明明百柳书院已经变成了精神病院，可是听这意思，似乎在里面上班的同事并未受到影响。难道是幻觉？还是就如那些诡异生物一般，这座精神病院也只有自己能看见？

"休哥，你怎么不说话啊？你那边是不是遇到什么事了？"

"我没事。"方休平静的声音响起，"你们现在还在单位是吗？"

"对啊，我们都在单位，今天你没来，吴大海把气全撒在我们身上了，又让加班。对了休哥，你……"

"一会儿再说。"方休打断了赵昊的话，直接挂断了电话，并再次将手机关机。他打算进入青山精神病院一探究竟，这期间自然不能像电影中那样，关键时刻手机铃声响了，引发各种麻烦。

方休径直朝青山精神病院的大门口走去。天色昏暗，大门口阴森破败，宛若一张噬人的巨口，十分恐怖。但这很难引起方休的恐惧，或者说，他已经没有了恐惧这种情绪。如今，每每遇到那些生物，他最先升起的情绪一定是愤怒、仇恨乃至兴奋，唯独不会有恐惧。

"嗒，嗒，嗒……"四周寂静得只有方休的脚步声。然而下一秒——"咚！"方休重重地撞在了空气上，脸部一阵酸疼。

"空气墙？"此时他就站在大门口，面前却仿佛有一堵墙，挡住了去路。他伸手去摸，冰冷粗糙的触感瞬间传来，"这不是空气墙，而是一堵真正的墙，只是看不见而已。难道这座精神病院不能入内？"

方休不信邪，他如同盲人一般，用手在这座看不见的墙上不断摸索，企图找到入口。

"小方，你在那儿干什么呢？这是最新的行为艺术吗？"一道略带调侃意味的声音从一旁传来。

方休心中微动，面上却纹丝不动。回档了这么多次，他早已练就了不动如山的本领，在如此诡异的精神病院，有人突然叫你，如果立刻做出反应，怕是下一秒就会被杀。不过他也并非毫无动作，而是继续摸索着，朝声音传来的方向前进。眼看距离差不多之后，他用眼角的余光去看，只见左前方赫然站着一个人。

那是一个身穿保安服的青年男子，嘴里叼着一根烟，正一脸好笑地看着自己。方休认识这个人，正是百柳书院的保安。

与其他小区的保安不同，百柳书院的保安都很年轻，毕竟小区走

第 2 章 百柳书院

的是高端路线。至于什么时候换成老大爷,那也得等房子卖得差不多之后。是幻觉,还是其他生物假扮的?

思索间,这名保安已经走了过来,并拍了拍他的肩膀:"小方,你怎么还不理人啊?刚才老远我就看到你在这边撞墙,撞完墙之后又开始摸墙。咋的,这墙很性感吗?"

方休感受着肩膀处传来的体温,若有所思。能直接接触,他是人?随即,方休转过身子:"赵哥,你刚才一直在这儿?"

被称为赵哥的保安略显诧异,甚至还伸出手在他眼前晃了晃:"小方,你是不是该配副眼镜了?我就在亭子里站岗,站得笔直啊,这你都看不见?"

亭子?青山精神病院里并没有亭子,方休很确定这一点。他不由得朝着赵哥刚刚走来的方向看去,顿时一愣。只见刚才空荡荡的地方竟真的出现了一座亭子。这座小亭子他以前上班的时候每天都见,还进去过,里面安装着一个小空调,夏天很是凉快。

这怎么可能?!

方休不由得侧头看向之前的精神病院大门,却蓦地发现精神病院的大门不见了,取而代之的是一堵墙。他后退两步,放眼望去,哪里还有什么精神病院,有的只是豪华富丽的百柳书院。

方休下意识眨了眨眼睛,当他再度睁开时,精神病院竟又出现了,保安赵哥则消失不见了!这到底是怎么回事?

他定睛凝神,死死盯着青山精神病院。下一刻,诡异的一幕发生了,百柳书院开始缓缓出现,犹如电影手法中的淡入淡出一般,先是虚影,随即凝实,颜色一点点变得厚重。诡异的是,青山精神病院也在!两个建筑就这么重叠在了一起。

时空错乱?空间重叠?方休就跟眼花了似的,到处都是重影,都是重叠的精神病院与百柳书院。他换了个位置，伸手去摸，发现手掌穿过了精神病院的墙体，直至碰触到了百柳书院的墙体才停下，当下心中有了判断，这精神病院怕是与那些生物相同，是虚幻的，只能看见，满足了某种条件才能接触。此地依旧是百柳书院，精神病院如同全息投影一般笼罩在百柳书院上。

这下方休没了去找吴大海的心思，他想赶紧探究一下精神病院中的秘密。为什么别的都是活体生物，只有这里是建筑？

"哎，小方，你怎么不说话直接走了？"

身后传来保安赵哥的声音，但方休并未理会，一门心思扑在探索精神病院上。

他走得很慢，因为两座建筑的重叠度很高，有时无法分辨哪个是虚幻，哪个是现实，容易撞墙。就比如现在，方休明明身处百柳书院的绿化带附近，眼前却是一栋墙体破旧的病房楼。他没有丝毫犹豫，一头扎入了病房墙体，如同扎入空气一般，结果直接进入了内部。

眼前景象发生变化，入眼是一处走廊，走廊中还有长椅，墙面上染满了早已干枯的黑红色血液，很像恐怖片里的场景。

这里就像是几十年前的医院，墙壁灰暗一片，地面上也不是常见的大理石地板，而是灰白的水泥地。方休没有沿着路走，而是径直在墙体中穿梭，四处搜寻着。

精神病院中似乎曾经发生过某种可怕的事情，以至于到处都是血迹。他走过大厅、餐厅、厕所、活动室……空无一人。直到走到一处病房前，他不由自主地停住了脚步。

这处病房很特殊，大门整体呈现暗红色，仿佛被人泼了一桶血水后干涸了的颜色。远远看去，就像恶魔的血盆大口，令人毛骨悚然。病房门口写着"104"。

104病房？方休起了一探究竟的心思。他一步踏出，身子径直穿

第 2 章 百柳书院

过病房门,进入内部。

房间内很普通,仅有一张破旧的床铺,而床铺的角落里,一个身穿病号服的小女孩正蜷缩着,看不清面容。她将头深埋在双腿中,双手环抱膝盖,苍白的手腕上还戴着一个破旧的花绳。方休目不斜视,仿佛根本看不见小女孩一般,只用眼角的余光悄悄打量——他不会天真地以为这座诡异的精神病院中存在活人,哪怕对方看上去像人。

小女孩似乎察觉到了方休的到来,蓦地抬起了头。方休的余光顿时收敛,因为小女孩的脸上没有五官!他径直朝前走去,小女孩则用那张没有五官的脸直勾勾地对着方休,直至他离开 104 病房。

经过 104 病房之后,方休又见到了许多病房,各有编号。他一个个走进,遇到了许多形态各异的不明生物。见到有人类进入,它们大多第一反应就是疯狂攻击。方休眼都不眨一下,任由它们攻击。

他大致数了一下,类似的病房足足有几十间。这也就意味着,精神病院中至少关着几十只不明生物!

"这座精神病院一定隐藏着大秘密!"

走着走着,他猛然停住脚步。他发现,162、169 以及 177 病房的门居然是打开的,里面空荡荡的,什么也没有。是关在其中的生物逃走了吗?

他想继续深入,但前路被现实中的一座别墅挡住,他没有钥匙,只能绕路。等绕完路却发现,自己竟来到了精神病院中的一间医生诊室。房间内摆放着一张办公桌,桌上摆着听诊器,还散落着一些病例报告,上面被血迹染红了。

方休走上前去看了一眼病例报告,而后瞳孔骤然一缩。只见一份被血覆盖的病例报告上,有几行字裸露在外,上面赫然写着"128 号实验体……转化程度 21.64%,转化失败……"

转化?难道那些不明生物都是由人类转化而来?那些病房里的都

至死方休 预知

曾经是人？

方休的心中产生了难言的震动，他想继续翻看，却在下一秒顿住。因为眼前的这一切都是虚幻的，类似全息影像，他根本没办法拿起病例报告——翻看。该死！眼看秘密近在咫尺，却不得而知，这让他怒火高涨。

突然，方休的视线中出现了几道纤细的黑色发丝！这些发丝从空中垂落，不知连接着什么。方休自然不可能傻乎乎地抬头，他假装四处闲逛，然后拉开距离，用余光去看。只见一个身穿白大褂，四肢犹如蜘蛛般颀长，盘踞在天花板上的"美女"医师正直勾勾地盯着自己。

它的脸色惨白，眼眶处一片漆黑，带有狰狞的纹路，双眼只有眼白，没有瞳仁，头发从天花板自然垂落，有一米多长，手中还握着一把银亮的手术刀。

医生？方休心中微动。这些病例报告是它写的？难道说它曾经也是人？

种种猜测涌上脑海，可惜没有答案，这个"医生"也绝对不会回答他的问题。方休只能继续前行，既然医生的办公室有线索，那精神病院中一定还有其他地方有线索，比如院长办公室。那是精神病院的核心，或许，所有的秘密都在其中。

他不断在精神病院中穿行，搜寻着院长办公室的位置。很快，他锁定了一片办公区。根据正常医院的布局，他推断院长办公室的位置应该就在这里。走进办公区之后，他却突然发现办公区在现实中的位置，正是百柳书院的售楼处，也是方休工作的地方。

售楼处内部装修得富丽堂皇，地上铺满明亮的大理石地板，天花板上有一盏巨大的水晶吊灯，四周的墙壁上更是做了不少精致的造

第 2 章 百柳书院

型。大厅中间摆放着一个巨大的沙盘，那是百柳书院的微缩沙盘，很是精美。右侧还有一处会客厅，红木桌椅、真皮沙发、投影幕布，应有尽有。

方休一进门，几个身穿职业服的同事便将目光投来，待看清是方休之后，几人不由得神色各异。毕竟他们都在工作群里，所以方休之前说要辞职，他们全看到了。

方休无视了众人的目光，自顾自地在售楼处大厅走动，他的视线主要集中在精神病院办公区，对他来说，没有什么比探究那些生物的秘密更重要的事情了。

这时，一个身穿职业西服，长相普通，身材有些消瘦，戴着笨重黑框眼镜的年轻男子快步走来，正是先前打电话的赵昊。他压低声音焦急地道："休哥，你怎么才来啊？吴大海都快气疯了，要不……"

赵昊话还未说完，便直接被方休打断："日天，有什么事一会儿再说。"

赵昊的"昊"是"日""天"组合而成，所以平日里曾经的方休都戏称他为"日天"，现在的方休选择延续前身的习惯。

"休哥，你……"

赵昊话还未说完，方休已然快步离去，准确地说是朝着售楼处二楼走去，因为精神病院一楼办公区并没有院长办公室。

赵昊看了一眼方休的背影，重重地叹息了一声，连忙跟上。他以为方休上二楼是要去找吴大海要钱，怕事情不好收场，所以选择跟上去看看。

方休进入售楼处的二楼，也相当于进入了精神病院办公区的二楼。虽然两处建筑的楼梯入口不同，但楼层高度大体相同。

进入二楼之后，还未等方休搜寻，一道蕴含怒火与急促的声音便传来："方休！你还敢来上班？你已经被我给辞退了，你知不知道？"

至死方休 预知

只见一位身穿黑色西服、白色衬衣，有些秃顶且大腹便便的中年男人快步走来，伸出肥胖的手指，对着方休就是一阵劈头盖脸的怒斥。

二楼是售楼处的办公区，吴大海的怒斥顿时引起了不少坐在电脑前的同事的瞩目。大多数人都带着幸灾乐祸的神情，他们很想看到方休和吴大海吵起来，甚至打起来。吴大海平日里对待下属十分刻薄，很不得人心。虽然他们不敢顶撞吴大海，但要是有人这样做，那就再好不过了。

只是，想象中的冲突并没有发生，面对上司的怒斥，方休没有任何神情波动，他甚至都懒得与吴大海废话。在吴大海的怒骂中，方休一把拉住他的肩膀，将其推到一边，径直朝前走去。

吴大海虽然很胖，却是虚胖，再加上他没想到一向唯唯诺诺的方休竟然敢推自己，当即一个踉跄，差点摔倒在地，多亏扶住了一旁的电脑桌。

"你……你敢推我？反了你了！"吴大海稳住身形，脸色涨红，又惊又怒。眼角的余光注意到其他下属投来的目光，他更是觉得面上挂不住。

"无法无天！简直无法无天！保安！保安呢？"吴大海很明智地没有与方休直接发生冲突，首先是打不过，其次是身为上司，要是在这种场合与下属打起来，那他这经理算是干到头了。

怒火高涨的他一边怒骂一边打电话叫保安，方休没有理会，在旁人异样的目光中转了几圈之后，便朝着售楼处三楼走去。因为院长办公室也不在二楼。

"方休，你小子有种，居然敢推我，你……"正叫嚣的吴大海突然脸色一变，"你干什么去？谁让你上三楼的？快回来！"他指向一旁看热闹的几个员工怒吼道："你们几个还愣着干什么？还不快去阻止他！"

第 2 章 百柳书院

被吩咐的几个人只能不情不愿地起身,然而这时方休的身影已经消失在二楼,去了三楼。见状,吴大海的脸色变了又变,他连忙叫住那几个员工:"算了,你们回来,我自己去。"

吴大海拖着肥胖的身躯,急忙朝三楼追去,似乎很紧张,好像三楼有什么见不得人的秘密一般。

方休进入三楼后,视线很快集中在不远处的一间房门上,那上面赫然写着"院长室"。他快步朝院长室走去,此时吴大海已经喘着粗气追了上来。现实中的吴大海并不知道方休是要去院长室,他只看到方休直奔三楼尽头的最后一间办公室,不由得脸色大变:"方休,你给我回来!"

"咔嗒",办公室的门被打开了,里面传出男人的怒骂声以及女人的惊呼声,紧接着就是穿衣服的声音。

吴大海脸色瞬间苍白:"完了!全完了!"他赶忙撕扯自己的白衬衣,拽掉了两个纽扣之后,便疯了一般地朝那间办公室跑去。进门一看,只见方休正站在原地,直勾勾地盯着前方。

他的前方是一张豪华的办公桌,上面摆放的笔记本以及文件早被扔到地上,取而代之的是一对衣衫不整的男女。

男的身材消瘦,眼窝深陷,面色有着一种不健康的苍白,且裤子已经褪到一半。女的身材姣好,脸上妆容精致,身穿职业套裙,腿上的丝袜破了几个大洞,脚上的高跟鞋也不知所终。

方休直勾勾地盯着眼前的女子,准确地说,他的视线正集中在精神病院院长办公室的桌子上。那桌子上摆放着一张羊皮纸,只是恰巧被这女子压在了身下。

"你谁啊?谁让你进来的?"男子一边急忙穿着衣服,一边破口大骂。女子则是小鸟依人地躲在男子身后,也慌慌地用衣服遮挡。

这一男一女,方休都认识,男的是百柳书院开发商的儿子,名叫

至死方休 预知

王子腾。女的则是百柳书院的金牌销售李菲菲，同时也是所有女销售中长相最为出众的一位。百柳书院的销售团队是开发商自己组建的，所以严格意义上，王子腾是方休顶头上司的儿子。

"吴大海！我不是说过不允许任何人上三楼吗？"王子腾对着吴大海怒骂。

"王少，您消消气、消消气。方休他今天好像疯了一样，来了之后不仅把我给打了，还一言不发地直接冲上三楼，我拦都拦不住啊！您看看，我昨天新买的白衬衣，都被这小子给扯坏了。是我没用，我毕竟岁数大了，是真拦不住他啊！"吴大海一脸歉意加惶恐地说道。

王子腾见吴大海满头大汗喘着粗气，胸前的白衬衣一片褶皱，还丢了两个纽扣，怒骂一声："你这个废物！"随即便将矛头指向了方休，"方休，你到底想干什么？你知不知道我是……"

王子腾话还未说完，便被方休一把推倒在地，露出身后楚楚可怜、惊慌失措的李菲菲。

"你敢推我？"王子腾瞬间暴跳如雷。

"啊！"李菲菲则吓坏了，发出一声尖叫，她以为方休要对自己不轨。然而下一秒，李菲菲便感觉一股力道袭来，苗条纤细的身躯被人从桌子上推了下去。

推走两人之后，方休的视线便集中在院长办公桌的羊皮纸之上。一眼看去，他瞬间心神剧震。只见上面写道——

　　被天命眷顾之人，想知道这个世界的真相吗？
　　想知道它们到底是什么吗？
　　你能走到这里，想必心中充满疑问。不要着急我的朋友，我把所有的一切都留在了青山精神病院 C 栋 520 房间，那里有你想知道的一切。去吧，去寻找吧。

第 2 章 百柳书院

当你找到真相时，同样也是你做出选择的时候。

遵循自己的内心，去接受命运的馈赠。

落款处写的是一个名字：周清风。

方休逐字看完，心中阴沉如水。果然！这精神病院中藏有大秘密！这周清风应该就是青山精神病院的院长，那他这封信是写给谁的？是自己还是别人？难道他早就知道自己要来？

旧的疑惑还未解开，又添新的疑惑。C 栋 520 吗？或许一切的答案都在其中。

方休转头就走，这时，已经起身的王子腾却气势汹汹地挡在他面前："推完老子就想跑？今天……"

王子腾的话还未说完，突然，头顶上的灯泡发出"刺啦"一声，而后瞬间熄灭，整个房间顿时陷入一片黑暗，原本打算重拳出击的王子腾一下子失去了目标。

"停电了？吴大海！去把备用电源打开。我告诉你小子，有种别跑！"

黑暗中，方休对王子腾的威胁恍若未闻，此时他的心中早已掀起惊涛骇浪。因为，就在停电的瞬间，青山精神病院不见了！此时，他的视线中一片黑暗，但精神病院的消失，并不是因为黑暗，因为停电的是现实世界的百柳书院售楼处，而非精神病院。

精神病院内始终被昏暗的灯光笼罩，按理说，现实中停电，他应该还能看到精神病院。可现在，视线中的精神病院却消失不见了，仿佛一同隐没在了黑暗之中。

突如其来的变故让方休的心中产生了不好的预感，他赶紧拿出手机，打开手电筒去照明，结果发现只能看到现实中的办公室，根本没有精神病院的一丁点影子。这到底是怎么回事？

方休夺门而出，朝二楼跑去，他要看看其他地方是不是也没有精神病院的影子。王子腾见方休"逃跑"，立刻怒骂一声，紧跟着追了出去。吴大海怕王子腾有闪失，自然也紧随其后。剩下的李菲菲哪敢一人待在黑暗中？于是一行人全部朝二楼奔去。

到了二楼，方休四处穿行，靠着手机手电筒的光寻找着精神病院的踪迹。没有，没有，到处都没有！精神病院就如同海市蜃楼一般，消失得无影无踪。

二楼的员工们很是淡定，毕竟只是停电而已，且还有这么多人在一块儿，就算是女员工也不会害怕。只有几个员工在"惨叫"——

"啊！我刚填完的报表！还没来得及保存啊！为什么早不停电晚不停电，偏偏这时候停？这要是重新填，得加班到几点啊？"

四周适时响起幸灾乐祸的声音。

"幸好我保存了。"

"我也是。"

这时，黑暗中响起吴大海的声音："别鬼叫了，赶紧去个人看看是不是跳闸了！"

"我去看看到底是什么原因害得我要重做报表！"刚刚惨叫的员工自告奋勇，打开手机的手电筒，气势汹汹地朝黑暗中走去。

可能是因为此方世界的都市传说比较多，不知是哪位同事在黑暗中开起了玩笑："用不用我陪你去啊？自己一个人小心遇到什么可怕的东西。"

准备去查看电源的员工不屑道："老子一想到待会儿还要加班，怨气比鬼都大，鬼见了我都得叫一声'大哥'，还有什么可怕的？"说完，他的身影便逐渐消失在黑暗中。

办公室内则响起一片哄笑声。

"咦！怎么回事？我手机的手电筒怎么这么暗啊？"黑暗中一位女

第 2 章 百柳书院

员工突然发出疑问。

她身旁的同事道:"是不是有灰尘啊?你擦擦。"

"我擦了啊,没用,这破手机。"

"不对,我的手机手电筒怎么也这么暗啊?"

"我的也是。"

黑暗中,不少举着手机的员工纷纷附和。

方休被这一幕吸引了注意力,朝他们看去,顿时瞳孔微缩。

只见黑暗中或站着或坐着的员工几乎人手一个手机照明,按理说光亮应该很足,整间办公室都能被照亮。可是现在,那光芒仿佛受到了黑暗的压制,竟只能照亮身前不足半米的距离。而且诡异的是,按照常理,手电筒发出的光芒应该是距离越远越微弱,可现在,光线竟在半米左右的位置,与黑暗形成了一条清晰的分界线,光线根本无法渗入半点,就如同被黑暗斩断了一般。那黑暗中,似乎有某种莫名的生物在涌动!

是它们!方休下意识地判定,这种熟悉的感觉,错不了!

"啊!"正在这时,远处的黑暗中爆发出一声极其惨厉的叫声,声音很熟悉,正是之前去查看电闸的员工。

这一声惨叫把众人都吓了一跳——

"张波,你怎么了?触电了?"

"张波,你别故意吓唬人啊!"

一道重物落地的声音响起,不少女员工被吓得尖叫起来。

"别叫了,小赵,你赶紧过去看看。"吴大海急匆匆地吩咐道。

被点到名的小赵有些犹豫,但迫于吴大海之前的威压,只得乖乖前去查看。

小赵就是之前方休遇到的保安,先前被吴大海叫了上来,可能是工作性质的原因,所以遇到危险,吴大海第一时间便想起了他。小赵打着手电筒，缓步走向黑暗之中。时间一分一秒地流逝，大约过去了五分钟，小赵还没有回来，黑暗中也没有传来任何动静。

"小赵！"吴大海大叫，但黑暗中并没有传来任何回复。

"吴……吴经理，要不咱们报警吧。"有人提出建议。

吴大海面色难看，借着手电筒的光走到王子腾身边请示："王少，您看？"

此时，王子腾表情十分怪异，先前的怒气早已不见，取而代之的是一种前所未有的恐惧、不安、焦躁，伴随着一丝期待的狂喜。他似乎在害怕什么，又像是在期待什么。

方休注意到了王子腾的神情，顿感古怪。他一定知道些什么！

"王少？"吴大海再度出声。

王子腾瞬间如梦初醒："你刚刚说什么？"

"王少，我的意思是要不要报警？刚才的叫声明显不对劲，我怕出什么事。"

"哦，对对，赶紧报警。"王子腾似乎想起了什么，赶忙开始拨打手机。然而一阵忙音，电话始终没打通。

这时其他员工也纷纷惊呼："电话打不通！"

"我的也打不通。"

"这怎么可能？报警电话没卡都能打通，现在居然打不通了。"

"手机好像一点信号都没有了。"

这下子，众人更加慌乱了，一个经常游览都市传说论坛的员工更是颤抖着道："不会是见到脏东西了吧？"

众人七嘴八舌，场面一度十分混乱。

王子腾的脸色阴晴不定，手机没信号这一点似乎让他确定了什么，只听他猛地大喊一声："都闭嘴！"

毕竟身份摆在那里，他这一嗓子瞬间镇住了众人，一时间，全场

第 2 章 百柳书院

的目光都集中在他身上。

王子腾的脸被微弱的手机光照亮，因大半笼罩在阴影之中，再配上古怪的表情，竟有几分瘆人。他狠狠咽了一口口水，强装着镇定："现在所有人保持安静，我接下来的话很重要，关系到咱们能否活下去！"

"活下去"这三个字似乎带着异样的沉重，犹如一记重锤打在众人心口。王子腾身旁的李菲菲被吓了一跳："王少，你在说什么啊？什么'活下去'？别吓……"

"你给我闭嘴！"王子腾暴喝一声，吓得李菲菲脸色惨白。他深吸一口气，声音略带颤抖："如果我没猜错的话，咱们现在很可能进入诡域了。"

"王……王少，什么是诡域？"

"别打断老子说话！现在没有那么多时间解释，我说，你们做！懂吗？"王子腾一阵咆哮，再度镇住众人。

"以我的身份地位，能接触到的事物自然要比普通人多，关于这个世界的隐秘，你们根本想象不到。简单来说，这个世界上存在一种名为'诡异'的生物，而所谓的'诡域'就是诡异的领域，你们可以把诡域理解为一个异次元空间，这里是诡异的世界，是诡异的地盘！现在咱们要做的，就是从这该死的诡域中逃出去，要不然所有人都会被吞噬！"

一串话震得众人头皮发麻。诡异？众人都觉得王子腾是在开玩笑，可是看到对方惶恐狰狞的表情之后，又觉得不像。

"王少，您不是在开玩笑吧，这世上哪来的什么诡异啊？"

"老子不是说了别打断我的话吗？你们这帮废物，要不是老子不是御灵师，还需要靠你们活下去，你当老子愿意告诉你们这些隐秘啊？"王子腾的语气越发急促，似乎有把刀架在了他脖子上，"不管你们信不信,都给老子认真听,咱们现在绝对进入诡域了,手机没信号、光线被压制都是证明。记住,能对付诡异的只有御灵师,所谓御灵师就是能驾驭自身灵性的人。我表哥就是一位御灵师,这些话都是他告诉我的。普通人面对诡异,想要活下去,唯一的方法就是观察诡异的行动规律,然后尽力去避免。所以从现在开始,所有人听我指挥,绝对不能单独行动,就算是上厕所也给我原地解决!"

众人对王子腾的话将信将疑,毕竟这挑战了他们几十年来的世界观,在真正见到所谓的诡异之前,正常人都会心存侥幸。在场唯一完全相信王子腾的,大概也就只有方休了,因为他确定他的老婆就是诡异。

只是方休在疑惑,王子腾虽然知道诡异的存在,但是看他的样子,明显和自己不一样,应当无法看见满大街的诡异。如果王子腾也能见到满大街的诡异,他肯定不会表现得如现在这般慌乱。虽然作为一个普通人,他现在的表现已经算是比较出色了,但还远远不够。无法做到泰山崩于前而色不变的人,根本不可能在满世界的诡异面前活下来。不过这些都不重要,重要的是御灵师!

当方休听到能对付诡异的只有御灵师时,他内心仇恨的火焰开始翻腾。或许,御灵师能看见满世界的诡异,且掌握着对抗诡异的力量。

"王……王少,那现在咱们做什么?是不是要赶紧跑啊?"吴大海颤声道。

"不能跑!"王子腾像是受到了什么刺激一般大喊一声,"所有人都留在原地不要动!在诡域中乱跑和找死没什么分别。我表哥和我说过,在诡域中绝对不能乱跑,更不要乱看乱摸,以免触犯禁忌。"

"那……我们现在干什么?"

"观察!所有人都仔细观察四周,看看能否发现什么异常,诡异到现在还没有攻击咱们,那就说明咱们目前还未触发它们的行动规律。"

第 2 章 百柳书院

得到王子腾的指示,众人开始观察四周。很快,三分钟过去了,众人并没有任何发现,也没有发生任何危险。这让众人隐隐躁动,对王子腾的话越发怀疑起来,甚至开始窃窃私语。有人认为可能是磁场变化,或者是什么不知道的科学现象,才导致光线变弱、手机没信号以及停电。至于消失的两个同事,没准儿是恢复电源时不小心触电了。

"要不咱们出去看看吧,我有点想上厕所。"

"是啊,这世上哪有什么叫'诡异'的生物啊?"

窃窃私语声传入王子腾的耳朵,让他越发焦灼。他心中暗骂,但又不得不稳住人心。因为表哥曾经说过,想要知道诡异的行动规律,最好的方法就是用人命去填!所以他告诉众人这一隐秘,让众人知道真相,并将他们凝聚在自己身边,这样才能更好地试探出规律,让自己活下去。

"大家安静点,我说了,千万不要随意走动,有想上厕所的,就地……"王子腾的话还未说完,就被一道平静的声音直接打断:"诡异出现了。"

平静的声音中似乎蕴含某种魔力,或者说,是话语中的信息太过让人震撼,以至于众人瞬间安静下来。

"什么!在哪儿?"众人惊慌地朝四周查看,却什么都没有发现。

"方休,这时候你胡说什么,哪里有什么诡异?"一个被吓得不轻的同事朝方休怒视。

"是啊是啊,都什么时候了,你还故意吓唬人。"

方休一脸平静地看着众人,俊朗白皙的面容在黑暗中显得越发精致,再配上那没有丝毫情绪的神情,竟给人一种活体人偶的诡异感。众人被那死水般平静的眸子注视,皆感到浑身不自在,就连声讨他的声音都逐渐微弱。

蓦地，方休开口了："王晓丽不见了。"

"胡说，王晓丽明明就在我身边。王晓丽，你吱一声。"一个同事赶紧呼唤，却没有得到王晓丽的回应。那人心中咯噔一下，连忙用手机去照，赫然发现之前就在自己身旁的王晓丽真的不见了。

"王晓丽！王晓丽！"他连忙呼喊两声，却迟迟得不到回应。

这下子，人群炸锅了。

"王晓丽真的消失了！"

"难道诡异真的出现了？"

"方休，你看见诡异长什么样子了？"王子腾突然发问。虽然王子腾与方休有矛盾，但生死危机面前，他不至于还要和对方大打出手。

方休平静地回复："黑暗中视线受阻，我没看到诡异，只看到王晓丽消失。"

他平静的模样就好像刚刚消失的不是一个人，而是一只蚂蚁。正常人见到这种情况，不说高声尖叫，至少也得面色慌张，方休却不疾不徐地说出了王晓丽消失的过程，没有丝毫感情波动。在场的众人混迹职场多年，多少有点察言观色的本事，此时，是个人都看得出方休镇定得有些不正常。

王子腾突然一脸狐疑："方休，你似乎一点也不害怕诡异，难道你是御灵师？"

方休摇了摇头，反问："什么是御灵师？"

王子腾眼中的疑惑之色更浓："刚才不是说了，御灵师就是能驾驭自身灵性的人。具体的我也不太懂，灵性好像是心灵的力量。我表哥说，人的心灵中隐藏着巨大的力量，但每个人的心灵都是蒙尘状态，就好像一颗夜明珠，上面布满了灰尘。而御灵师就是擦去灰尘，让心灵绽放出灵性光芒的人。"

王子腾还想继续解释，一旁的吴大海却直接打断："王少啊！都

第 2 章 百柳书院

什么时候了,您怎么还有时间科普?已经开始有人消失了,您快想想办法怎么逃出去吧。"

"你给我闭嘴!"王子腾大怒,"逃出去?怎么逃?往哪儿逃?现在只是消失了三个人,万一胡乱走动,触发了禁忌,我们都得死!再说了,我现在说的这些隐秘,关系到咱们的生死!你们以为御灵师是怎么来的?他们不是天生的,而是后天成为的。目前最好的破局方法就是有人成为御灵师!"

"这么说,御灵师是在诡域中练成的?"方休突然说道。

王子腾有些诧异地点了点头,似乎比较吃惊在这种情况下方休居然还能保持如此敏锐的判断力。

"没错,想要成为御灵师,唯有借助诡异的力量!我之前说了,每个人的心灵都是蒙尘状态,想要擦亮心灵,必须满足两个条件:一是在生死之间徘徊过,唯有经历过生死的洗礼,心灵上的灰尘才能松动,或者心灵受到一些重大的刺激也可以;二是与诡异接触,通过接触,让诡异的力量入侵心灵,如同抹布一般,擦去灰尘。

"但是,有一点要注意的是,诡异的力量虽然能擦去心灵上的灰尘,但它本身也会产生污染,擦亮心灵的同时也会污染心灵。如果将心灵比作蒙尘的夜明珠,那诡异的力量就是带血的抹布,在擦去灰尘之时,会让夜明珠不可避免地染上血色。所谓的灵性光芒,其实就是心灵本身的光泽被扭曲之后的产物。"

方休听完之后,心中已然有了计较。看来御灵师的力量是自身心灵之力与诡异力量结合的产物,生死之间的状态便是两者的催化剂,就好比那些需要加热的化学反应,生死之间的状态就是加热的过程。

一想到此处,方休微微疑惑,生死之间、接触诡异,这两者自己都已经满足了,为什么没有点亮灵性?还是说已经点亮了,自己没有发现?

这时，王子腾继续解释："所以，在场的所有人都有机会成为御灵师，一旦有人成为御灵师，我们就有逃出去的希望！"

"点亮自身灵性有什么特征？"方休再度发问。

"首先是身体素质超越常人，感官变得十分灵敏，并且灵性点亮之后，自身会觉醒出一种独一无二的能力，这种能力是自己心灵的写照。没有一模一样的心灵，所以也没有一模一样的能力。"

能力？心灵写照？方休首先想到了死亡回档，难道这就是自己的能力？不，不对，自己的身体素质和感官与常人无异，根本没有得到丝毫加强。并且他心中隐隐有一种直觉，死亡回档的能力应该是自己出现在这个世界之后便拥有的，而非什么点亮灵性产生的。综合判断，自己目前应该没有点亮灵性。

那么问题来了，既然死亡回档不是点亮灵性带来的能力，那自己明明满足了两个成为御灵师的条件，为何还没有成为御灵师？

这时，方休忽然想到，其实自己并没有满足全部条件，因为死亡回档。

生死之间的状态有了，这东西应该不会随着死亡回档消失，它应该是一种心态，和记忆一样不会随着死亡回档改变，毕竟自己的心态早已随着多次死亡而发生了翻天覆地的变化。但与诡异接触的条件尚未满足，因为每次和老婆接触都会死，活下来的这次等于没有接触。还有那满大街的诡异，方休猜测，那根本不算接触，因为没有"被看见"时，诡异对于人类来说就是不存在的。

这次则全然不同，隐藏在暗中的诡异好像从虚幻闯入了现实，可以不用满足"被看见"的条件。

精神病院的消失、不需要"被看见"也能出现的诡异、御灵师的产生，重重信息在方休脑海中交织。其中一定有某种联系，只是目前还未发现。

第 2 章 百柳书院

虽然现在身陷危险之中，但方休却难得地感受到了一丝快意，因为他看到了复仇的希望，那就是成为御灵师。

突然，方休眼角余光波动："又有人消失了。"

"什么？那什么诡异又出现了？谁消失了？"

众人一阵慌乱查看，不多时有人惊呼："贾亮不见了！"

"贾亮！贾亮！"几个与他关系不错的同事连忙呼喊。

"别叫了！你想把诡异招来吗？"王子腾怒吼一声，连续有人消失让他仅存的理智快要消散了。他之所以能比普通人镇定，是因为早就从表哥身上见识过这些诡异的力量，心中有所准备。再加上他十分羡慕表哥，也想成为御灵师，所以进入诡域之中，除了恐惧，还有一丝隐隐的窃喜和期待支撑着他。可他终究是叶公好龙，当真龙出现在眼前时，才会发现涌出心底的第一种情绪，往往是恐惧。

"王少，怎么办啊？我不想消失啊！"李菲菲泪眼婆娑地抓着王子腾的衣袖，搞得王子腾一阵烦躁："你问我我问谁啊？"

这时，突然一道平静的声音压盖过全场，说话的正是方休："两到三分钟。"

"什么两到三分钟？"

"人消失的间隔是两到三分钟。"方休平静地道，"准确地说，应该是女人两分钟，男人三分钟，刚刚保安小赵消失了三分钟之后，王晓丽消失了，而王晓丽消失两分钟之后，贾亮消失了，看来这只诡异的行动规律是每两到三分钟吞噬一人。如果推断没错的话，贾亮消失三分钟之后，还会有人消失。"

"按照时间规律吗？该死！这怎么避免？"王子腾双眼通红，情绪隐隐有些失控。

方休没有理会他，而是转身朝黑暗中走去。众人瞬间大惊。赵昊第一时间大喊："休哥，你干什么去？你不要命了？"

至死方休 [预知]

方休头也不回地道:"当然是去寻找出路,难不成留在这里坐以待毙?这里还剩八个人,按照每两三分钟消失一人的规律,大约二十分钟之后,所有人都会死,倒不如搏一搏。"

"方休!你给我站住!"王子腾突然怒喊,"我刚才不是说了吗?任何人都不能随意行动。你知不知道万一因为你一个人触犯了诡异的禁忌,我们所有人都可能跟着陪葬!你不过是一个普通人,你知道……"

方休站定,蓦然回过头来,一张白皙且面无表情的脸映入众人眼帘,那张脸宛若一具苍白尸体,看不出任何生气。王子腾被这张脸盯着,瞬间呼吸一滞。

这时,方休开口:"再多说一个字,我会在诡异之前……送你上路。"

明明是没有任何情绪的话语,竟有着说不出的森寒,听到这话的瞬间,王子腾甚至觉得有一股强烈的死亡气息将自己包围。

对上方休那双平静的眸子,王子腾猛然意识到,他说的是真的,自己再多说一个字就真的会死!身为富二代,王子腾交友广泛,也看见过杀人犯的眼睛,可就算是杀人犯的眼睛给人的压力,也比不上此刻方休这双平静的眸子。

见王子腾哑火,方休转身消失在黑暗之中。赵昊见到这一幕,脸上闪过犹豫之色,下一刻,他咬了咬牙,看了看方休离去的背影,又看了看原地犹豫的众人,最终跟了上去。

"王少,我们怎么办?"吴大海声音发颤。

王子腾的脸色一阵青一阵白,方休在时他不敢发火,现在方休离开了,那火气噌噌噌往上涨:"怎么办?他们俩要找死就让他们去!两个连御灵师是什么都不知道的土鳖,还敢不听我指挥!"

"可……可是我看方休不像是自寻死路的人,要不咱们也跟上去

第 2 章 百柳书院

看看?"

王子腾瞬间怒火高涨:"跟什么跟?我就是死,就是被……"

他的话还未说完,就被一道尖叫声打断:"啊!又有人消失了!"

王子腾瞬间一阵肝颤,他看了看周围的人,算上自己就剩五个人了,当即改口:"快!快跟上去!"

方休在黑暗的走廊中穿行,他身后是紧跟的赵昊。两人打着手电筒不断前行,走了许久仍未走出这条走廊。要是平时,走不了几步就能在走廊尽头见到下楼的楼梯,可今日的走廊却犹如无底洞一般,深不见底。

"休……休哥,这不对劲啊,怎么还没到楼梯口啊?"赵昊不断颤抖着,身子蜷缩在方休身后,呈"大鸟依人"状。

"嘘,安静。"

方休蓦地停下脚步,紧紧盯着走廊深处。只见走廊尽头突然出现一抹幽绿的光亮,就像黑暗中安全出口指示牌所散发的光芒,阴森、瘆人。方休在看到光亮的瞬间,不由得眉头一皱。这光芒……和青山精神病院中的灯光一模一样。

一个不可思议的猜测在他脑海中成形,他立刻加快脚步朝着光亮走去。彻底踏入光亮之后,他发现自己竟出现在一处狭窄逼仄的破旧走廊之中——天花板与墙壁上满是暗沉与血污,走廊中每隔几米就有一张破旧长椅,墙壁灰暗一片,地面是灰白的水泥地。这是……青山精神病院!

"休……休哥!我是不是产生幻觉了,这是哪儿啊?咱们不是应该在公司吗?这里怎么好像恐怖片里的医院啊!"赵昊害怕的声音在方休背后响起。

方休心中微动。赵昊也看得见精神病院?难道……方休探出手掌,朝四周的墙壁摸去，冰冷粗糙的触感传来，他的瞳孔骤然收缩。果然！自己到了精神病院之中，这次的精神病院不再是幻影，而是实体！难道精神病院也与那些活体诡异一般，满足了某种条件，所以闯进了现实？难道这就是所谓的诡域？

方休猜测，之前类似全息投影一般的精神病院已经与现实发生了空间重叠，售楼处如同被它吞噬了一般，镶嵌在其中。怪不得无法如之前一般看到精神病院，原来是已然身处其中。

"如此也好，距离真相更进了一步。"方休喃喃自语，他本就没打算离开，而是希望探索青山精神病院。

两人继续向前走着，很快便在不远处发现两大摊血迹。出血量惊人，四周的墙壁也被溅上不少，血迹之上还有一些被撕碎的售楼处工作服和保安服。看着眼前熟悉的衣物，方休清楚地知道，这就是之前去查看电源的同事以及保安的。很显然，他们都死了。

见到这一幕，方休瞬间明白了，为什么男人消失之后要过三分钟诡异才会再次出现，而女人只有两分钟，原来这个时间间隔是根据消失的人的体量计算的。

售楼处的女同事们个个五官端正、身材苗条，这也是行业需求，所以她们的体量相对于男同事来说要差了不少。诡异吞噬掉一个男同事大约用时三分钟，而吞噬一个女同事大约花费两分钟。

"休哥！他……他们都死了！"一旁的赵昊脸色苍白、浑身颤抖。

方休没有理会，而是仔细观察那些被撕碎的衣服，衣服上有很多十分平整的切割痕迹，很显然是某种利刃造成的，再联系到之前在青山精神病院中看到的诸多诡异，他脑海中第一时间浮现出那个女医师的身影。能切割成这样，极有可能是对方手中的手术刀造成的。

这时，方休与赵昊的身后传来密集的脚步声，他们回身看去，只见王子腾一行人从黑暗的走廊中走出。

第 2 章　百柳书院

"天啊！这是什么地方？这里不应该是售楼处吗？"

"这里好像是医院！"

王子腾等人发出阵阵惊呼，满眼的恐慌和不可置信。

确实，任谁也想不到，明明是走在售楼处的走廊中，一出来却发现曾经熟悉的地方竟然变成了医院。

"方休、赵昊，你们两个先出来的有什么发现吗？看见小赵和小李了吗？"经理吴大海颤抖着问道。

"小赵和小李他们……"赵昊颤颤巍巍地指了指地上的两摊血迹。

王子腾等人顺着手指的方向看去，顿时瞳孔收缩。

"血！好多血！"李菲菲止不住地尖叫。

"这是……小赵和小李的衣服！"王子腾的脸色越发难看起来，他冷汗直流，似乎想到某种恐怖的景象。

众人一阵毛骨悚然。

"王少！快，我们快离开这里，我想回家，呜呜呜……"李菲菲直接被吓哭了，拽着王子腾的胳膊不断哀求。

王子腾忽地惊醒："对对对，赶紧走！"

他刚想带领身后的众人前行，可看着眼前陌生且空荡的医院长廊，竟怎么也不敢迈动脚步。谁知道这长廊会通向何处，万一前面就是诡异的老巢怎么办？

王子腾现在如同一群人去鬼屋游玩时走在最前面的那个人一般，承受的压力巨大，可偏偏众人都将他当成了主心骨，全部龟缩在他身后。好在很快，方休替他解了围。

方休观察完，开始行动了。他平静地朝着长廊深处走去，赵昊亦步亦趋地紧跟在他身后。王子腾见有人开路，当下也不再犹豫，径直向前走去。不过他并不像赵昊那样跟得很紧，不知是碍于面子还是有其他什么因素的考虑，他和他们保持着大概三米的距离。

至死方休 预知

空荡荡的走廊中响起了众人密集且极力压制的脚步声，好像生怕被听到一般。突然，脚步声戛然而止。因为走在最前面的方休停下了脚步。此刻他就像领头羊一般，他一停，身后的赵昊也停了下来，然后是王子腾以及其他同事。

王子腾很想问问方休为什么不走了，但碍于面子又不想开口。一旦开口，不就好像方休不上路，自己就不敢走一般？

"方休，你怎么不走了？"李菲菲的声音满是惊慌。这个女人早已被吓破了胆，自然没了往日白领精英的精明，见方休停下，迫切想要离开这里的她下意识就问向对方。

方休没有回答，而是看了一眼手机，沉默片刻道："时间到了。"

"什么时间到了？"李菲菲下意识发问。

众人也是一头雾水。唯有王子腾反应了过来，瞬间脸色大变，急忙抬起左手，看向手腕上价值不菲的手表："三分钟了！"

众人顿时反应过来，纷纷大惊失色。这时，众人身后传来"咔嚓咔嚓"的声音，那声音十分清脆，宛若关节转动一般。众人回过头去，只见一个身穿白大褂，披头散发，四肢宛若蜘蛛一般颀长，双眼只有眼白的女医师模样的东西正倒吊在走廊天花板上。那"咔嚓咔嚓"的声音，正是它转动脖子的声音。

因为它如蜘蛛般倒吊在天花板上，所以它的脸与众人方向相反，头顶在下，下巴在上，但伴随着头颅的转动，在扭转一百八十度之后，它的脸成功与众人保持在了同一方向。无言的恐惧如潮水般开始漫延。诡异未出现时和诡异出现时，人的心态是完全不同的，当它直直地站在你面前时，便是铁打的汉子也要肝颤。

女医师死死盯着众人，下一秒，它的四肢疯狂摆动，如同人形蜘蛛一般，朝着众人爬来。

"啊！"李菲菲的尖叫声如同抢跑信号一般，使众人疯了似的开始

第 2 章 百柳书院

玩命狂奔。

这次不需要任何人在前面领路了，甚至他们还嫌前面的人挡路。精神病院的走廊本就狭窄，众人为了逃跑甚至不自主地用力拉扯挡在前面的人，以求自己能逃生。一些身体素质比较弱的人直接被推倒在地，比如李菲菲。作为一个娇滴滴的美女，她时刻拽着王子腾的胳膊寻求保护，但危机来临之际，王子腾第一个将她甩倒在地，玩命狂奔。

王子腾的反应速度很快，他是最先逃跑也是冲在最前面的人，而此时方休和赵昊正挡在他的逃跑路线前方。但方休和赵昊并没有逃跑，赵昊纯粹是吓傻了，方休则是在观察。

正如他推测的那般，动手的果然是之前在精神病院里见到的女医师。毕竟青山精神病院中的大部分诡异都被关在自己的病房中，虽然有的病房门被打开了，但之前他一直没碰到里面的诡异，他唯一碰到的就是这个"医生"，它曾经的身份不是病人，而是医生，所以没被关起来。

"滚开！别挡路！"王子腾惊怒一声，一把推开原地吓傻的赵昊，朝前跑去。

至于方休，他在众人逃命的那一刻就贴墙站好了，防止被众人波及。

"嗖嗖嗖……"曾经久坐办公室的同事们，此刻犹如一个个运动健儿，带着呼啸的风声从众人眼前"飞"过。可怜的赵昊则被撞了好几下，摔倒在一旁。

"等……等等我！王少！不要丢下我！"李菲菲从地上爬起来，惊恐地大叫着，那张颇具姿色的脸早已因恐惧而扭曲，脸上的妆也早被泪水弄花了。她目前是最后一名，不仅因为被推倒了，还因为她穿的是高跟鞋。

至死方休 [预知]

事实证明，穿着高跟鞋没法跑步，很容易崴脚。李菲菲没跑两步，便痛呼一声摔倒在地，白皙纤细的脚踝处一片红肿。摔倒的李菲菲根本顾不得脚踝处火辣辣的疼，挣扎着就要起身，可下一秒，她的眼前一黑，只见无数条漆黑浓密宛若小蛇一般的长发挡在了眼前——正是女医师垂落下来的头发。

李菲菲娇躯一颤，心脏在这一刻骤停，她下意识抬头看去，一张苍白的人脸与之相对，一双只有眼白的双眸直勾勾地盯着她。她整个人顿时僵住，像是瞬间被抽走了所有力气，一点也动不了。直到女医师的发丝垂落，打在李菲菲的脸上，那冰冷滑腻的触感刺醒了她。

"啊！"李菲菲发出凄厉的惨叫，犹如爬行动物一般疯狂朝前爬行，光洁娇嫩的膝盖在水泥地上磨出好几个血印，她却仿佛感觉不到，只顾着逃跑。

"救……救我！"她向方休与赵昊发出求救。这是目前走廊中仅剩的两人，其余人早就跑到走廊尽头，然后一拐弯不见了。

"我不想……"李菲菲的话还未说完，一道银亮的刀光闪过。她的视线开始上移、旋转，然后垂落。

女医师手中的手术刀很是锋利，超过两米长的手臂让它的攻击范围很广，仅仅一挥手，手术刀便完成了动作。太快了，以至于李菲菲的身体还保持着跪地爬行的姿态，好不容易镇定下来的赵昊此时再度被吓傻。

女医师开始吞噬自己的"猎物"，方休和赵昊两人就在一旁，它却根本看都不看一眼。

看到这一幕，方休心中已然有了猜测。他大致知道了女医师的行动规律：依照就近原则，每次只吞噬一人，不然女医师没道理不理会自己和赵昊。之所以会有这种行动规律，恐怕和它转化为诡异之前的职业有关。

第 2 章 百柳书院

医生基本上一次只给一个病人做手术，几乎不可能出现一个医生手持两把手术刀，左右开弓，同时为两个病人做手术的情况。这应该就是女医师每次只吞噬一人的原因。

了解了行动规律之后，方休走向女医师，在它身边站定。场面很可怕，但方休不为所动，这不得不感谢老婆，毕竟这种场景他经历过许多次。蓦地，方休握紧拳头，对着女医师狠狠挥去。

"砰！"沉闷的碰撞声响起。方休收回拳头，滴答滴答，鲜血顺着拳头滑落。他微微皱眉，看了看自己受伤的拳头，又看了看女医师毫发无伤的脸颊。方休感觉这一拳仿佛打在了钢铁之上，但对方似乎丝毫没有被方休的不礼貌打扰。

也是这一拳让方休认清了自己与女医师之间的差距。貌似目前遇到的所有诡异，都具备人类完全无法抵抗的杀伤力，人类在诡异面前弱小得犹如蚂蚁。也许，只有成为御灵师才能改变这一现状。

这时，方休身后响起一道颤抖的声音："休……休哥，我们快跑吧！"显然赵昊已经从极度恐惧中恢复过来，他没有如那些同事一般直接逃跑，而是打算叫上方休。

但方休没有跑，而是平静地站在原地："这只诡异每次只会吞噬一个人，也就是说现在就是最安全的时候。"

"可……可是我看它就快结束了啊。"

"不急。之前王子腾说过，成为御灵师需要让诡异的力量侵染自己的心灵，而整个诡域之中，力量最浓的地方就是诡异身边，所以我打算再待一会儿，你如果害怕可以先走。"说完，方休便不再理会赵昊，而是伸出手去摸女医师犹如蜘蛛般弯折的腿。他不知道如何被诡异的力量侵染心灵，但想来有肢体接触肯定会快点。

赵昊见到这一幕，感觉三观尽碎。不过结合刚才方休说的话，很快赵昊便明白他这么做的目的了。可能是受到的冲击太多，又或者方休的平静给了他一些信心，抑或每个普通人都有一颗梦想超凡的心，种种复杂的念头让赵昊心一横，竟也朝女医师走去。方休见他过来，当即腾出地方。赵昊颤抖着伸出手，犹如要去伸手抓毒蛇一般。

"拼了！嘶！好冰！"赵昊倒吸一口凉气，但并没有挪开手。

过了一会儿，两人并没有感受到任何变化。这时，赵昊突然出声道："有一说一，这腿是真的长，简直比我的命都长。"

方休诧异地看了赵昊一眼，倒不是因为他的冷笑话，而是觉得赵昊有几分潜力。他虽然一开始表现得十分害怕，但适应能力很强，现在都敢开玩笑了，即使是为了缓解心中紧张恐惧的情绪心情，但也不是什么人都敢在这种时候开玩笑的。

"一分钟了，再过三十秒立刻走，预留出足够的逃跑时间。"方休果断道。

赵昊点了点头。

时间一分一秒地过去，三十秒的时间转瞬即逝。

"走！"方休毫不犹豫，立刻转身逃跑，赵昊则紧随其后。

方休既然敢如此托大，自然是心中早有把握，毕竟他之前"进入"过青山精神病院，虽然没有逛完，但大体方位以及一些路线还是记得的，所以他有自信利用地形优势拉开与女医师的距离。然而，正当两人跑到走廊尽头的拐角处时，惊变发生了。

方休发现自己眼前突然降下几缕黑色发丝，他抬头看去，正好对上女医师那双苍白的眸子。这怎么可能？方休心中一惊，难道是自己误判了行动规律？明明还有逃跑的时间，女医师为什么追来得如此快？

"唰！"一道银光闪过，方休的视线开始上移，其头颅高高抛起，而后重重落下……

第 2 章 百柳书院

冰冷滑腻的触感再次自手掌中传来,醒来的方休赫然发现,自己竟然没有回到老婆身边,而是在女医师的身边。这时,一旁的赵昊也走了过来。

方休连忙掏出手机看了看时间,发现自己居然死亡回档到了刚开始与诡异肢体接触的时候,一个念头瞬间涌上心头:难道……死亡回档是以事件为单位的?就如同游戏中的各个关卡一般,第一关是出租屋附近,第二个关卡则是青山精神病院。因为第一关已经通过,所以存档时间自动来到第二关?

方休来不及细想,这次他不会再犯同样的错误:"走吧。"

赵昊微微一愣:"休哥,这就走啊?这可是我第一次……"

没等赵昊说完,方休已转身离开。赵昊哪敢一个人留在这里,连忙跟了上去。两人一路奔跑,很快便跑到了长廊尽头,这里只有一处右转的通道,他们没有丝毫犹豫,直接右转。没走两步,一处楼梯出现在两人眼前。

"下楼。"方休说了一声,两人便开始狂奔下楼。

楼梯中的灯光越发昏暗,其中的黑暗犹如某种实质性的颗粒一般飘浮在空气中。

他们疯狂狂奔,一层,两层,三层……不多时,两人的前方响起了密集的脚步声,随后传来人的尖叫声:"诡异追上来了!"

方休认出了这个声音,是同事们。他加快脚步,直接从楼梯上跳了下去,靠近一看,果然是王子腾一行人。王子腾他们自然也看清楚了方休,算是稍稍松了一口气,他们还以为是诡异追了上来。

"是方休和赵昊!吓死我了,我以为是诡异追上来了。"一个同事喘着粗气说道。

赵昊看着众人有些诧异:"你们怎么跑得这么慢?"

"这还慢?我们至少下了二十层楼了。倒是你们,怎么跑得这么快？"

"二十层？"赵昊大惊失色，"这不可能！我和休哥才下了三层楼梯就遇到了你们。"

"什么？"

"赵昊，这时候你可别胡说八道。"

方休看着慌乱的众人不禁若有所思。

这时，王子腾反应了过来，神情惊慌："我表哥说过，诡异的力量会让人产生幻觉，让人一直在原地打转，永远也无法逃脱。方休他们能这么快追上咱们，是因为咱们一直在原地打转！"王子腾的话如同火上浇油，一时间让众人更加惊慌失措。

"你们谁身上有多余的物品？扔到地上做一个标记。"方休平静的声音压下众人的慌乱。

王子腾显然也意识到了方休要做什么，连忙从裤兜里掏出一堆乱七八糟的东西扔在地上。其余几人也反应了过来，纷纷掏出一些纸币、香烟扔到地上。做好标记之后，众人再度开始狂奔下楼。待下了半层楼之后，一转角，众人便发现地上刚刚丢弃的物品。

"这……这是我刚扔的打火机。"

"还有我的钱！"

"完了，这可怎么办啊？一会儿诡异追上来我们就死定了！"

王子腾面色阴沉地捡起自己刚扔下的东西，发现并不是幻觉，脸色更加难看了。

"都别吵了！"他大吼一声，"我表哥说过，普通人根本走不出诡域，想要破局，唯有依靠灵性，赶紧都检查检查有没有人要点亮灵性的！"说完，他拼了命地集中精神祈祷，希望自己点亮灵性，他不知道之前被诡异追杀算不算历经生死，但事到如今也只有祈祷了。

方休并没有理会众人的动作，而是顺着右边的墙壁开始摸索，他

第 2 章 百柳书院

从不指望别人点亮灵性成为御灵师,因为在这些人中,最有可能成为御灵师的绝对是自己。也只有他真正经历过生死,且与诡异接触过。如果自己没有成为御灵师,那其他人更没有可能,所以与其祈祷,倒不如搜寻线索。

他开始回忆精神病院的整体布局,觉得生路应该在右侧。之前他在楼梯间穿梭过,当时楼梯间的出口就在右侧,虽然暂时分不清这是精神病院的哪一栋建筑,但想来建筑布局应该是相同的。既然是幻觉,那闭上眼睛用手摸着右侧下楼,有很大的概率会摸到门。

方休闭上眼睛摸着右侧的墙开始下楼,他的举动顿时引起了众人的注意,毕竟所有人都站在原地,仅有方休一人脱离组织单独行动。

王子腾看着方休的举动,若有所思。事到如今,他也看出了方休的不一般,太平静了,从始至终脸上没有丝毫慌乱,甚至见到诡异时也是如此。他不由得回想起之前的画面,女医师出现时,自己第一反应是逃跑,可是方休当时在干什么?

明明位置最靠前,方休却没有选择在第一时间逃跑,而是贴墙站好,防止被挤到。且最后走廊里只剩下方休、赵昊以及李菲菲三人,现在李菲菲不见了,肯定是死了,可方休和赵昊两人在那条走廊中待了至少一分钟,他们俩在干什么?为什么不逃跑?为什么诡异没有吞噬他们?

王子腾虽然不清楚这两人那一分钟做了什么,但有一点可以肯定,那就是诡异每次只吞噬一人,男的三分钟,女的两分钟,这段时间是绝对安全的,即使待在诡异身边也没事,方休两人还活着就是最好的证明。

这时,方休已然走下了楼梯,和众人拉开了距离。王子腾似乎意识到了什么,也学着方休的动作闭着眼摸着墙下楼,其他人皆被两人的动作吸引。

在方休的触感中,他摸的一直是坚实粗糙的墙壁,可当他走到第十五个台阶之后,手上的触感变了,变得光滑,且越发冰冷,好似摸到了钢铁。

方休陡然睁开双眸,看着眼前光秃秃的墙壁,他没有丝毫犹豫,立刻将双手贴了上去,企图寻找门把手。这时,照葫芦画瓢的王子腾也摸了过来,很快他也意识到了触感不一样,不由得狂喜。

"是门!"只听咔嚓一声,方休扭动了刚找到的门把手,门开了。

墙壁处不知何时幻化出一扇铁门,此时铁门打开,露出一条昏暗的长廊。王子腾疯了一般第一个冲了进去,方休并没有说什么,自顾自地走入门中。

其余众人见到出口,也疯了似的往里跑。一行人开始在长廊中奔逃,明明是第二个进入门中的方休,很快就落在了倒数第二的位置。不是他跑得慢,而是他觉得没必要跑。面对女医师,你根本无须跑得比她快,你只需要跑得比最后一个人快就可以了,而且这样还方便近距离接触女医师,争取早点点亮灵性。况且,有时候跑在最前面并不见得是一件好事。

方休清楚地知道,这座精神病院中的诡异不止女医师一只,虽然大部分都被关在病房中,但别忘了,有的病房的门是开着的。

跑着跑着,原本一马当先的王子腾突然停了下来,紧跟着的其余人也陆续停下。他们的面前出现了一左一右两条岔路,两条岔路都十分幽深,能见度不足一米,谁也看不清这两条路前面的情况,所以没人敢走。这万一选中了死路,岂不是要被女医师瓮中捉鳖?

这时,众人不由得把目光集中在了刚刚跟上来的方休身上。之前方休能找到生路,他们自然认为这次方休也可以。只是可惜,方休也不清楚应该选择哪一条路。

他之前并没有将精神病院逛完,更多的是如同幽灵一般在精神病

第 2 章 百柳书院

院的墙体中来回穿梭,他只知道大体布局以及一些走过的路线。很不巧,这里的两条路都不在他的知道范围内。

"方休,应该走哪一条路?"王子腾连忙问道。

看着众人期待的眼神,方休觉得好笑,逃跑的时候恨不得将自己推开,遇到困难却又想起了自己,自己不是妥妥的工具人吗?不过方休并不在意,因为他也将众人当成了工具人,毕竟目前对上自己这些人,女医师是无敌的。

方休并没有说话,而是径直选择了右边的道路。他不知道哪条路正确,但是他知道此时绝不能耽误时间,目前所有的时间都是用人命换来的。

众人见方休走向右边,也选择朝右边跑去,没有例外。

正在这时,"咔嚓咔嚓"的关节转动声再次响起,众人回头看去,只见犹如蜘蛛一般的女医师已经倒挂在天花板上,惨白的双眸直勾勾盯着众人,其身上的白大褂在昏暗的走廊中十分醒目。

"啊!快跑!"

"别挡路!"

人群一下子沸腾,众人玩了命地往前跑。但人的速度无法和女医师的速度相提并论,根本跑不过。只见女医师那鬼魅般的身影瞬间出现在众人头顶的天花板上,长长的黑色发丝垂落,袭向队伍中的最后一人。

最后一人是经理吴大海,所有人中他年龄最大,体型也最胖,中年发福,体能自然不行。但吴大海也不知是故意还是无意,慌忙逃窜中竟一把拽住前面的一个人,狠狠往后一拉,自己借力朝前跑去。而被他拉住的那人一个趔趄,差点摔倒,自然也就成了最后一名。

"唰!"一道银光闪过,被吴大海拉了一把的人,连一声惨叫都没来得及发出就死了。

至死方休 [预知]

方休见到这一幕，当即停下脚步，又趁机摸了几下诡异的蜘蛛腿，这才继续往前跑。方休丝毫不担心掉队，他年轻力壮，加上经常锻炼，现在他正处在一生中状态的巅峰时期。他不知道如何快速点亮灵性，所以只能做这些不知道有没有意义的尝试。

右边的走廊很长，众人足足跑了一分钟才跑到尽头，尽头处豁然开朗。这里是一处餐厅，餐厅很大，空无一人，里面摆满了老旧的桌椅，边角处还有灶台以及几口大黑锅。

王子腾见状大喜："餐厅里一般都会有连通外界的出口。"

众人一听顿时激动，全然无视了餐厅的环境，四处扫视一番，见到餐厅最左侧有门，然后集体朝门跑去。方休则始终保持倒数第二的位置，他一脸平静地跑着，顺便四处打量周围的环境。

进入门内，又是昏暗逼仄的走廊，只不过这条走廊似乎更加昏暗，天花板上的灯管好像随时会熄灭一般。没人关心这里的环境，他们只想尽快逃出去。

一行人很快跑到了走廊的尽头，为首的王子腾脸色极度难看："没路了！"

原来走廊的尽头是一条死路。这简直不合乎常理，按照王子腾的理解，餐厅这种人员密集的地方一般都会留有逃生通道，或者连接外界的通道，怎么可能会是死路？难道说整座医院都是全封闭的，根本不想让人出去？

"快看！这儿有扇门！"一个同事惊呼。

只见走廊尽头的右侧有一道狭窄的小门，狭窄到仅容一人通过，门是木头做的，上面的油漆已经掉色，还带有一道玻璃小窗口。见到有门，众人根本来不及思索，打开门就往里冲，也不管门内有什么，毕竟门外可是有诡异啊！

所幸门内并没有诡异。这是一处狭小的房间，里面堆满了扫帚、

第 2 章　百柳书院

拖布、破旧桌椅之类的杂物，以至于他们五人挤进来之后，难以寻找落脚的地方。

"该死！这是一个杂物间！这里根本就没有路！"王子腾失态地破口大骂。

其余几人也一脸绝望。死路！这是一条死路！要被诡异瓮中捉鳖了！

选错了吗？方休平静地想着，看来下次应该选择左侧的路。他丝毫不慌，毕竟这对于他来说仅仅是一次试错罢了。他想了想，决定回档重来，去选择左侧的道路。

现在往回跑已经来不及了，时间已经过去了两分钟，距离女医师下次进攻只剩一分钟了，掉头往回跑只会给女医师送菜。虽然可以选择牺牲一个人，帮助其他人逃脱，但方休觉得这样做意义不大。目前算上自己只剩五个人了，没人知道还需要跑多远，这一路上又需要多少人命去填。

正当方休准备走出门口，去找女医师死亡回档之时，王子腾愤怒的质问声传来："都怪你，方休！要不是你选错路，我们至于被堵在这里吗？"

"方休！你要是不知道选哪条路，你不会和大家商量一下啊？非要自作主张选右边！"吴大海也怒气冲冲地附和道。

除了赵昊，剩下的一人虽然没有明说什么，但眼神中也流露出些许责怪的情绪。

方休的嘴角有些抑制不住地勾起，他现在很少笑，除非在面对诡异且极度兴奋的时候。但不知为何，此时此刻面对王子腾等人，他想笑。

赵昊站出来极力反驳道："休哥也没逼着你们来啊，还不是你们自己要跟来的？当初问路是你们问的，现在选错了路又来怪休哥，你们那么有本事，怎么不自己选啊？"

"我们是没本事，但我们至少不会像他那样自作主张，不知道路可以大家一起商量啊！我们大家信任他，让他选择，谁知道他会瞎选啊？他辜负了我们的信任，还陷我们于死路！"吴大海不愧是当经理的人，一番话直接将不善言辞的赵昊撑得说不出话来。

"好了，别吵了。"王子腾大喝一声，"当务之急是想想如何活下去。据我观察，这只诡异每次只攻击一个人，而攻击完之后会有两到三分钟的安全期，所以现在唯一的办法就是我们选出一个人，让他去引开诡异，然后大家逃跑。"

王子腾这话一出，场中的气氛瞬间诡异起来。傻子都听得出来，这根本就是去送死，用自己的命换大家的命。

王子腾将众人的表情尽收眼底，心中早已有了计较。他之前突然质问方休就是为了给现在做铺垫，当所有人都对方休有责怪情绪时，那被选出去送死的人还能是谁？王子腾很清楚自己必须这么做，这种事需要先发制人，人在慌乱的时候很容易有从众心理，不会过多思考。要是被别人先说他王子腾是个为富不仁的富二代，应该他先死，那他怕是真的要死了。

就在气氛诡异至极时，王子腾做出了出乎意料的举动，他竟然猛地推了推方休，口中还高声呼喊："要不是方休，大家也不会陷入绝境，所以必须是方休赎罪！你们快来帮忙！"

余下的几人面面相觑，他们虽然不想自己死，但真要靠害死别人活下去，还真的于心不忍，也没有胆量。

"快放开休哥！"赵昊猛地怒吼一声，朝王子腾冲了过去。

王子腾大惊，连忙大喊："吴大海，还不快来帮忙！"

寻求众人帮助时，最好喊出其中一人的名字，责任落实到人，效果会出乎意料地好。这种简单的心理学小技巧，王子腾还是比较精通

第 2 章 百柳书院

的,虽然他喜欢吃喝玩乐,但从小接受的精英教育还是有用的。

接收到信号的吴大海立刻响应,毕竟平日里他一直唯王子腾马首是瞻。

"砰!"吴大海直接用他肥胖的身躯撞向赵昊,将其狠狠地撞倒在地。随后他又联合王子腾将方休推出门外,狠狠地关上了杂物间的门。

至此,门内门外就像是两个世界。门外,方休孤零零地一个人站在门口,门内则是他的同事们。透过门上的小窗户,方休可以清楚地看到每一个人的神情——赵昊似乎摔倒时碰到了桌椅,正在地上惨叫,王子腾与吴大海两人则面色狰狞地抵着门,余下的一人低着头,根本不敢看窗户。

门内,王子腾对着吴大海大喊:"用力把门堵好了,千万不能让方休进来!"

"放心吧王少,这破木门虽然挡不住诡异,但挡住人还是没问题的。"吴大海随声附和。

然而,两人堵了一会儿却发现,门外没有传来丝毫的力道,至于什么砸门声、踹门声,更是没有一点。两人对视一眼,不由得神情古怪地抬起头朝小窗户看去。小窗户处,一张微笑着的白皙人脸正贴在上面,平静地注视着二人,两人瞬间感觉毛骨悚然。

"我一直以为我不会再对人感兴趣,没想到有的时候,人比诡异有趣多了,哈哈哈……多谢你们让我对这世界又增添了几分兴致,下一次,我会好好报答你们的。"

方休的声音透过破旧的木门传入王子腾二人耳中,那古怪的话语让人不明所以,但其中所蕴含的意味却让两人同时生出一种不祥的预感。

正在这时,"咔嚓咔嚓"的声音响起,女医师出现了。

这熟悉的声音犹如阎王索命一般，让杂物间内的王子腾等人瞬间连大气都不敢喘，生怕引起诡异的注意。即便是知道了女医师的行动规律，但当它出现时，他们还是会本能地害怕。

方休自然也听到了这个声音，但他连头都没有回，依旧微笑地注视着王子腾两人，似乎想记住两人的样子。

下一刻，"唰！"一道银光闪过，方休的头颅重重地摔在地上。

"就是现在，快跑！"屋内的王子腾大吼一声，猛地推开门朝外狂奔。

逃跑时，他下意识回头看向方休的头颅，只见那张脸上依旧挂着微笑，一双平静的眸子静静地看着自己。王子腾只感觉自己的心跳都要停止，头也不回地逃离了现场。

第 3 章
心灵之力

冰冷、滑腻的触感又一次从方休手掌中传来。

"又回来了。"方休喃喃自语,下一刻,他的嘴角勾起一抹诡异的微笑,那笑容一闪而逝,以至于一旁的赵昊都没有看见。

刚刚死亡回档的方休并未做出任何不一样的举动,他如同电视剧重演一般,完整复刻了上次回档所做的事情,与诡异接触,跑路,下楼梯……楼梯间灯光昏暗,黑暗犹如实质性的颗粒一般在空气中飘浮。方休带领赵昊狂奔下楼,一层,两层,三层……没多时,两人的前方响起了密集的脚步声,随后传来人的尖叫。

"诡异追上来了!"

方休一如之前,从楼梯上一跃而下,蹦到了下一层,成功见到了王子腾等人。

"是方休和赵昊!吓死我了,我以为是诡异追上来了。"一个同事喘着粗气说道。

赵昊看着众人有些诧异:"你们怎么跑得这么慢?"

"这还慢?我们至少下了二十层楼了。倒是你们,怎么跑得这么快?"对话也一如之前。

至死方休 预知

然而众人的话还未说完，只听"砰"的一声，门开了，而方休正静静地站在门前。王子腾愣住了，其他人也愣住了，怎么突然就找到出口了？不过众人也没有多想，而是疯狂地朝门口冲去。很快，一行人再次来到了岔路口，停住了脚步。

"方休，你……是不是点亮灵性了？"王子腾面色有些复杂。

此言一出，众人的目光顿时集中在方休的身上。他们先前一直听王子腾说，只有御灵师才能对抗诡异，而只有点亮了灵性才能成为御灵师。现在听到王子腾如此问方休，自然一个个都升起了活下去的希望。

无怪乎王子腾这般发问，毕竟方休这次破解幻觉问题与上次不同，上次是靠摸索，而这次他却径直走到门的位置打开了门，所以王子腾误以为方休是靠着灵性感知到了门的方位。

面对众人期待且复杂的目光，方休并没有立刻回答，而是拿出手机，看了一眼上面的时间，随后他抬起头："还有一分钟，一分钟之后诡异就会出现。"

众人瞬间大惊。

"你居然连诡异出现的准确时间都知道，看来你真的成了御灵师。方休，只要你能带我离开诡域，五百万！我给你五百万！"王子腾语气急切。

"方休，你快带我们逃走吧。"

"你一定知道选哪条路吧，只要你带我们出去，我们一定会报答你的。"

方休却在此时摇了摇头，平静道："不急。"

他的一句"不急"，算是把众人给急死了。

"在离开之前，我还有一件事要做。"

吴大海气得差点破口大骂："什么事还能比逃命更重要？"

"自然是报仇。"

第 3 章 心灵之力

报仇？众人一愣，还未等他们反应，"啊！"一道极其凄厉的惨叫声响彻全场。

一时间，所有人都愣愣地看着缓缓收脚的方休和倒在地上弓成虾米状的王子腾。此时的王子腾面目狰狞，脸色涨红，青筋暴起，全身止不住地颤抖，一道又一道凄厉的惨叫从他口中发出。

"你……你……啊！"王子腾痛得根本说不出一句完整的话。

谁也没想到，在这样危急的关头，方休居然冷不丁动手了。狗腿子的吴大海反应过来，怒气冲冲地朝着方休质问："方休！你干什么？你为什么突然踢……啊！"

方休神色平静地收回脚，而吴大海整个人倒地哀号，姿势和王子腾如出一辙，惨叫声不绝于耳。只是他的承受能力明显不如王子腾，惨叫了两声竟然昏了过去，可见方休一点没留力，踢得结结实实。众人彻底蒙了。

"休哥，你……你这是……"赵昊下意识地与方休拉开几步距离，手不自觉地抱紧了自己。

其余两人看向方休的目光也饱含戒备与质疑。没人愿意和一个会毫无征兆出手袭击自己的人在一起，尤其下手还这么狠。

"方休，你到底要干什么？"一个同事怒气冲冲地质问。

方休面对众人的质问并没有回答，依旧平静地道："右边是死路，想活命的可以走左边。"

几人狐疑地看着方休，显然已经不信任他了。其中一人发问："既然左边是生路，那你为什么不走？"

"我在等诡异来。"

在场的除了赵昊，剩下的两人皆以为自己听错了。这时候不赶紧跑，居然还要等它来？

这时，关节转动的声音响起，只见女医师从天花板袭来，"咔嚓

"咔嚓"的声音正是它爬行时发出的，其苍白的嘴角还残留着殷红的鲜血。

"啊！"两人惊慌大叫一声，扭头就要跑，可又怕方休是在骗自己，一时间竟犹豫起来，只是稍稍跑进左边的走廊，却不敢深入。

反观方休，不仅没跑，反而迎着女医师走了过去，但也仅仅是在距离王子腾不远处停下。王子腾见方休过来，眼中交杂着仇恨与愤怒，他伸出手，拼了命想要抓住方休的裤脚，让其陪葬。还未等王子腾碰到方休，一道银光闪过，一切归于死寂。

方休则再次走到女医师的身边开始和它进行肢体接触。不远处的几人已经被彻底吓傻了，哪怕是亲眼所见，他们仍不敢相信方休居然敢直接上手触碰诡异。

这时，方休回过头来看向赵昊："一起？"

方休一直记得赵昊之前在杂物间内的所作所为，虽然心中不存在名为感动的情绪，但他还是希望能多帮帮赵昊。因为他感觉自己的情感或者说人性正逐渐消失，内心的仇恨与疯狂太多了。他不排斥这种感觉，但也不希望自己丧失作为人的情感。

赵昊面对方休的邀请有些犹豫，只因方休现在的模样实在太过骇人，犹豫了片刻，他最终还是选择相信方休。他朋友很少，或者说只有方休一个真正的朋友。他家境普通，长相也一般，在售楼处一直属于边缘人，只有身为孤儿的方休愿意同他来往，一来二去两人便成了好朋友。

赵昊慢慢走到方休的身边。至于剩下的两人，早已经跑了。他们没有被诡异吓跑，却在方休转身之后被方休吓跑了。

赵昊的脸色有些不自然的苍白，他刚要开口，却听方休又道："你感受到有一丝丝凉气在侵入身体吗？"

赵昊一愣，随即摇了摇头。方休心中一动，又仔细感知了一番，

第 3 章　心灵之力

确认那不是错觉！真的有一股诡异的凉气从女医师身上传进自己的手掌，然后顺着手掌流遍全身。这难道就是诡异力量的侵染？为什么之前没有感觉？

不对，可能之前有感觉，只是太过微弱了，现在应该是即将达到某种临界点，所以感觉突然强烈起来。如果所料不差，这很有可能是点亮灵性的前兆！赵昊没有感觉，估计是因为他尚未经历过真正的生死，心态上不过关。

两人又摸了一会儿，赵昊提议："休哥，时间差不多了，咱们走吧。"

"不急，我感觉马上就要点亮灵性了。"

赵昊瞬间惊喜："真的吗，休哥？太好了，我们有救了！点亮灵性到底什么感觉，我怎么什么都感觉不到？"

"你虽然有长时间接触诡异，但心态上不达标，尚未真正经历生死，所以感觉不到。"

赵昊欲言又止，很想问：咱俩一直在一块儿，那你是什么时候经历生死的？方休则拉着赵昊退后，待女医师开始吞噬吴大海时，才再次靠近。

方休预计这次能有五分钟的安全时间，如果两分钟之后他还未点亮灵性，那就不继续了，留出三分钟时间逃跑。至此，他闭上了眼睛，开始认真感受。

在他的感知中，越来越多的凉气在身体里汇聚，但这些凉气进入身体之后，就石沉大海一般消失得无影无踪。这让方休有些好奇，诡异的气息进入体内后去了哪里？难道是心灵？他不由得沉浸意识，让意识如同河流之上的一叶扁舟，随着那些凉气流动，最终汇入大海。

在这里，方休感知到自己的心脏正在缓缓跳动，上面仿佛蒙上了一层灰尘，脏兮兮的，而所有的凉气最终都钻入了心脏。

至死方休 预知

心灵就是心脏？不对，心灵不可能是心脏。心灵无定形，之所以是心脏的样子，估计只是下意识的体现。这是我的心灵，我应该能控制它的形状。念动之间，这颗灰蒙蒙的心脏缓缓变成了一把剑，又变成了一把刀，甚至变成了方休自己。

很显然，方休的猜测是对的。不过心灵的形状根本无关紧要，重要的是点亮灵性，于是，心灵再度变成了心脏的模样。

随着越来越多的凉气钻入，心脏跳动得越发剧烈，隐隐发出淡淡的光泽，但皆被外表的灰尘挡下。方休耐心等待了片刻，终于等到变化发生。

没有玄幻小说中所谓的突破瓶颈，有的只是水到渠成。只见心脏一角的灰尘突然消失，仿佛被什么东西擦拭掉了一般，绽放出一抹宛若黑洞的黑光。这是方休的心灵本来的光泽。

下一刻，所有的诡异气息朝着那露出的一角汇聚过去，形成一道殷红的血光，随后顺着那一角开始入侵。黑光与血光交织相映，那血光似乎想要将黑光污染成自己的颜色，但无论它如何相融，黑光都岿然不动。直至最后，血光全部融入黑光之中，一切回归寂静。

也就是在这一刻，方休感觉自身发生了翻天覆地的变化——整个人在一瞬间仿佛被黑光洗涤过，五感变得异常灵敏，视觉、听觉、嗅觉、触觉、味觉等一切感知都发生了变化。如果说以前看世界是隔着一层纱，那么现在纱不见了，裸露在眼前的是最真实的世界。

除了感官的增强，他感觉自己的思维以及神经反应速度都有了一定程度的加强。身体素质增幅不大，但对身体的掌控力大大增强了，普通人一次差不多只能调动全身百分之四十的肌肉，方休则能调动百分之八十以上。

肌肉的运动是受大脑控制的，大脑则由心灵主导，通常情况下，人只有在精神高度紧张的时候，才能够最大限度地调动全身肌肉，当

第 3 章 心灵之力

然,这也要分人,大部分人到死也做不到。举个例子,汉代名将李广在一次巡逻时看见草中石,误以为是蹲伏的猛虎,倾尽全力引弓而射,竟使箭入石三分。但在那以后,无论他再怎么射,箭也射不进石头了。而此时的方休却能够随时爆发出这般力量,并且身体素质越强,爆发出的力量就越大。终于,方休睁开了双眼,黑白分明的双眸中有一抹黑光隐现。

"这就是灵性吗?"

此时的他对于灵性有了更深的感悟。所谓的灵性,就是心灵本身的力量被诡异的力量扭曲之后的产物。心灵本身具备强大的力量,但这种力量无法作用于现实世界,只存在于虚幻。简单来说,每个人都是自己心灵世界的神,在你的心中,你可以幻想一切、无所不能,却作用不到现实。而诡异的力量就是打破虚幻与现实的工具,融合了诡异的力量之后,心灵之力便可以作用于现实世界。

当然,这并不意味着点亮了灵性之后,你在心灵世界的无所不能也能在现实中实现。

究其原因,首先,此时灵性仅仅点亮了一角,并未全部点亮。据方休估算,被点亮的一角大约只占心灵整体的百分之一,即只点亮了百分之一的灵性。其次,就算灵性被百分百点亮,也不可能如自己的幻想中那般无所不能,因为心灵不等同于幻想,它是想象、情绪、记忆、心态等一切的综合体。你的内心越强大,灵性的力量才会越强大,除此之外,还要融合足够多的诡异力量,否则无法作用于现实。

与此同时,所有的力量都有自己的表现形式,心灵的力量也不例外。它的表现形式和每个人的内心有关,你心中最在意什么、最渴望什么、最需要什么,你的力量中就会表现出什么,并会受到性格、想象力、环境因素等方面的影响,这也是每个御灵师拥有的能力都各不相同的原因。

那么我的能力是什么呢？又或者说，我内心最渴望的是什么呢？方休不由得心生疑问。带着这种疑问，方休开始调动自己那漆黑无比的灵性。下一刻，他感知到了一股信息，整个人瞬间愣住。他的能力是……痛苦！

原来我的内心全是痛苦吗？方休很诧异，他继续细细感知，获得了关于自身能力更详细的信息——攻击别人可以让对方疼痛？这也叫能力？方休感觉这能力实在有些废，没有这个能力，他打别人一拳，照样能让那人感受到疼痛。

可当方休开始运用能力时，却惊奇地发现，他似乎在漆黑的灵性中"看见"了自己死亡的画面，一股熟悉的痛苦之感随即涌上心头，那是每一次死亡所带来的痛苦，不单有肉体上的，还有心灵上的。曾经自己身上的负面情绪所带来的痛苦，似乎全蕴含在这漆黑的灵性之中。

直到这一刻，方休才彻底明白了自己的能力是什么。它是可以将自己所经历的痛苦施加给敌人，让敌人感同身受的能力！

"哈哈哈……"方休突然不可抑制地大笑起来。

一旁的赵昊被吓了一跳："休哥，你……你成功了？"

方休没有回答，继续大笑着。太棒了！这个能力简直太棒了。方休心中狂吼，兴奋得不能自已。只因他实在太满意了，哪怕是控制时间、空间的能力都不如这个能力来得让他满意，因为这正是他内心最渴望的。

来到这个世界之后，他被诡异杀了太多次，如今这些痛苦都化作了能力，他可以将这种痛回报给它们了。它们对自己的痛苦感同身受，世上还有比这更美妙的事情吗？

"休哥！两分钟了！"赵昊打断了方休。

方休瞬间恢复平静："你先走远点，我准备实验一下灵性的力量。"

第 3 章 心灵之力

"这么说,你真的成为王子腾所说的御灵师了?"赵昊大喜。

方休点了点头,随后赵昊很识趣地向左边走廊跑去。方休抬起了自己的右手,将灵性附着其上。他看了看还在吞噬猎物的女医师,喃喃自语:"就让你第一个感受这痛苦吧。"

痛苦能力的特性让他很满意,同样,他猜测这个能力不弱。这个能力落在别人手中,估计就是个垃圾技能,但在他的手里就是一击必杀的神技!因为他这一拳下去,裹挟着的是他死亡二十一次所遭受的痛苦,这种程度,谁挡得住?并且随着以后死亡次数的增多,痛苦会越来越大,这意味着这是一种能够无限增强的能力。

方休对着女医师的脑袋轰出一拳。"砰!"伴随着一声沉闷的响声,女医师顿时爆发出极其痛苦的嘶吼声,躯体轰然倒地,她用纤长的双手死死捂住自己的头颅,身体不断颤抖着,连带着手中的手术刀也掉在了地上。

初步取得成效的方休却皱起了眉头,这一拳下去并没有获得他想要的效果。女医师虽然痛苦,但明显没有自己当初痛苦,灵性传导时,明显受到了阻碍,还有就是,这一拳过后,自己的灵性就枯竭了,无法再打出第二拳。

百分之一的灵性还是太弱,效果不明显的原因,应该是自己此刻没有破防。

女医师的头并无明显外伤,只受到了些许伤害,这导致痛苦无法全部传递过去。

看来下次要真正伤害到诡异才行,拳头的力量终究有限,最好借助武器。但是普通的武器能传导灵性吗?

一念至此,方休突然看向女医师刚刚掉落在地的手术刀!他没有丝毫犹豫,直接捡起了地上的手术刀,入手冰凉,宛若一块寒冰。

仅仅入手的瞬间,他便感觉有一道道无比狂暴的负面情绪开始冲击自己的心灵，里面蕴含着无数人的怨气、愤怒、仇恨。这等狂暴的负面情绪几乎能将人的心灵撕碎，若是寻常人，怕是接触手术刀的瞬间便会被这些负面情绪冲击成一个只知道杀戮的怪物。

然而，方休不是寻常人。

这些负面情绪好比墨水，能将一切心灵染成漆黑一片，可若心灵本来就是黑的呢？这就像在黑纸上涂墨，最终结果还是一片黑色。所以，这些负面情绪不仅未将方休的心灵击溃，反而让他有一种见到同类的感觉。

渐渐地，方休的眼前出现了无数破碎的画面，画面中，一个又一个半人半诡异的存在被绑在手术台上，一把锋利无比的手术刀不断落在它们身上。突然间，他明白了，女医师曾经用这把手术刀在精神病院中的一个个诡异身上做实验，因此这把刀吸收了无数诡异的怨念。后来精神病院可能发生了某种变故，而女医师则被手术刀上的怨念击溃了心灵，也转化成了诡异。这也就意味着，其实真正的诡异是这把手术刀，女医师不过是被其影响了而已。那拥有了这把刀的我，是不是可以利用它将女医师彻底清除？

"唰！"一道亮银色的寒光闪过，狠狠朝着女医师苍白的脖颈划去——"当！"清脆的金属交鸣声响起，火花四溅，女医师的脖颈毫发无伤。

方休微微一愣。这不可能！能够伤害无数诡异的手术刀，怎么可能伤害不了女医师？除非……是灵性！他瞬间反应了过来！这把手术刀是需要灵性驱动的，现在自己灵性枯渴，所以手术刀无法发挥出应有的威力。

看来暂时无法报仇了。没有丝毫犹豫，方休掉头就跑。他怕女医师一会儿转过头来攻击自己。早就等在左边通道的赵昊见方休跑来，便立刻开始一起奔逃。

第 3 章 心灵之力

跑着跑着，方休出了走廊，来到了一处大厅，大厅内空荡荡的，在这里，他再度见到了刚刚的两个同事，此时他们正躲在大厅中的一处大柱子后面。本来方休是看不见他们的，毕竟有柱子遮挡视线，但自从点亮了灵性之后，他的五感越发敏锐，很轻易便听到了两人急促的呼吸声以及心脏不安的跳动。

这处大厅的四周有东、南、西、北四扇门，没人知道门背后连接着什么。

"休哥，这儿有四扇门，应该怎么走啊？"赵昊问道。

躲在柱子后的两个同事听到有人的声音，立刻从柱子后走了出来。

"太好了，你们两个没事啊。"

"方休，你快带路吧。"

赵昊被吓了一跳："你们两个在这里藏着啊？刚才跑得那么快，现在又让休哥指路。"

两人讪讪一笑，没有说话，而是将求助的目光看向方休。方休没有在意两人，十分平静地注视着四扇门："很简单，一个一个试。"

赵昊等人顿时一愣。在这与时间赛跑的诡域中，哪里有时间一个一个试啊？众人刚想劝告，方休已然朝着最西边的门走去，其他人只好跟上。

就在这时，一道非人的嘶吼声响彻大厅，紧接着，天花板竟开始颤动，仿佛有什么东西在上面奔跑。众人大惊失色。

"是诡异追上来了！"

"这怎么可能？王子腾和吴大海那可是两个人啊，怎么可能这么快？"

方休很快想到，极有可能是自己攻击诡异导致的，又或者是抢夺对方的手术刀这一行为打破了女医师的行动规律。

"走！"他低喝一声，推开西边的门就往里跑，其他人鱼贯而入。

至死方休 [预知]

西边的这扇门里竟是一处上楼的楼梯，于是众人开始玩命地上楼。其中速度最快的就是方休，他虽然灵性枯竭，但毕竟已经点亮灵性，所以能够调动全身大部分肌肉，爆发出惊人的力量。

但他再快也快不过诡异，女医师似乎没有什么特殊能力，唯一的特长就是腿特长，因而爬得飞快，仅仅片刻便出现在楼梯之上。它完全无视了其他人，对着方休便直接扑去。方休躲闪不及，顿时被扑倒在地，女医师修长的四肢死死按住他的手脚，宛若铁钳。女医师再次爆发出一声愤怒的嘶吼，张开血盆大口，对着方休的脖颈狠狠咬去。

方休，卒！

冰冷、滑腻的触感又一次传来，方休又经历了一遍之前的遭遇，他的所有选择与之前一般无二。

他是不可能放弃手术刀的，一把能干掉无数诡异的手术刀，再配上痛苦的能力，必然绝杀！手术刀可破防，痛苦能力可致死，绝配！因此，哪怕会激怒女医师，破坏行动规律，他也在所不惜。只不过这次他选择的是北边的门。

北边的门后是电梯，而且还能启动，但电梯的启动速度太慢，在电梯即将关闭的时候，一只苍白的大手从门缝外探出——方休，卒！

第三次，南边！

南边的门后是手术室，场面十分混乱，各种医疗器械被巨力碾成碎片，到处都是暗沉的血迹，而且是死路！

方休，卒！

最后，只剩东边的门。

如果这扇门后再没有生路，那方休只能放弃到手的手术刀。幸运的是，东边真的是生路！那是一条长长的走廊，走廊的一侧是公共厕

第 3 章 心灵之力

所,再往前延伸则是三条岔路,左右中各一条。看见厕所的那一刻,方休脑海中立刻回忆起之前在精神病院穿行的画面。

之所以记忆如此深刻,是因为他只在精神病院中见到过这一处厕所。当时他穿过厕所朝左边走去,并见到了一块牌子,上面写着"安全通道"。凡是商场、学校、医院,都会在内部建立应急安全通道,并挂上指示牌。虽然不知道精神病院的安全通道是否安全,但现在也唯有一试!

他拼尽全力朝安全通道跑去,然而仅仅跑到公共厕所处,便再一次被女医师追上了。

难道只能放弃手术刀?方休很快打消了这个念头。虽然女医师的速度远超自己,但自己完全可以利用多次死亡回档,来预测女医师的攻击轨迹。死亡回档如果运用好了,某种程度上等于预知未来!

第九次回档——

"走东边!"大厅中,方休不做丝毫停留,直接带着赵昊进入东边的门。

藏在石柱后的两个同事也不傻,赶忙出来跟着进了东边的门。

进入东边的门之后,非人的嘶吼声响起,天花板剧烈震动。在赵昊三人的尖叫声中,女医师再次出现在天花板上。三人拼了命地推搡、奔跑,生怕自己成为最后一名。然而,女医师直接越过他们,从他们的头顶直奔方休袭去。此时的方休正头也不回地奔跑。

赵昊瞬间大惊:"休哥,快……"

他的话还未说完便直接愣住了,因为下一刻,他见到了神乎其技的一幕——天花板上的女医师伸出大手,狠狠朝方休抓去,方休却像是背后长了眼睛一般,微微侧头,那只苍白的手便擦着他的头皮掠过。

至死方休 [预知]

一击不中,女医师立刻回手一掏,动作带起呼啸的恶风,但方休身形一矮,再度躲过。随后是第三击,第四击,第五击……女医师的手不断出击,动作快到几乎化作残影,但方休总能从容不迫、险之又险地躲过。

终于,女医师愤怒了,整具躯体直接从天花板上扑了下来,像极一头巨大的人形蜘蛛。

在它扑下来之前,方休一个踉跄,仿佛被什么东西绊了一下似的,身子猛地前倾,而后借着前倾的趋势略微加快了速度,但身形十分不稳,仿佛下一秒就要摔倒。于是,他真的摔倒了。但即便摔倒了,他依旧未停,一个驴打滚朝左边的通道滚去,而他刚刚摔倒的地方则被砸出一个深坑。女医师扑了个空,越发愤怒地跟着方休朝左边的通道追去。

赵昊和另外两人都看傻了,只感觉一阵眼花缭乱,甚至眼睛还没跟上,方休便轻松地躲过了数次攻击。

这就是御灵师吗?赵昊心中夹杂着佩服与渴望,谁不梦想超凡?但赵昊不知道的是,这并不是御灵师的能力,方休也没有想象中的轻松。他是足足死了九次之后,才做到如今的神乎其技。

左侧通道中,方休终于见到了那块散发着莹绿光芒的安全通道指示牌。这是他九次死亡回档以来,第一次见到指示牌。接下来该怎么躲避,他还不知道,预计还要死上几次。

就在这时,诡异的一幕出现了——刚刚进入左侧通道的女医师在见到指示牌之后,竟然猛地爆发出一声凄厉的嘶吼,那声音中夹杂着惊恐、害怕与颤抖。嘶吼之后,女医师猛地掉头,如一道鬼影一般直接逃跑了。

方休立刻停下了脚步,眉头微皱。

女医师的逃跑不仅没有给他带来丝毫的欣喜,反而让他神情越发

第 3 章 心灵之力

凝重。

它为什么会见到指示牌就逃跑？只能说明这里隐藏着连女医师都害怕的存在。

方休拧着眉头看着指示牌，指示牌的后面是一条甬道，甬道中光线很暗，只有指示牌可以照明，但依稀可以看见甬道尽头有一扇铁门。按照正常逻辑，那扇门背后就是生路。

这时，赵昊等人跑了过来。

"休哥，你没事吧？那诡异怎么跑了？"赵昊的脸上带着关切之色。

方休摇了摇头，示意自己没事。

另外两人则是一脸惊喜——

"这是安全通道！"

"生路一定就在这里！"

两人想赶紧走，但他们也不是傻子，见方休没动，自然也不可能傻傻地去探路。

"方休，你怎么不走了？是不是这条路有什么问题？"

"休息一会儿再走。"说完，方休竟直接原地坐下，闭目养神起来。

他是在等自己的灵性恢复。女医师都被直接吓跑了，而他连女医师都打不过，所以必须等灵性恢复之后再去试探。

赵昊看了看闭目养神的方休，与另外两人面面相觑，心中无可奈何，只能选择休息。

他们也确实需要休息，从诡域出现到现在不过几十分钟，但在这几十分钟里，他们基本上都在全力奔跑，全程心惊肉跳。身为上班族的他们，体力早已严重透支，突然一休息，竟隐隐有些头昏，还伴随着阵阵虚脱之感。

半小时之后，方休突然睁开双眸，一下子坐了起来。这突如其来的举动把另外三人吓了一跳。

"走。"方休仅仅吐出一个字,随即便朝着安全通道走去。

他的灵性仅有百分之一,所以恢复起来也很快。既然已经恢复,也就没有犹豫的必要了。

他走得很慢,并疯狂调动感知,密切注意着四周的环境,以确保一旦发生意外能够立刻做出反应。

很快,他走过了指示牌,什么事都没有发生。他继续向前,门越来越近,赵昊等人紧跟在他身后,没有人遇到危险。但越是这样,方休越觉得不对,能将女医师吓跑,这里怎么可能没有危险?

终于,他走到了门前,至此,无事发生。难道……真正的危险隐藏在门后?

"砰!"他推开了大门,门后是一片漆黑,没有一丝光亮,宛若黑洞。

"休哥,这这里面真的是路吗?不会有什么危险吧?"

"有危险也要走。"方休回了一句,随后便直接踏入门中。黑暗犹如一张深渊巨口,将他的身形缓缓吞噬。

黑暗,伸手不见五指的黑暗。在这里根本见不到任何事物,最诡异的是,就连声音也听不到,安静到近乎死寂。没有脚步声,也没有赵昊三人的声音,以至于方休到现在都不知道这三人有没有跟上。

他试着张了张嘴,声带在震动,但发不出任何声音。他尝试回头,但身后的门早已消失不见,四周只有黑暗。他伸出手挥了挥,也碰不到任何实体,更别说赵昊三人了。事到如今,只能继续向前走。

一分钟过去,两分钟过去了,直至走了十分钟,四周依旧一片黑暗,仿佛这条路永远没有尽头。时间久了,这种孤寂的黑暗能让正常人崩溃发疯,但对方休没有丝毫影响,因为他的心比这条路还黑。

就在方休以为自己会被困死在黑暗中时,他的眼前突然出现一抹光亮,紧接着,光亮扩大,黑暗疯狂退去,四周的景象如潮水般涌

第 3 章 心灵之力

现。方休愣住了，因为……他出来了。

没错，他离开精神病院了。黑暗退去之后，他发现自己竟站在一条马路的中间，四周是一排排明晃晃的路灯，两侧还有各种造型精美的绿化带。这是之前他走过的通往百柳书院的林荫大道。他回身看去，见到了一脸惊喜之色的赵昊等人，以及不远处的百柳书院。

真的……出来了？

"太好了，休哥！我们活着离开诡域了！"赵昊兴奋大叫。

另外两人也是一样，脸上满是劫后余生的狂喜。

"快，快离开这个地方！"这两人是一刻也不想在这里多待，没有丝毫犹豫，直接跑路了。

"休哥，我们也赶紧走吧，万一里面的诡异跑出来怎么办？"赵昊建议道。

方休没有回话，而是定定地注视着百柳书院，渐渐地，他的眉头越皱越紧。

为什么青山精神病院不见了？之前看不见青山精神病院，是因为身在其中，无法像在外界那般纵观全局，可现在出来了，应该能看到精神病院。可它就是不见了，只剩下百柳书院。

还有，为什么他们离开得如此顺利，没有遇到任何危险？

女医师仅仅看了指示牌一眼，就掉头跑路了，自己等人却没遇到任何危险。难道女医师身上有某种限制，不能离开精神病院，所以在看到出口时便直接吓跑了？

他百思不得其解，最终在赵昊的不断催促下，只能先行离开。可是走着走着，方休却发现了另一件让他极度震惊的事情。

诡异……不见了！曾经满大街的诡异以及天空上那些不可名状的诡异，竟然都消失不见了！这到底是怎么回事？

方休的心在这一刻彻底乱了，他可以接受自己无缘无故逃脱，可

至死方休 预知

以接受精神病院消失，但不能接受满大街的诡异消失！因为这样他就无法报仇了！诡异不能走！它们只能死！

方休像是疯了一般往家跑，一旁的赵昊根本跟不上他的速度，很快就被甩下了。方休一边跑，一边状若疯狂地呢喃："不！你们不能消失！不能消失！至少……至少老婆绝不能消失！老婆，你不能消失，你一定要在家等我啊！"

跑了好一段路，终于见到了一辆出租车，他赶忙上车，催促司机直奔出租屋。良久之后，出租车停在了方休居住的小区门口。

"到了，一共是……哎！你别跑啊！没给钱呢！"司机师傅大喊着，但方休早已如猎豹般蹿了出去，消失在夜色中。

司机的表情像是见了鬼，因为方休跑得实在是太快了，一眨眼便消失了。他根本不敢去找方休要钱，且不说对方速度惊人，就单说对方在车上的表现，他就不敢。

那人不正常啊！正常人谁会双眼赤红，不断颤抖，口中还一直念叨着："老婆，老婆，你不能走，不能走。"

"唉，大概是老婆跟人跑了吧，也是个可怜人。"司机感慨一声便离开了。

方休一路狂奔，小区中也如外界一样，看不见任何诡异，这让他的精神状态越发不正常。

"砰！"方休一把推开自家大门，疯了似的闯入其中。

"老婆，你在哪儿？快出来！"他疯狂搜寻。

客厅，卧室，厕所……没有，没有，还是没有！

"老婆，我看得见你，你快出来！"方休双目赤红着大吼，但那美丽温柔的老婆再也没有出现。

"不！"方休彻底绷不住了，整个人崩溃地大吼大叫，"你不能消

第 3 章 心灵之力

失!全世界谁都可以消失,唯独你不行……唯独你不行!老婆,没有你我可怎么活啊!老婆,你可是足足杀了我十八次啊!你消失了,你让我往后余生找谁报仇?"

一小时之后,方休犹如丢了魂一般躺在床上,双目无神,呆呆地看着天花板。

他曾死亡过几十次,也被诡异逼疯过、崩溃过,但最后他活了过来。疯狂和仇恨将他的理智从地狱边缘拉了回来。此后,向老婆复仇,向全世界的诡异复仇,让全世界的诡异感受痛苦,而后彻底消失,这就是他活着的意义,如同他的名字一般,至死方休。现在诡异没了,那他满腔的仇恨怎么办?他活着的意义又在哪儿?

就这样,他足足看了一晚上天花板。直到第二天,赵昊打来电话:"休哥!你快看新闻!"

他的语气十分焦急,但方休并没有什么反应。

"休哥,新闻报道上说百柳书院失火了!"

听到"百柳书院"四个字,方休的眼中恢复了一丝神采,他开始用手机查看新闻。入眼的第一则新闻直接让他愣住了。只见上面写道——

> 昨天19点49分,绿藤市开发区百柳书院售楼处发生重大火灾事故,过火面积约1000平方米。消防队接报后立即开展救援,火灾于晚上10点被扑灭。
>
> 据统计事故造成11人死亡,死亡名单如下……

昨天晚上七点四十九分百柳书院大火?这怎么可能?

昨天这个时间,他们正在诡域之中奔逃,因为需要经常拿出手机看时间,所以他记得很清楚。并且,昨天从百柳书院离开的时候大概是晚上九点多,并没有看到任何火灾的迹象。

他急忙朝死亡名单看去,结果发现自己的大名赫然在列,甚至还有一连串自己熟悉的名字,赵昊、王子腾、吴大海……

电话中,赵昊焦急惊恐的声音响起:"休哥,你看了吗?那死亡名单上有咱们的名字,难道……咱们都已经死了吗?"

方休没有说话,但他的双眼却以肉眼可见的速度恢复了神采。

"休哥,休哥,你在听吗?"

"呵……哈哈哈……"方休骤然间爆发出一阵兴奋的狂笑,"哈哈哈……太妙了,真是太妙了,我就知道它们没有消失,它们只是在和我捉迷藏。"

"休哥?你在说什么啊?你别吓我啊!"

方休直接挂掉了电话。看见自己死亡的消息,实在太让他兴奋了,这意味着诡异事件没有结束,诡异也没有消失,还有什么比这更值得开心的吗?

正在这时,微信提示音响起——是售楼处的工作群,经理吴大海正在@方休。

吴大海:@方休,你为什么还不来上班?

吴大海:你为什么还不来上班?

吴大海:你为什么还不来上班?

一连串消息轰炸过来。看到这诡异的一幕,方休笑了。死去的吴大海叫自己去上班?哈哈哈……有意思,真是太有意思了,人都死了还让上班?这是方休有生以来第一次如此迫不及待地想上班,不过他并没有在群里回复,因为他想看看吴大海还能给自己带来什么样的精彩好戏。

因为方休长时间没有回复,手机提示音越发密集,到最后,手机屏幕上竟然出现了一行血字——

# 第 3 章 心灵之力

你以为不说话我就不知道你在哪儿了吗？

血淋淋的大字铺满了屏幕，诡异、血腥。

随后，那些血字开始缓缓变化，最后竟然汇聚在一起，仿佛手机屏幕上凭空多了一摊血，血迹殷红。"咕嘟咕嘟……"血液开始沸腾，如同煮沸的水，渐渐地，一只眼球从血液中升起，连带着无数血丝，从手机屏幕中长了出来。

那只眼睛直勾勾地盯着方休，随后，吴大海阴森森的声音从眼球中传出："方休，我看见你了！"

场面十分诡异，简直能把正常人吓疯。但方休例外，只见他想了想，之后平静地问道："我的提成什么时候发？"

眼球似乎愣了一下，显然是没想到方休会是这种反应。

"只要你来上班就发。"眼球回复道。

"好。"说完，方休猛地探出手，一把抓住那只眼球，犹如拔草一般，使劲将其从手机屏幕上拽了下来，"不好意思，我就这一个手机，还请你不要占用。"

眼球发出一声痛苦的哀号，随即竟如同泡沫一般凭空消散了。方休摊开双手，手中空空如也，没有眼球，也没有血迹。

"幻觉吗？事情越来越有意思了，那就去上班。"

于是方休再度出发，去了百柳书院。

这次到达百柳书院时，他惊奇地发现，整座百柳书院售楼处被烧得通体焦黑，一看就是经历了异常严重的火灾，四周还拉起了警戒带。他径直越过警戒带，走进了售楼处。进入门口的那一刻，场景顿时发生了变化。

恍惚间，他似乎又回到了曾经的售楼处——到处金碧辉煌，光洁的大理石地板，天花板上悬挂着巨大的水晶灯，甚至早已死去的李菲菲还穿着职业装在一旁和同事聊天,他们见到方休来了还会打招呼。

只见李菲菲一脸调笑:"呦,小方来了,今天来得够早啊。"

方休并没有理她,而是径直走上二楼。刚上二楼,只见赵昊急匆匆跑来:"休哥,你也是被抓来上班的吗?"

"不,我喜欢上班,吴大海呢?"

赵昊微微一愣,随即反应过来:"就在办公室里。"

方休点了点头,然后去找吴大海。一路上,他经过办公区,看见死去的同事们都在自己的工位上,或工作,或摸鱼,与之前别无二致。

正当他要进入吴大海办公室的时候,吴大海率先走了出来。见到方休,他立刻开始破口大骂:"方休!你为什么才来上班?我在群里@你,你为什么不回复?你知不知道……"

"我的提成什么时候发?"方休平静地打断了吴大海的喋喋不休。

吴大海冷哼一声:"提成?你还有脸和我要提成?就你这工作态度……"

"即使死了,你还是如此令人厌恶。"

"你说什么?谁死了?你会说人话吗?我活得好好的,你才……"吴大海怒火高涨,用手指着方休的鼻子,嘴巴如同机关枪一般怒骂着,响亮的声音吸引了整个办公区的同事。

"唰!"一道银光闪过,整个世界顿时安静了。

在所有人震惊的目光中,只见一把亮银色的手术刀直直插在吴大海粗壮的脖颈之上,而此刻牢牢握着手术刀刀柄的,正是方休。

方休眸光平静地对上吴大海那怒目圆睁的双眼,淡淡道:"现在不是死了吗?"

方休拔出手术刀,"砰"的一声,吴大海肥壮的身躯应声倒地。

这时,那些同事突然不动了,每个人都如同僵尸一般,直挺挺地

第 3 章 心灵之力

立在原地,脸色变得如死人般苍白,赵昊也是如此。下一秒,同事们动了,所有人的身躯都开始怪异地扭曲着,脖颈、脊柱弯曲到了夸张的非人的弧度,全身的肌肉如沸水般蠕动膨胀。

"要变身吗?"方休喃喃自语,"那就打断施法。"

他可不会像电视剧里那样,傻傻地站在原地等它们变身。只见方休火力全开,在灵性的加持下,身形矫捷得犹如一只猎豹,猛地朝众人扑过去。

短短的一秒中,他快速穿过了整个办公区,银光频频闪现。当方休停下脚步时,他的身影已经来到了办公区的另一头。"砰,砰,砰……"尸体倒地声不绝于耳。

这时,"咔嚓咔嚓"的声音在方休背后响起。

"女医师吗?等候多时了。"

他回过身去,只见熟悉的女医师赫然出现在他身后,颀长的四肢吊在天花板上,黑色浓密的长发垂落,血盆大口中不时有口水滴落,一双只有眼白的双眼正直勾勾地盯着方休。突然,女医师犹如鬼魅一般朝方休袭来。这一次,方休没有反抗,而是面色平静地站在原地,静等着女医师攻击。

女医师惨白的手朝着方休的脖颈狠狠袭来。然而下一刻,惊奇的事情发生了,女医师的手竟然直接从方休的脖颈上穿了过去,就像穿过一团空气。

"玩够了吗?玩够了就出来吧。"方休一脸平静地注视着四周。

瞬间,女医师消失不见,满地的尸体也消失不见,就连整个售楼处也如镜面般破碎,而碎片的背后赫然是青山精神病院的逃生通道,安全通道指示牌还明晃晃地挂在墙上。一旁,赵昊三人歪七扭八地倒在地上,每个人的脸上都带有扭曲的恐惧,还有着许多杂乱的伤口,只是气息全无。

至死方休 预知

方休缓缓从地上起身，黑暗中，一双猩红的眼正直勾勾地盯着他。那双眼似乎没有真正的形体，只被一团无定形的黑烟包裹着，在不断翻腾。

"梦境吗？看来这就是你的能力。"方休平静地道。

被黑烟包裹的眼中传出一道沙哑且令人牙酸的诡异声音："你是如何看穿梦境的？"

"你的梦境很真实，并且你也很懂人类，可惜细节不够。"

它又问："你为什么没有恐惧？"

方休轻"咦"了一声："看来你是依靠恐惧吞噬人类？在你的梦境里，越恐惧就会死得越快，怪不得会出现死亡名单，还幻化了已经死去的人叫我上班。说实话，再次看到一只全新的诡异，我很高兴，但是你刚刚制造的梦境我不喜欢，你居然胆敢制造出一方没有诡异的世界，那是你一只诡异该干的事吗？"

黑烟大眼没有说话，只是死死盯着方休，似乎要记住他的样貌。下一秒，它开始缓缓隐去，消失不见。

方休看了看惨死的赵昊三人，已然理清了前因后果。

这是一只可以操控梦境的诡异，也是它吓走了女医师。如果所料不差，女医师应该是整个青山精神病院最弱的诡异，因为她变成诡异的方式与其他诡异不同。其他诡异似乎是通过做实验，由人转化成诡异的。而女医师从未进行过实验，它是被手术刀感染才变成的诡异，两者有质的差别，这一点从女医师没有特殊能力，行动规律也十分单一死板就可以看出。正因成为诡异的原因不同，所以双方的实力也天差地别，女医师在见到前一种的诡异时，便直接被吓走了。

这只操控梦境的诡异应该是从那间被打开的病房之中逃出来的。它趁着方休等人休息时，不知用了什么手段，让他们睡着，然后无声无息地入梦，在梦中制造恐惧。你越恐惧，在梦中就会死得越快。只

第 3 章　心灵之力

可惜它遇到了方休,一个见到诡异不会恐惧,见不到诡异才会恐惧的男人。

准确地说,方休在梦境中发现诡异消失的时候,他也不是恐惧,而是崩溃绝望。好在这只诡异为了吓唬他,故意制造了各种诡异事件,重新点燃了方休对生的渴望,进而被方休识破诡计。当然,这只诡异失败的最主要原因,还是方休根本不会恐惧。

方休走到赵昊身旁,此时的赵昊双手紧掐着自己的喉咙,脸色青紫。他伸出手探了探赵昊的鼻息,确认赵昊确实已经死了,而且还是自己把自己掐死的。这种事,正常情况下人类根本不可能办到,但诡异的存在本就不正常。

蓦地,方休拿出手术刀,选择回档——他的意识逐渐模糊,而后陷入一片黑暗。

安全通道指示牌处——
"这是安全通道!"
"生路一定就在这里!"
两个同事一脸惊喜地看着安全通道指示牌,一旁的赵昊也满脸兴奋。

这一次,方休并没有选择休息,恢复灵性,既然那只诡异的能力是控制梦境,那最好的方法就是不要睡着。之前休息时,众人都不知不觉睡了过去,那这次就不休息了,直接走。

"走!"方休平静地说了一句,随后便一马当先地朝安全通道走去,赵昊三人紧随其后。

安全通道的门被推开后,众人鱼贯而入。还是没有任何光亮的黑暗,走出黑暗后,众人再度来到百柳书院外界。方休看了看空荡荡的大街,又看了看空无一物的天空,当即又拿出了手术刀。之后方休又

至死方休 预知

试了几次，可依然会进入梦境。至此，方休也明白了，赵昊想过这一关，只能靠自己，只要克服恐惧就能活。

…………

"这是安全通道！"

"生路一定就在这里！"

这时，方休回过身来，对着赵昊等人说道："安全通道里有一只能够让人产生幻觉的诡异，在幻境中会出现各种恐怖的事物，甚至会让你们误以为已经离开了诡域，但一切都是假的。想要破解幻境，唯一要做到的就是克服恐惧。在幻境里，你越恐惧，死得就越快。"

"什么？这里还有一只诡异？"一个同事听完后便直接惊慌了起来。看他的模样，似乎根本不用经历梦境，便已经足够恐惧了。

"日天，你记住了，待会儿你看到的一切都是假象，不要恐惧，只有这样才能活。"方休嘱咐了一句。

赵昊心有余悸地点了点头，他知道方休不会骗他。随后，方休打开门，再次进入梦境。

方休经历的还是之前的梦境，他早已测试过，自己梦境中的赵昊等人都是假的，也就是说，每个人做的是不同的梦，他无法在梦中帮助赵昊。因为知道了是梦境，方休更加不会产生丝毫的恐惧，所以很快便破除了梦境。

当他醒来后，没有见到那只诡异，只有赵昊三人歪七扭八地躺在地上。此时他们的状态十分不好，每个人的脸上都满是惊恐之色，有的甚至开始抽搐。赵昊正用力掐着自己的脖子，面色铁青，眼看就要窒息了。方休连忙过去将他的手掰开，赵昊这才能顺畅呼吸，可状态依旧不好。

"日天，醒醒。"他推了推赵昊，没有用。

"啪啪啪——"十几个巴掌抽在赵昊的脸上，他还是没有醒来。

第 3 章 心灵之力

无奈,方休只得拿出手术刀,在赵昊的大腿上扎了一刀,甚至不惜发动了一丝痛苦的能力,赵昊的表情越发痛苦,但他就是醒不过来。片刻后,赵昊还是死了。

之后方休又试了几次,可无论他怎么提醒,赵昊等人每次都会死于梦境,他们无法克服恐惧。方休默然,他想救赵昊,但救不了。他决定再试最后一次,如果还是不行,就只能放弃了。

如何才能帮赵昊克服恐惧?他想到一个方法:转移注意力。既然无法克服,那就回避。必须找到另一种更强烈的情绪冲淡恐惧。恐惧是人的本能情绪,想要对付恐惧,唯有依靠另一种本能情绪。

回想赵昊这个人,貌似也没什么特点,长得不怎么样,性格偏内向,还胆小,唯一的特点……有了!方休感觉自己找到突破口了。

"日天,你最喜欢的那部电影《放学后》手机里有吗?"

赵昊瞬间大惊失色:"休哥,你是怎么知道的?你偷看过我的手机?"

"你别管我是怎么知道的,你现在立刻打开手机,音量调到最大,外放这部电影。"

赵昊开始怀疑自己的耳朵,说话都结巴了:"休……休哥,你没开玩笑吧?你要是想看,等咱逃出去再看,现在这种情况,看什么电影啊?"

"我没开玩笑,这是在救你的命,现在立刻赶紧放。"

赵昊见方休说得认真,迫于压力,只得打开了自己珍藏的电影。当 BGM 响起时,阴森的走廊中,似乎恐惧氛围都消散了不少。其他两位同事都用一种十分怪异的目光注视着赵昊,此时赵昊脸色涨红,神情要多尴尬有多尴尬。

"你赶紧认真看,必须全方位代入电影中的角色,等一会儿进入幻境之后,什么都不用管,直接闭上眼拼了命地代入,唯有这样才能克服恐惧。"

赵昊深吸了一口气，点了点头，然后投入起来。

"你们两个也是，用你们最感兴趣的事情转移注意力，从而克服恐惧。"

那两人没什么爱好，手机里也没什么存货，只能和赵昊一起看起了电影。五分钟后，方休看了看赵昊，觉得差不多了，另外两人则没有什么变化。事实证明，不是随便什么人都能在面对恐惧时快速调整自己。不过方休能做的只有这么多了，随后他又交代了几句注意事项，便带着他们走入门中。

梦境来袭，方休很快挣脱了梦境，他看向倒地的赵昊三人。

两个同事如之前一般，表情十分狰狞恐怖，似乎正在遭受什么可怕的事情，甚至身上开始凭空出现伤口。反观赵昊，这一次，虽然他依旧面露恐惧，但恐惧之中夹杂了一丝丝异样的神色，这让方休很是欣慰。

很快，梦境似乎进行到了关键时刻，两个同事脖子一歪，还是七窍流血而死。赵昊虽然脸上的恐惧之色越发浓密，但明显与另外两人不同。方休很快发现了一丝异样，他通过灵性感知，发现此时的赵昊身上竟也出现了灵性波动！赵昊要点亮灵性了？

下一秒，赵昊一下从地上坐了起来，口中还喘着粗气。待看清周围环境之后，他先是一愣，随即猛地一喜。

"休哥，我是不是成……"话还未说完，他似乎突然想到了什么，眼神满是戒备地看着方休，"你是不是休哥？"

方休见赵昊如此反应，感觉对方成长了，至少懂得思考了，虽然不多。为了证明这不是梦境，方休说出了一些赵昊最爱看的电影。

"啊！不要再说了！你果然偷看我手机了，休哥！"赵昊面色尴尬地从地上站起来，连忙制止了方休。

第 3 章 心灵之力

"好了,准备离开吧。"

赵昊点了点头,只是在看到两个同事的死状之时,不由得瞳孔一缩,叹了一口气。

这次,两人真正站在了大门前,之前每当走到大门处他们就已经入梦了。方休将手放在门上,突然觉得有些奇怪。这一次,为何那只诡异没有现身呢?

第一次破除梦境时就剩自己活着,诡异现身了,问自己为什么不恐惧。后面几次破除梦境时,诡异一直没有再现身。方休猜测,应该是因为当时赵昊等人还未死,所以诡异一直存在于他们的梦境之中没出来。可这最后一次,所有人的梦境都结束了,这诡异却仍然没有出现,这是为何?

不知怎的,方休突然联想到赵昊即将苏醒前的状态,难道……他心中已然有了猜测,但并没有立刻询问,而是一把推开了大门。

入眼还是一片如黑洞般的黑暗。两人走入其中,大约过了十分钟,终于见到了光亮。黑暗如潮水般缓缓退去,露出了外界的光景,他们俩出现在了马路上。这次方休很确定不是梦境,因为他看到了穹顶上那些不可名状的诡异,甚至周围的小树林里还零散地藏了几只。

他们的身后不远处是百柳书院售楼处,青山精神病院已经不见了。但在方休的感知中,青山精神病院并未消失,它就在那里,只是镶嵌进了售楼处中。

这让方休感觉很奇怪,为什么之前能看到精神病院,现在却看不见了?之前售楼处并不能遮挡住精神病院,现在精神病院却融进了售楼处,难道是因为精神病院融入了现实,所以才会被现实的景物遮挡,而之前是一直处于虚幻状态?

"太好了,休哥,我们出来了!"赵昊的脸上满是劫后余生的狂喜。

方休没有接茬,而是问了一个问题:"日天,你是不是点亮灵性了？"

"灵性？"赵昊一愣，"刚刚在幻境中好像是有一种奇怪的感觉。"

说完，他闭上双眼仔细感知，片刻后，他睁开眼，面露狂喜："休哥，我感觉现在自己好像成了超人，不只五感，就连力气也变大了，要是那只诡异再出现在我面前，我能一拳给它干废！"

方休点了点头，对此并不感觉意外。毕竟之前赵昊与诡异接触过，且在梦境中经历了生死，还与那只能控制梦境的诡异有着长时间的接触，满足了点亮灵性的条件。只是，在那种状态下，赵昊会觉醒什么能力呢？

"你觉醒了什么能力？"

"能力？"赵昊感知片刻，不由得挠了挠头，"我好像感知不到能力。"

"感知不到？"方休十分诧异，但鉴于自己也不是很了解灵性，便没有再细问。

"我不会是没能力者吧？王子腾不是说每个点亮灵性的人都有能力吗？"赵昊脸上的喜色褪去，直接耷拉下脸来，"休哥，你的能力是什么？"

"预知未来。"

"什么？预知未来？"赵昊整个人呈现出一种极度震惊的状态。

方休平静地点了点头。

他倒不是有意骗赵昊，而是在为以后做打算。凭借死亡回档的能力，他肯定会在一定程度上表现出各种先知状态，倒不如直接说自己能预知未来，并且，预知未来这个能力的价值非常高。这个世界处处都有诡异存在却没有乱套，甚至外界很少有诡异的消息，那就意味着背后一定有庞大的御灵师组织在维持社会治安，他们肯定掌握着变强的方法以及各种有利于御灵师的资源。如果真是这样的话，自己大概

第 3 章 心灵之力

能凭借这个能力获得到不少利益。

方休对于变强的渴望十分强烈，所以他必须抬高自己的身价。好比玄幻小说中拜宗门时，那些天才弟子总能得到更多的资源，方休现在要做的就是装成天才。至于什么低调、闷声发大财、扮猪吃老虎……如果没被杀死过那么多次，他或许会这么做，但现在，他只想快速变强，然后复仇。

至于为何不说出自己的真实能力，很简单，他不知道这世上是否存在双能力者，如果一个人只能有一种能力，那他暴露出双能力，结果很可能被切片做成研究标本。有时候，超前半步是天才，超前一步就是疯子。

"休哥，怪不得在诡域中你知道要走哪条路，还知道安全通道那里有诡异，原来你的能力是预知未来啊！"赵昊恍然大悟。先前在诡域中他太过害怕，没有注意到方休的未卜先知，只是下意识地听从对方的吩咐，现在回想起来，方休的每一个决定都是正确的，包括如何救自己。这不是预知未来是什么？

他先是为方休获得了如此厉害的技能而感到高兴，随后想到自己没有技能，瞬间又低落了起来，甚至比之前还要低落。既怕兄弟过得苦，又怕兄弟开路虎，这句话完美体现了赵昊的心理。

"日天，你抬头看看天上有诡异吗？"方休突然出声道。

赵昊瞬间被吓了一跳："诡异！诡异在哪儿？"他连忙抬头看去，但看到的只有一片月朗星稀以及漆黑如布的天空，"休哥，天上哪有诡异啊？你是不是看错了？"

"嗯，大概是我把蝙蝠看成诡异了吧。"

方休的眉头不禁皱起。别人点亮了灵性，成了御灵师，也看不见满世界的诡异吗？是因为赵昊刚成为御灵师太弱了，还是因为御灵师也看不见满世界的诡异？方休很希望是前者，因为那意味着自己并不孤独，世界上还有和自己一样能看见诡异的人。

"走吧，回家睡觉。"

"回家睡觉？"赵昊诧异道，"休哥，同事们都死了，还遇见了诡异，你居然还想着回家睡觉？"

"怎么？难不成你还想打电话通知治安员？"

"我……也是啊。"

"谁也不用找，会有人找上门来的。这个世界既然存在诡异和御灵师，那就必然有专门对付诡异的组织，不然这世界早就乱套了。话又说回来，你是怎么破除梦境的？"

赵昊的神情顿时以肉眼可见的速度变得尴尬起来："还能怎么破除？就是按照休哥你教的方法，什么都不管，拼命代入影片啊。"

"那你说说你在梦境里到底经历了什么，当然了，我对你的梦不感兴趣，我只是想知道为什么你没有能力，会不会是你觉醒中出了差错？"方休一脸平静地说道。

"真的？好，但你一定要保证不能对咱俩以外的第三个人说。"

"嗯。"

"其实……其实也没什么特别的，我进入梦境之后就一直闭着眼，满脑子都是教师讲课，后来我耳边出现了各种恐怖的声音，甚至还有冰冷如尸体的手在摸我，我害怕极了，为了转移注意力，我就……"

见赵昊脸色涨红，方休也明了几分，点了点头，表示了对赵昊的充分肯定："后来呢？"

"后……后来，周围的声音就变了，变成了李菲菲的声音，很温柔，手也很温暖光滑，所以我就……"

"睁开了眼？这么喜欢李菲菲？再后来呢？"

"再后来，李菲菲就开始给我上课。上着上着，李菲菲的双眼就变成了血红色，她的嘴巴开始向两边咧开，一直咧到耳朵根。当时我

第 3 章 心灵之力

真的快吓死了,满脑子就剩下恐惧。"

方休点了点头,表示对上了,当时赵昊确实有一个时间段很萎靡,看样子应该是吓坏了:"那后来你是如何支棱起来的?"

"当时李菲菲张着血盆大口就要咬死我,我知道自己死定了,我就想啊,我初吻都还在呢,要是就这么死了,简直白活了。我就是死,也不能这样憋屈地死去。然后我就心一横,也不管李菲菲是不是诡异了,是诡异也罢,反正我要了结了心愿再死。"

此时方休终于明白为何破除梦境之后那只诡异没有出现了,可能是羞于见人。

赵昊见方休沉默了,自己也觉得十分尴尬,于是连忙补充道:"反正都要死了,还在乎那么多干什么?人生嘛,最重要的是不能留遗憾,你说是吧,休哥?"

"我觉得你该回家了。"

赵昊:"哦……"

随后方休又简单和赵昊交代了几句,告诉他一旦有人找上门来应该如何回答。两人对好口供之后,便分道扬镳,各回各家了。

回到家后,方休见到了温柔的老婆。

"老公,你回来了呀,吃饭了吗?要不要我煮面给你吃啊?"老婆脸上带着温柔的笑意,穿的还是那件月白色丝绸吊带睡衣,一双白皙纤细的长腿暴露在空气中。

见到一如往常般温柔的老婆,方休心中的大石头彻底落地。再见到老婆的感觉真好。方休目不转睛地看着老婆精致的容颜,只感觉美得惊人。

"嗯,回来了。"他微笑着回答道。

老婆脸上温柔的笑意瞬间消失,取而代之的是贪婪与疯狂纵横的

至死方休 [预知]

狰狞，变脸速度之快，堪称颜艺大师。

"你看……"

老婆的话还未说完，一道银光骤然闪现。一柄手术刀化作残影狠狠地朝老婆白皙的脖颈扎去，上面附着了方休的漆黑灵性，痛苦能力一时间被开到了最大。回家的这段路上，他的灵性早已恢复，已经可以驱使手术刀了。

就在方休的手术刀即将扎进老婆白皙的脖颈中时，他突然眼前一黑，意识瞬间陷入了一片黑暗。当他再度醒来，发现自己重新出现在了家门口。

"死了吗？死亡回档的地点也变化了。"方休低头喃喃自语，老旧楼道中昏暗的灯光在他的脸上投下一片阴影，"这才是老婆真正的实力吗？没想到点亮了灵性之后，反而感觉差距更大了，这次居然连怎么死的都不知道。果然，诡异与诡异之间是存在差距的，那种差距或许比人和人之间的差距还大。看来没有选择继续探索精神病院是对的。"

其实在女医师被吓跑之后，方休想过继续探索青山精神病院，但后来想了想还是算了，没有意义。他现在实力太弱，且对灵性的运用以及有关御灵师的一切都不清楚，犯错率太高。

女医师不过是青山精神病院中最弱的诡异，自己连它都无法对付，更别提对阵其他被关在房间里的诡异了。别忘了，有几个房间的门是打开的，那只操控梦境的诡异就是其中一只，另外几只不知藏在哪里。

这次他是运气好，遇到了没有攻击力的梦境诡异，才得以逃脱，如果堵门的是其他诡异，哪怕有死亡回档，怕也会被永远困在青山精神病院。在绝对的实力面前，哪怕再重来一百次、一千次、一万次都没用。所以方休打算先熟悉自身灵性，了解御灵师，与相关组织接触，获取了更多信息之后，再做打算。

第 3 章 心灵之力

想到这里,他再次打开了家门。

老婆宛若一位贤妻良母站在门口:"老公,你回来了呀,吃饭了吗?要不要我煮面给你吃啊?"

方休无视了楚楚动人的老婆,犹如一位加班到深夜,回家后用疲惫当借口逃避交流的社畜。他自顾自地洗了个热水澡,便躺在床上睡觉了。

说是睡觉,实则是在研究灵性。他迫切想要变强,唯有变强才能探索出青山精神病院的秘密,了解有关诡异的真相,然后找老婆报仇,让世界上的诡异都感受到痛苦。

这一夜,他研究了半宿,但收获甚微。主要是他对灵性相关的知识知之甚少,所有的信息都是王子腾口述的,而王子腾又是听他表哥说的,以至于真正有用的信息也就那么几句。无奈之下,他只能沉沉睡去。

第 4 章
御灵组织

绿藤市调查局,这是一个几乎普通人都不知道的部门,没人知道它是干什么的,也没人知道它在哪儿。就是这样一个低调又隐秘的部门,却在整个绿藤市御灵师圈子里威名赫赫,因为它是镇守一方诡异,守护整个绿藤市安全的特殊部门。

调查局,全名为全球诡异事件联合调查战略防御攻击与后勤保障局,简称调查局。

此刻,绿藤市调查局总部的会议中心,一群人正围坐在会议桌前。这些人中有男有女,有的身穿正装,有的穿着便服,还有的穿着奇装异服,他们各有特点,唯一相同的是普遍比较年轻,都在二三十岁的年纪。岁数最大的,要属坐在首位,身穿黑色西服,不怒自威的四十多岁中年男子。

"下面召开紧急会议。想必大家应该都听说了,就在五个小时前,本市开发区的百柳书院出现了诡域,目前诡域的笼罩范围是百柳书院售楼处,暂时未发现扩散迹象。"中年男子直奔主题。

其他人面色各异。

"最近诡异事件越发多了。"

第 4 章 御灵组织

"嘿嘿,这不是好事吗?对于我们御灵师来说,诡异事件越多,实力才能增长得越快。"

"哼,大言不惭,小心死在诡异手里。"

"你想打架是吗?"

"怕你啊!"

中年男子面无表情地看着乱成一团的众人,显然早已习惯这群人的处事风格。

中年男子名叫王德海,是绿藤市调查局的局长,但他不是御灵师,而是一个普通人。可这样一个普通人却要管理一群御灵师。

几乎所有城市的调查局都是这般配置,因为御灵师的死亡率太高,属于战斗岗位,而非管理岗,也没人愿意将御灵师丢进琐碎的管理事件中,那纯属浪费资源。而且御灵师因为被诡异力量侵染了心灵,所以大多性格古怪,有的甚至称得上暴虐。

种种原因,导致御灵师根本无法担任局长,不过御灵师中有队长,队长配合着局长进行管理。

"够了!"王德海猛地一拍桌子,大声怒斥,"谁要是再无视会议纪律,下个月的御灵师灵性材料减半!"

一句话,整个会场都安静了,显然所有的御灵师都很在意所谓的灵性材料。

身为御灵师,拥有超越常人的身体素质,还有种种超出常理的技能,他们这帮人想要赚钱很容易,所以对于金钱的需求不高,但灵性材料对他们来说是刚需,因为这关乎自身性命,这也是调查局能笼络到一大批御灵师的关键。毕竟为爱发电的人很少,想要御灵师拿命去对付诡异,必须有足够的筹码。

见会场安静了下来,王德海收拾情绪:"小林,把百柳书院附近的监控调出来。"

"好的，王局。"

一名秘术打扮，看上去十分干练，戴着金丝眼镜的年轻女性赶忙开始操作电脑，将监控画面投屏到会议室的幕布上。众人朝幕布看去，上面显示的是百柳书院四周的监控画面，但没有内部监控的。准确来说不是没有，而是内部监控似乎受到了某种诡异力量的侵蚀，导致监控器械全部失灵了。

此时，监控画面开始跳动，出现了通往百柳书院的主路的画面。主路上空无一物，只有两边的树木被风吹得哗哗作响。

"快进。"

秘书小林开始快进。

"停。"

画面定格，开始播放。下一秒，只见画面中的主路上，空气突然扭曲，两道人影竟然凭空出现——正是方休与赵昊。

"这两人是在百柳书院诡域中活下来的幸存者，颜值高一点的叫方休，低一点的叫赵昊，都是百柳书院售楼处的工作人员。小林，念一下这两人的资料。"

小林立刻打开手中的文件夹开始念："方休，年龄二十岁，男性，绿藤市本地人，孤儿，毕业于……经调查，两人的生平事迹并无特别之处，进入百柳书院诡域之前，两人应为普通人。"

"你们怎么看？"王德海对众人发问。

一个穿着铆钉皮夹克的年轻男子不屑道："连普通人都能活着出来的诡域，危险程度估计也就D级，这种程度的诡域，随便派个人去不就打发了？"

"我不这么认为，你们看监控画面中那个方休，他表现得太平静了，没有劫后余生的欣喜，也没有见到诡异的后怕，平静得不正常。这根本不是一个普通人活着从诡域出来后应有的神情。如果他之前是

第 4 章 御灵组织

普通人，那么他现在极有可能在诡域中成了御灵师。"一个穿西装、戴金丝眼镜的男人反驳道。

穿铆钉皮夹克的男子依旧不屑："一个刚点亮灵性的新人御灵师都能活着出来的诡域，危险程度估计也就 C 级，这种程度的诡域，随便派个资深御灵师不就打发了？"

"永远不要对没有经历过的诡域妄下定论，也许这诡域的危险程度很高，这两人仅仅是运气好才活了下来。"

"一个刚点亮灵性且运气不错的新人御灵师都能活着出来的诡域，危险程度估计也就……"

"你给我闭嘴！"王德海怒了，直接对着铆钉男子怒吼。他觉得有些头疼，自己一定是脑袋坏掉了，才会选择和这群人商议。于是他直接拍板："沈灵雪、李文浩，你们两个去一趟，调查一下方休和赵昊，看看他们是否已经成为御灵师。如果确实已经成为御灵师，看看他们的能力强弱、心灵污染程度，判断一下有无必要吸收进调查局，以及了解一下百柳书院诡域的危险程度。"

"好的，王局。"

"知道了。"

次日清晨，方休直接被赵昊的电话声吵醒。

"休哥！休哥！我知道我的能力是什么了！"手机那头传来赵昊兴奋的声音。

"什么能力？"方休平静地道。

"嘿嘿！说出来准吓你一跳，我昨天之所以感知不到能力的存在，是因为我的能力只有在晚上十一点以后才能发动，能持续到第二天凌晨一点。昨天回家之后，我横竖睡不着，结果一到十一点，能力自己就出现了。"

"嗯，所以到底是什么能力？"

"休哥，我说出来你不要嫉妒，虽然你的能力很强，但我的能力可是全天下男人最想要的能力，你是不知道啊，我昨天试验了半天，简直……"

"嘟嘟嘟……"方休挂掉了电话。

片刻后，赵昊再次打来："休哥，你……"

"你要还是这么多废话，那就不要打扰我休息了。"

电话那头传来赵昊委屈的声音："我的能力就是晚上十一点之后会变帅，然后身体素质会提升，浑身肌肉。"

"就这？我挂了。"

方休刚要挂断电话，赵昊急忙大喊："别别，我还没说完呢，你以为我的能力就这么简单吗？最强的还在后面！身体素质的提升只是附带的，其实它真正提升的是……我的魅力！"

"嘟嘟嘟……"方休再次果断挂掉了电话。虽然他从未指望着赵昊能觉醒出什么厉害的能力，但也没想到他的能力居然如此不正经。

"我早该想到的，一个靠着电影克服恐惧的人，能觉醒出什么正经能力？"

御灵师的能力与心灵息息相关，是心灵写照之力，你内心渴望什么，就会表现出什么。至于为何是晚上十一点之后才能发动能力，方休觉得，大概是因为十一点之后基本是赵昊躺在床上睡觉的时间。所以，每天晚上十一点的时候，躺在床上的赵昊究竟在幻想什么，才会觉醒出这样的能力，这怕是只有赵昊自己知道。

"老公，该吃早餐了。"温柔的老婆从门上穿过，走进卧室对着方休温柔道。

方休的眼神没有任何波动，他自顾自地起身，给自己做了早餐。老婆天天叫他吃早餐，但一次都没真的做过。该死的女人，应该吞

第 4 章　御灵组织

一千根针！

此时，方休家小区楼下的街道旁，一辆黑色商务车正静静地停在那里。车内坐着一男一女。男子看上去三十多岁，身穿黑西服，戴着金丝眼镜，身形笔挺，很是干练。女子长相精致，脸蛋小巧而又美丽，身穿黑色制服套裙，裙下是黑色的丝袜，质地细密，色泽深厚，并不是那种一撕就破的廉价货，脚上则是一双精美的镂雕高跟鞋。这身装束配上女子高挑的身材、冷傲的气质，不仅不会显得俗气，反倒为她平添了几分冷艳。

这一男一女正是调查局的沈灵雪和李文浩。此时李文浩戴着黑色耳机，面前连通着监听设备。片刻后，李文浩摘下耳机。

一旁的沈灵雪平静地问道："监听到两人的通话了吗？"

李文浩点了点头："从两人的对话可以初步判定，两人之前都是普通人，在百柳书院诡域中点亮的灵性，成了御灵师。"

"能力呢？"

"方休的能力电话里没提，不过听赵昊的意思，应该不会太差。"

"希望真的不会太差吧。现在调查局急缺人手，如果方休能力不差，且能通过心灵污染测试，可以考虑吸收进调查局。"

"赵昊呢？"

提到赵昊，李文浩面露犹豫之色，显然有些难以启齿。

沈灵雪眉头微皱："怎么了？有话快说。"

"是。"李文浩赶忙略带恭敬地回答了一声。

很显然，沈灵雪的地位要比李文浩高不少。其实这也很正常，因为沈灵雪是御灵师，而李文浩不是，他只是一个普通人。调查局担心御灵师的精神状态，所以通常会给每位御灵师配备一个普通人充当监督员，防止御灵师受到刺激精神失控，或者做出一些错误的事情。

想法是好的，但通常情况下，御灵师都是主导的那一方，毕竟御灵师拥有特殊力量，而监督员一旦劝不动，唯一能做的也就是跟上级汇报，然后由上级做出相应的惩罚。一般御灵师与监督员的组合都是男女搭配，阴阳调和，产生冲突的概率会减小。

只听李文浩犹犹豫豫地道："据赵昊自己说，他的能力是每天夜间十一点到凌晨一点期间，会变帅，浑身肌肉，身体素质增强，主要增强的是……个人魅力。"

沈灵雪听到最后，冷傲的脸上明显出现了一抹厌恶。她冷哼一声，随即道："像这种能力无用的垃圾就没必要吸纳进调查局了。另外，以后必须好好监管赵昊，不然指不定他会利用自己的能力做出什么龌龊事。"

"明白。"李文浩点了点头，心中暗暗叹息。

沈灵雪对方休和赵昊的态度简直天差地别，一个可以吸纳，一个不仅不吸纳，反而还要严加看管。倒不是说她多重视方休，主要是赵昊的能力实在是太丢印象分了。

"走吧，先去见见方休。"

"咚咚咚……"方休的家门被敲响了。

方休清晰地听到了有两人正在敲门，甚至两人上楼时他便听到了。方休透过猫眼看去，见到了身穿工作服的一男一女。他没有丝毫犹豫便打开了门，根本不担心对方是诡异。因为诡异在没有"被看见"的时候，无法对现实造成影响，也就意味着无法敲门。另外，这个时间点还身穿工作服找上自己，大概率是特殊部门的人。

门打开之后，李文浩拿出调查局工作人员的证件说道："方休是吧，我们是全球诡异事件联合调查战略防御攻击与后勤保障局的工作人员，这是我们的证件。"

方休一脸平静地查看了两人的证件，知道了他们的姓名。

第 4 章 御灵组织

现在到处是监控，特殊部门的人不可能查不到自己。唯一让他意外的是，这特殊部门的名字是真长，肺活量不够的人都没法一口气念出来。

"请进。"

方休将两人引进屋内，这期间，沈灵雪两人一直在打量他。而方休也在打量他们，准确地说是想确认他们能否看到老婆。

此时老婆表现得很开心，可能是因为人多而开心，它十分得体地站在一旁，温柔地道："老公，家里来朋友了呀。"

沈灵雪和李文浩的视线一直在方休的身上，似乎看不见老婆。

看不见吗？还是早已做到如自己一般，能够无视诡异？方休心中猜测。身为特殊部门的人，实力肯定要比自己这种新手御灵师强大，并且知道许多有关诡异的信息，如果连他们都看不见老婆，那就证明只有自己是特殊的，能否看见诡异和是不是御灵师无关。

不过方休还没有下定论，需要再试探。

方休猜测时，沈灵雪两人也在揣摩他。两人对方休的感觉很奇特，平静，实在是太平静了，这根本不像是刚经历过诡异事件活下来的人该有的反应。

他们曾经见过不少从诡异事件中活下来的人，基本都是大受刺激，就算成了御灵师也一样，精神状态普遍不太稳定。见到调查局来人，有的选择逃跑，有的则是拼命问东问西，想要了解关于诡异的真相，唯独没有像方休这般平静的。

三人在客厅坐下后，沈灵雪审视着方休道："你似乎对我们的到来一点也不惊讶，你以前知道调查局？"

方休摇了摇头："不知道，不过这世界上既然有诡异存在，却没有引起骚乱，背后肯定有某种力量在维护社会治安，这不难猜。"

"确实不难猜，但普通人经历了诡异事件之后，可不像你这般，还能平静地思考。"沈灵雪略带赞赏道，"你猜测得不错，我们调查局便是专门对付诡异的特殊部门，是御灵师的官方组织。今日前来有两件事，一是调查百柳书院诡域的相关信息，二是判断你是否有资格加入调查局。虽然民间也有不少闲散的御灵师，但唯有调查局掌握着绝对的信息、绝对的实力，以及大量御灵师所需的资源，所以这对你而言是个机会。下面进行第一项，将你知道的有关百柳书院诡域的信息说出来。"

"在回答你的问题之前，我有几个问题需要你们解答。"方休平静道。

沈灵雪眉头微皱："现在是我在向你提问。"

这时，李文浩连忙道："沈调查员，方休刚刚经历了诡异事件，心中肯定有很多疑问，我们先解答了他的疑问，让他理清思路，待会儿也更好回答咱们的问题不是？"

沈灵雪略微点头，算是同意了。

李文浩对着方休微笑道："方休，你有什么问题就问吧，毕竟你现在也是御灵师了，一些常识早晚都会知道，只要不涉及机密，你都可以问。"

方休扫视了二人一眼，心中已然有了判断。沈灵雪应该是御灵师，而李文浩不是，从诡异事件中活着出来的人，眼神是不一样的，给人的感觉也不同。这是自身灵性带来的感知。

一个御灵师配一个普通人，看来这就是调查局的配置了。御灵师的心灵被诡异侵染，往往容易性格古怪极端，配一个普通人监督，倒也可以起到一定的监督作用。沈灵雪的心灵扭曲到什么程度不得而知，但目前表现出的性格是冷傲、强势，不知是自身如此，还是受诡异影响。不过这些方休都不关心，他只想知道关于诡异的真相。

"第一个问题，诡异是什么？"方休问道。

第 4 章 御灵组织

李文浩微微一笑："你问的这个问题也是大部分在诡域中活下来的人要问的，不过很遗憾地告诉你，目前调查局也没有给予诡异明确的定义。诡异从何而来，诡异是什么，诡异的目的是什么，暂时没人能给出确切的答案，至少以我的级别是不清楚的。

"我唯一能告诉你的是，诡异的出现没有规律，它们基本都是突然出现的，目前表现出来的意图就是吞噬，准确地说是吞噬人的心灵，你也可以将心灵理解为人的精神力量。

"诡异的初步定义是类似自带污染源的扭曲了的心灵实体，它们的表现形式各不相同，有的有血肉，有的则类似灵魂体，有的甚至是概念体。唯一相同的是，所有的诡异都对人类带有极大的恶意，它们似乎靠着吞噬人类的心灵强化自身，并且每个诡异都是一个污染源，如同放射物质一般，源源不断地向周围释放污染性辐射。这种辐射能够污染人的心灵，激发负面情绪，让心灵扭曲。你能成为御灵师，想必应该知道，御灵师的力量，就是被诡异污染后的产物。"

"第二个问题，御灵师的力量层次如何划分？"

"哦？"李文浩微微诧异，"看来方先生你知道一些关于御灵师的事情。"

李文浩也没问方休是怎么知道的，而是继续解释道："你既然知道御灵师，想必也知道灵性，那我就不过多解释了。

"御灵师的力量层次是根据点亮灵性的多少划分的，如方先生你这般的新晋御灵师，一般灵性点亮的程度是百分之一，我们称之为一阶御灵师。灵性点亮百分之一到百分之二十的，都属于一阶御灵师的范畴，具体表现为能力初显，刚刚获得能力，并且能力会随着灵性的增加而增强。

"灵性点亮百分之二十一到百分之四十的，是二阶御灵师，具体表现为能力强化，其能力会大大增强，发生质变。灵性点亮百分之四十一到百分之六十的，是三阶御灵师，具体表现属于机密，以我的级别是无法知道的。以此类推，后面还有四阶、五阶。"

"灵性点亮百分之百后会怎么样？"

李文浩摇了摇头："不知道，据我所知，目前全世界不存在百分之百点亮灵性的人，点亮灵性的难度是越往后越难。御灵师想要点亮更多的灵性，就要不断寻找强大的诡异，不断地经历生死，于生死之间突破。可面对越发强大的诡异，死亡率会直线上升，并且现在也没有出现过足以让人百分百点亮灵性的诡异。

"御灵师与诡异算是天生的敌人，但又相辅相成，诡异越强，御灵师才能越强，不过现在出现的诡异并不足以孵化出太过强大的御灵师。所以不只没有百分之百点亮灵性的御灵师，就连五阶御灵师也没有，五阶仅仅存在于理论中。至于四阶御灵师，各国都有些捕风捉影的消息，谁也不知道真假，属于传说中的存在，有没有不得而知。反正目前全球明面上最强的一批人就是三阶御灵师。"

方休还想问第三个问题，却被沈灵雪打断，只见她不耐烦地道："我没有工夫听你在这里问这么多问题。李文浩，把全球诡异论坛的网址给他，让他自己查询。"

李文浩无奈，只好给了方休一个网址，并叮嘱道："这是一个暗网，算是全球最大的诡异论坛，一些常识性的信息里面都有，如果你要知道机密的话，那就需要付钱了。另外我还要提醒你一句，因为这是全球范围的论坛，所以并不受我们调查局监管，你浏览时千万不要随便相信陌生人的邮件。"

方休点了点头，表示知道。

"现在该我们提问了，说说你在百柳书院诡域中的遭遇吧，事无巨细，都说出来，如果胆敢弄虚作假，造成什么不可估量的损失，一切后果由你负责。"沈灵雪略带警告意味地说道。

第 4 章 御灵组织

方休并没有理会对方的威胁,而是继续平静地道:"我还有最后一个问题。"

沈灵雪的秀眉顿时皱起,眼神不善道:"你还有完没完?"

方休无视对方的目光,指了指自己的旁边道:"你们看得见我老婆吗?"

此言一出,原本正要发火的沈灵雪顿时愣住,她看了看方休空无一物的右侧,又向四周看了看,根本没发现所谓的老婆。

李文浩也愣住了:"你在说什么?方休,资料显示你根本就没有老婆,甚至连女朋友都没有。"

"看不见吗?还是装作看不见?"方休一脸平静地看着两人,口中不断呢喃。

一时间,气氛变得诡异起来。

李文浩心里突然咯噔一下,他怀疑方休的精神状态不正常。

一定是这样,普通人经历了诡异事件之后怎么可能如此平静?尤其还被诡异的力量侵蚀了心灵,成了御灵师,状态本就不稳定。现在居然问别人看不看得见他老婆?你有没有老婆你自己心里没点数吗?这方休不仅精神状态有问题,甚至比一般御灵师还要严重,居然都产生幻觉了。

"方休,你是在耍我们吗?"沈灵雪突然怒道。

方休看了一眼怒气冲冲的沈灵雪,觉得对方不像是装的,不过无所谓了,他还有准备。只见他回身看向自己的老婆,双方对上视线:"老婆,我看见你了。"

"你看得见我!"一道饱含压抑与狂喜的声音响起。

沈灵雪和李文浩"腾"地一下站了起来,一脸见了鬼似的看着方休的右侧。那原本空无一人的地方,居然凭空出现了一位身穿月白色丝绸质地睡裙的美人。

至死方休 预知

只是那美人冷白的皮肤开始出现密密麻麻的裂纹，眨眼之间，黑色裂痕遍布全身，整个人仿佛被摔碎的瓷器。在那黑色裂痕中，响起了流水的声音，殷红的血液从缝隙中钻了出来。老婆柔顺的长发开始活动，好似一条条扭曲的黑蛇，在空气中狂舞。

此时她的樱桃小嘴已经咧到了耳朵根，原本平整的牙齿变成了锯齿状，而嘴的里面竟然还套嵌着一张嘴，仿佛是从喉咙中长出来的一般。

"诡异！"沈灵雪惊叫一声，"该死！方休，你到底是什么人？你老婆居然是诡异！"

方休微微皱眉，现在才能看见吗？看来是因为我"看见"了老婆，触发了某种媒介，导致原本虚幻的老婆进入现实，所以沈灵雪两人才能看到。就如同之前的青山精神病院一般，一开始只有自己能看见，后来闯入现实，融入售楼处，所有的同事就都能看见了。

这也就意味着，"看见"诡异和御灵师的确没关系，无论是普通人还是御灵师，都看不见满大街的诡异。如果说赵昊看不见是因为太弱了，那没道理调查局出身的沈灵雪也看不见。也许……全世界只有我能看见。

这让方休心中一沉，他并不想要这种特殊性，没人喜欢被满大街的诡异包围着的感觉，而且一旦被发现就会死，这就如同一直行走在刀刃丛林中，需要时刻紧绷着神经，稍有不慎，便会被乱刀分尸。

"咯咯咯……人类！"老婆口中爆发出令人牙酸的笑声。

沈灵雪见状直接先下手为强，她摊开白嫩的小手，空气骤然扭曲，两道爆裂异常的火焰出现在手中，房间的温度陡然升高，不远处的窗帘、沙发竟然凭空自燃。

两团爆裂的火焰被沈灵雪甩出，狠狠袭向老婆。"轰！"火焰在老婆的身上炸裂，却如同遇上了冷水一般，瞬间熄灭，老婆毫发无伤。

第 4 章 御灵组织

沈灵雪瞬间瞪大了双眼，满脸不可置信之色："竟然毫发无伤？快逃！"

她已然意识到眼前的诡异根本不是自己能对付的，扭头就要逃跑，但就在这时，老婆冷白的小手对着空气轻轻一挥，空气似乎被什么拨动，只见正要奔逃的沈灵雪两人的头颅直接从脖颈上滑落。方休没有丝毫犹豫，直接朝沈灵雪两人的尸体扑去，然后开始迅速在对方身上翻找。

"老公，你在找什么呀？"老婆温柔的声音在方休耳边响起。

方休没有理会，继续搜寻有用的信息。下一刻，剧痛袭来，他眼前一黑，意识逐渐模糊。

…………

黑夜，繁星点点。

方休站在自家门口，此时的时间节点是他刚刚从青山精神病院逃出回到家。

"死亡回档节点没变吗？看来从青山精神病院出来是一个事件点，当我回到家用手术刀试探老婆被杀，算是进入下一个节点了。有新的诡异事件发生之前，节点应该不会变。那么，明天上午八点四十分就是调查局的人上门的时间，是时候让预知能力出现在世人眼中了。"

方休打算开始自己的计划，既然知道了调查局的存在，那就没有道理不去利用。毕竟，单凭自己一个人想要让全世界的诡异感受痛苦，几乎是不可能办到的，必须借助外力。

他打开门回到家中，无视了老婆，走到卧室打开电脑，开始查看全球诡异论坛。这是上次沈灵雪和李文浩给他的，虽然目前两人还未出现，但这网址早已被方休给记下。

打开网址，入眼是一只几乎占满整个屏幕的骷髅头，待骷髅头缓缓隐去，露出了暗红色的界面，里面分许多版块，每个版块还有许多分类，诡异、御灵师、诡器、悬赏……方休心中顿时产生了极大的

至死方休 预知

兴趣，因为其中极有可能蕴含着这方世界的真相，诡异的真相。虽然不见得完整，但至少要比自己探索快上不少。

他迅速浏览起各种帖子的标题，然而，当他随意点开一个关于诡异起源的帖子时，一个提示框弹了出来，上面写着"余额不足，请充值"。方休的目光移到帖子的最下方，一连串的零映入眼帘。他粗略算了一下，想要看这个帖子，大概需要花费一百万。这让银行卡中仅有几百块的他沉默了。随后，他又看了看其他帖子，无一例外，便宜的一两万，稍微涉及机密的，动辄上百万，甚至上千万。

"这就是御灵师的世界吗？"方休语气幽幽道。

感受到自己的贫穷之后，方休越发坚定了要假装能预知未来的决心，他要利用这个能力获取最大的利益，如若不然，他甚至连逛个论坛都逛不起。

无奈，方休只得打开基础版块，这里面的帖子基本都是一些不值钱的常识，还有许多不知道真假的小道消息，甚至有人在发帖吹牛。他看了看排名第一的热帖，标题是《我觉醒了操控时间的能力》。

"操控时间吗？"看到这个帖子，方休心中微微一沉，如果连时间能力者都出现了，那自己预知未来的能力的价值将会大打折扣。他点开，只见帖子上写道——

那是一个月黑风高的夜晚，突然间电闪雷鸣，狂风大作，血月东升……

在看完一千字的形容词之后，帖子的最后写着——

就这样，我觉醒了控制时间的能力，不同于影视作品中的时间暂停、时间倒流，我将我的能力命名为——浪费时间！

第 4 章　御灵组织

就比如看完帖子的你，成功被我浪费了五分钟。

帖子底下无数人评论——

△不能只有我一个人被骗，帖子必须顶起来！

"这就是不花钱能看的东西吗？"

方休默默关闭了帖子。他看了看发帖人：宇宙无敌美少女战士。然后默默记下了这个名字。平复了一会儿心情，他继续浏览，在花费了一个小时之后，总算被他找到了调查局官方组织发布的几条帖子。由于是官方认证，所以上面的信息基本都是干货，有简单论证诡异起源的，有关于御灵师的基本常识的，还有介绍诡器的。方休随便点开一个，沉浸进去。

就这样，他足足看了一夜，初步了解了关于诡异以及御灵师的一些常识。倒不是说这些常识有多少，主要是垃圾帖太多，还有一些真假不明的消息和标题党，这浪费了方休大量的时间。

一夜过后，他关闭了电脑，脑海中已经有了初步的脉络。

诡异的等级是按照危害程度划分的，从高到低分为 S、A、B、C、D 五个等级。有的诡异个体实力不高，但危害程度很大，其评级也会随之增高。

就比如外国的一只代号"瘟疫"的诡异，其实力很弱，只要找到本体，做好防毒措施，就连一阶御灵师都能将其清除。但就是这样一只诡异，却能大范围散播瘟疫，致数百万人死亡，故而被评为 A 级。

A 级诡异如果放任不管，其有能力在短时间内摧毁一座大型城市。S 级诡异则属于灭国级，拥有短时间内毁灭一个国家的能力。通常情况下，危害程度越高的诡异，实力就会越强，类似瘟疫的诡异只是少数。

诡异的起源无从考证，似乎自古就存在一些捕风捉影的传说。有人分析，古代的那些奇人异士极有可能就是御灵师。后来不知为何，奇人异士以及诡异传说销声匿迹了一段时间，直到时间步入现代，诡异传说再度兴起。这期间有一段近乎百年的空白，没人知道原因，至少不花钱的版块没有答案。

所有的诡异基本都是凭空出现，毫无征兆，没有规律。一开始，诡异出现得很少，在全球范围内并不多，但随着时间的推移，诡异出现的频率越来越高。

"看了一夜的帖子，也没有发现有人说能看见满大街的诡异，看来，全世界只有我能看见。"方休陷入沉思，论坛上说诡异都是凭空出现，毫无规律，但他却知道，诡异其实一直就在人类身边，所谓的凭空出现，只不过是满足了某种条件，进入了现实罢了。在外人看来，这就是凭空出现。

"这些免费的帖子根本没有太多信息，接下来的目标是赚钱，以及变强！"

他开始在脑海中回忆刚刚看到的关于操控灵性的基本技巧，那都是些最基础的技巧，教你如何快捷地驱使灵性，以及日常锻炼的方法，有点用，但不多。除此之外，方休最大的收获是看到了关于诡器的知识。

所谓诡器，就是蕴含诡异力量的器具，它们有的是兵器，比如刀剑，有的是很常见的器具，比如镜子、手镯等。无论形态如何，这类器具上都承载着诡异的力量，拥有种种不可思议的功能，且每一件都价值不菲，一些强力诡器甚至能卖到上亿。

不过，使用诡器并不是没有代价的，越强的诡器，其污染心灵的能力便会越强，就像具有辐射性的物质一般。经常使用诡器，心灵会不可避免地受到污染，最终彻底畸变成一种类似诡异的怪物。

方休第一时间想到了自己的手术刀。毫无疑问，手术刀就是一件

第 4 章 御灵组织

诡器。他并不担心诡器对心灵的污染，反正他的心灵早已扭曲得不成样子。这也就意味着，他可以不计代价地使用诡器，根本不怕畸变。

帖子中除了对诡器的介绍，还简单讲了讲操控诡器的方法。

最基本的操控就是注入灵性，激活诡器的力量。但如果想要诡器如臂使指，器随心动，那就需要用灵性侵入诡器的核心，建立联系，这样才能最大程度发挥诡器的力量，相当于玄幻小说中的神器认主。不过，想要诡器认主，风险巨大，一旦灵性和诡器建立联系，等于你放弃了一切防御，每次使用诡器，其污染便会直达心灵，大大加剧畸变的风险。

此时，方休看了看时间，已经五点了，距离调查局的人上门还有三个多小时。

"时间应该够用了。"说着，他拿出手术刀，驱动自己的灵性，开始不断深入手术刀内部。

渐渐地，他的意识仿佛进入一片黑暗，黑暗中似乎存在着无数嘶吼的诡异，它们像是疯了一般，疯狂冲击着方休的意识，想要将他的心灵扭曲成怪物。然而，方休的心灵就像是一个无底深渊，任由这些负面情绪涌入，他依旧面色平静。手术刀的目的是扭曲方休的心灵，可倘若心灵本就是扭曲的呢？

"只有这种程度吗？"方休平静地道。

下一刻，他驱动灵性直接在手术刀内部留下属于自身的印记，双方的联系瞬间达成。当他将灵性退出之后，赫然发现自己的灵性增强了，再次被点亮了百分之一，也就是说他的灵性已经点亮了百分之二。

"看来是手术刀的力量帮我点亮了部分灵性。"

这让方休对手术刀越发满意。

除了增强灵性，他还发现了手术刀真正的能力。手术刀的能力有两个。一个是基本能力——切割。灵性注入得越多，切割能力就会越强。另一个能力则是调动其中蕴含的诡异力量强化自身。不过由于手术刀中蕴含了太多诡异的力量,所以这股力量十分混乱,强化自身时会让人失去理智,对身体造成很大的负担,一旦长时间没有退出这种状态,极有可能直接畸变。好在方休并不担心失去理智,他只担心身体能不能承受。

他再度看了看时间,已经七点多了,可以吃早餐了。他走出卧室,准备去做早餐。

老婆迎面走来,脸上带着温柔如水的笑容:"老公,该吃早餐了。"

方休径直从她身边走过,自己去做早餐了——一个煎蛋、两片面包、一杯牛奶。正吃着,赵昊的电话打了过来。

"休哥!休哥!我知道我的能力是什么了!"手机那头传来赵昊兴奋的声音。

"嗯,强化个人魅力。"方休咬着面包,面色平静地说道。

"嘿嘿,说出来吓你……啊?你怎么知道的?"赵昊愕然。

方休没有说话,而是继续吃面包,他不想回答这么蠢的问题。

片刻后,赵昊反应了过来:"休哥,你预知到了?"

"嗯。"

"唉,无趣啊!真是无趣啊!我还想和你吹吹牛呢,你居然已经预知了。休哥,我算是发现你这预知未来能力的缺陷了,那就是从此之后生活中再也没有惊喜了。"

"行了,没什么事就先挂了吧,我这儿一会儿还要来两位客人。"

"哎哎,别……"

方休直接挂断了电话,继续吃早餐。

小区之外,一辆黑色的商务车之上,正在监听的李文浩一脸震惊,手中的监听设备掉落在地,发出一声清脆的响声。一旁的沈灵雪

第 4 章 御灵组织

顿时皱眉："你干什么呢？"

李文浩反应过来，顾不得捡起地上的设备，震惊道："我听到方休和赵昊的能力了！"

"哦？"沈灵雪微微来了点兴趣，"什么能力能让你如此失态？一个一个说，先说赵昊的。"

"赵昊的能力是强化个人魅力。"

沈灵雪的脸色以肉眼可见的速度阴沉下来："确实够让人震惊的。"

"不是，赵昊的能力不重要，重要的是方休！"李文浩急切地道。

"方休是什么能力？"沈灵雪不禁微微正色，她很清楚，李文浩虽然是个普通人，但也接受过专业训练，见识过不少御灵师甚至诡异，等闲小事不足以让他色变。

"预知未来！"李文浩凝重道。

"什么？"沈灵雪顿时一惊，"你确定没搞错？方休的能力是预知未来？"

李文浩点了点头："咱们的监听设备属于专业设备，方休和赵昊之前就是普通人，发现被监听的可能性基本为零，所以应该可以排除两人在电话中演戏的可能。并且，方休刚刚还说了一句话。"说到这儿，李文浩不由得深吸了一口气。

"什么话？"沈灵雪问道。

"他说一会儿还有两位客人要来。"

"什么？两位客人？难道他说的是……"

两人四目相对，皆在对方眼中看到了震惊之色。

李文浩缓缓说道："方休平日的交际圈很窄，再加上他是孤儿，没有亲戚串门，所以他说的客人，极有可能是在说……你和我。"

沈灵雪陷入沉默。片刻之后，她嘴唇微动："这世上真有预知未来的能力吗？就算有，也不应该出现在一个一阶御灵师的身上。"

至死方休 预知

"确实。"李文浩点了点头,"能力越强大,限制便越多,就好比之前面试的那个空间能力者,他虽然能够瞬移,但身为一阶御灵师的他也只能瞬移十厘米,十厘米之后灵性便枯竭了,需要等一个小时才能再次瞬移。一小时十厘米,这瞬移能力简直比乌龟爬还慢。如他这般空间能力者,想要将瞬移应用到实战,至少也得晋升至二阶。如果方休真的拥有预知未来的能力,其身为一阶御灵师,情况应该比那个空间能力者强不了多少,没准儿只能预知下一秒发生的事情,可他却能预知到你我要去找他,这都多长时间了?"

"不要妄下定论。"沈灵雪一脸凝重,"或许是巧合,又或者调查局里有人泄露了咱俩的行踪也说不定。"

"沈调查员,你说,如果咱俩今天不去找方休会怎么样?那他的预言不就破了?"李文浩突然提议道。

沈灵雪用一种看白痴的眼光看了他一眼:"咱们的任务就是去调查方休和赵昊,现在仅凭人家一个电话你就不去了?你回去怎么和王局交代?万一这都是方休设计的局呢?我们岂不是会让人活活笑死?再者说了,如果方休真能预知未来,那他加入调查局之后,会起到多大的作用,这你不会不知道吧?"

李文浩讪讪一笑:"我就是随口一说,想看看他的预知能力是不是真的那么准,去当然是要去的。"

"走吧。"沈灵雪打开了车门,微风袭来,吹得她的发丝贴上白嫩的脸颊,"我倒要看看,这预知未来到底是真是假。"

两人下了车,径直走向方休的家。当他们爬上五楼,准备敲门时,却发现这门是虚掩的,一推就开。两人对视一眼,不知是方休预知到了,还是没关好门。两人进屋后,见到了一个长相帅气、身材笔挺、一脸平静的男子正在沏茶——正是方休。

茶几上摆放着三个茶杯,一个摆放在方休面前,另外两个在旁边,

第 4 章 御灵组织

茶杯中还泛着袅袅白烟，显然沏茶的水是刚煮沸的。

看到茶杯时，沈灵雪和李文浩的心中顿时一惊。是真的预知，还是小区外有监控？

这时，方休开口了："沈小姐、李先生，请坐。"

这句话一出，两人的震惊之色更浓。他们可以很肯定地说，这是他们第一次和方休见面，在此之前双方根本不认识。并且，身为调查局的人，他们的身份资料都是保密的，绝不是方休能够查看的。

沈灵雪艺高人大胆，一马当先，直接坐在了沙发上，一脸审视地看着方休："你怎么知道我们的姓氏？还有，你怎么知道我们要来？"

方休无视了沈灵雪的审视和怀疑，一脸平静地道："我的眼睛能看到未来。"

听到方休亲口承认，两人心中顿时掀起滔天骇浪。不过，沈灵雪虽然震惊，心中的怀疑却并未打消："你能看到未来？怎么证明？"

"你们两个都是调查局的人，这次过来有两个目的，一是调查百柳书院的诡域，另一个目的则是看看我和赵昊是否有资格加入调查局。"方休平静地道。

"方先生，这并不能证明你能预知未来，我们来的目的很容易就能猜到，只要你事先了解过调查局。"李文浩摇了摇头说道。

方休将目光投到李文浩的身上，继续平静道："你一直暗恋沈灵雪，并且早就写好了一封情书，放在你上衣左侧口袋，内容是'灵雪，当你看到这封信的时候，我恐怕已经死了，其实我心里一直有句话想对你说……'"

"别说了！"李文浩"腾"地一下站起身来，红着脸制止了方休。

沈灵雪诧异地看了李文浩一眼。

李文浩急忙解释道："沈调查员，你是知道我的，这方休绝对是在胡说八道，我真没写情书，我……"

"好了。"沈灵雪示意李文浩不要太激动。

"我从小到大收到的情书太多了，你会做出这种事我并不意外，不过听你的意思，应该是打算以后殉职了再告诉我，这一点倒是让我有些意外，但咱俩之间是不可能的。"

李文浩的脸色越发红了："我知道，我只是……"

"这么说你真的写了情书？拿出来我看一下。"沈灵雪伸出了手。

"我……我……"

"我什么我？我是要看一下内容是否和方休说的一样！"

李文浩无奈，只得从上衣左侧口袋掏出一个信封。沈灵雪接过信封，打开之后，快速扫视了前几行字，心中的震惊之色越发浓烈，因为上面的字和方休说的丝毫不差。

她将情书扔回给李文浩，直勾勾地盯着方休道："以李文浩的性格，他既然打算死了之后再让我知道，那必然不可能给任何人看这封情书。但是，你知道了情书的内容，这并不代表你能预知未来，毕竟情书不是未来写下的，而是过去写的。"

面对质疑，方休继续说道："沈小姐，你的能力是操控火焰。"

沈灵雪的脸色顿时不善起来："我的能力不是什么秘密，接触过御灵师圈子的人多少能有点耳闻。"

"沈小姐，你还有一个不为人知的秘密，需要我说出来吗？"方休询问道。

李文浩瞬间来了兴趣。

"说！我没有什么见不得人的秘密。"沈灵雪略带不服地道。

"沈小姐，你有极度的粉红癖，你的内衣都是粉红色的，甚至你身上还文了一只粉红色的……"

"轰！"沈灵雪白皙的手中猛地爆发出一道强烈的火光，一股热浪瞬间席卷全场。她极度羞愤地盯着方休："你根本不是什么预知未来，

第 4 章　御灵组织

你这分明是透视眼！你跟赵昊都是一丘之貉，都不是什么好东西！"

面对炙热的火焰，方休淡淡道："首先解释一下，预知未来的能力并不是你们想的那样，可以随意知道未来发生的一切事情，有的时候我只是能看到一些支离破碎的画面。就比如昨晚我就看到了你们两人要来的画面，随后我便消耗灵性去预知你们两人，又看到了一些关于你们两人的画面，了解了一些信息。我看到某个深夜，李先生拿出情书反复研读，看到沈小姐在家中收拾内衣。"

沈灵雪缓缓收起了火焰，但眼中的不善之色并未消除，她总觉得方休肯定不只看到了这些东西，毕竟那文身可是文在了……

"你现在说的东西根本无法证明，这不算真正的预知未来。"

"那你觉得怎样才算预知未来？"

沈灵雪想了想："今晚开奖的彩票号码！"

方休点了点头，随即拿过纸和笔，在上面写下了一连串的数字，递给了沈灵雪。沈灵雪狐疑地看了看手中的数字。

"沈小姐，提前告诉你，未来不是一成不变的，现在的每个举动都会导致未来发生变化，就比如你利用调查局的权力去更换今日的中奖号码，那么我写的号码自然不会中。所以，你如果想验证号码的准确性，那就不要做出任何影响未来的事情，更不要去购买。"方休一脸平静，给人一种十分笃定的错觉，好像他真的预知到了一般。其实他都是瞎编的，他真正的打算是晚上看完开奖后就死亡回档。

沈灵雪见方休如此自信，心中已经信了一半，嘴上却依旧质疑道："方休，你说的最好是真的，如果我发现号码没中，那就说明你在骗我，你……"

方休直接打断道："如果不中，我可以抵命。"

沈灵雪一愣，没想到方休居然有这般自信。这时，李文浩也凑了过来看号码，他仔细看了片刻，突然开口："咦？不对啊！彩票号码不应该是七位数吗,你这怎么才六位啊?"

"七位数?你确定?"沈灵雪狐疑道。

"我当然确定,我买过很多次了。"

"方休,你果然在骗我!"沈灵雪立刻怒了,彩票是七位数,他写了六位数,这怎么可能中?

谁知这时,方休却一脸平静地走了过来,拿起了笔,在六位号码的最后面随意画了一个数字"1"。他放下笔,对着错愕的两人说道:"不好意思,刚刚漏写了一个数,现在没错了,今晚开奖号码就是它。"

看着方休这般自信且随意,沈灵雪两人总感觉自己的智商受到了愚弄。其实这真不怪方休,他本来就没买过几张彩票,又怎么会记得号码有几位呢?

"你既然能看到未来,又怎么会漏写?"沈灵雪明显不信。

"你现在要做的是等待,而不是质疑,当事实出现的那一刻,一切怀疑将烟消云散。"方休一如既往的自信。

这时,沈灵雪突然道:"如果你真能预知未来,那何必等到彩票开奖,你完全可以预知我下一步要做什么。"

方休平静地看了她一眼:"你觉得我身为一阶御灵师,能够预知几次未来?再者说了,我为何要向你们证明?你们是调查局高层吗?我现在向你们证明之后,到了调查局是不是还得向高层证明?抱歉,我只是预知未来,不是全知全能。"

"你!"沈灵雪顿时柳眉倒竖。

一旁的李文浩连忙打圆场:"沈调查员少安毋躁,反正到了晚上开奖就知道真假了。方先生,现在咱们还是聊聊你之前在百柳书院诡域的经历吧。"

方休点了点头:"那处诡域名叫青山精神病院。"

"青山精神病院?"李文浩显得很是不解。

第 4 章 御灵组织

沈灵雪更是冷哼一声:"给诡域命名那是调查局的事情。"

方休并未理她,而是继续说道:"青山精神病院是突然出现的,与百柳书院售楼处发生重叠,当我们察觉时,所有人都已经进了精神病院内部。"

"方先生,你为什么断定它是精神病院?"

"因为这处诡域就是一间医院,并且我在里面看到了牌子,写着'青山精神病院'。"

随后,方休简单讲述了在诡域中发生的事情,他并未透露太多,因为他只是一阶御灵师,即便能力是预知未来,也不能随便预知。当然,他隐去了手术刀的事情,一件价值不菲的诡器面世,可能会引起麻烦。

良久之后,听完故事的沈灵雪和李文浩陷入了沉思。

"方休,你的意思是说,这百柳书院诡域中,除了女医师诡异和操控梦境的诡异,还可能存在其他诡异?你预知到了?"沈灵雪很是倔强,直到现在,她也要称呼青山精神病院为百柳书院诡域。

方休并不感到意外,御灵师本就是心灵扭曲之人,不过是有的人严重,有的人症状比较轻。沈灵雪算好的了,仅仅是高傲、强势、易怒、执拗、小心眼、不好相处、目中无人、疑心重……"亿"点小缺点罢了。

"我并没有预知到,以我的灵性仅能预知一次,那就是在选择岔路时预知到了正确的道路,当时面对左右岔路,我分别看到了两幅画面。一幅是正确道路的画面,显示出安全通道以及控制梦境的诡异,我和赵昊成功逃脱。

"另一幅则是错误道路,那里存在着许多病房,房门紧闭,每一个房间的背后都透出极其恐怖的诡异气息,甚至还有几个房门是打开的,在这个未来中,我和赵昊被女医师追上并吞噬了。所以我判断,

至死方休 预知

青山精神病院中，至少存在着几十只诡异。"

"几十只诡异？"李文浩的声音顿时提高了八度，"方先生，你确定？"

方休点了点头："我的感觉不会错。"

沈灵雪却嗤笑道："方休，你知道你在说什么吗？全球出现的诡异事件不在少数，却从来没有出现过一处诡域中蕴含着几十只诡异的先例！一般情况下，一处诡域中只有一只诡异，那诡域就是基于诡异而生的，可能存在其他诡异误入诡域或者诡域融合的现象。但你说的几十只诡异聚在一起，根本不可能。诡异不像人一样，喜欢聚集，它们聚在一起很难和平相处。

"所以，如果你没看错的话，那些根本就不是诡异，而是诡奴。一些强大的诡异可以操控许多诡奴，诡奴通常是被诡异强行控制的人或者动物，虽然数量多，但实力通常不强。你可能是当时被吓破了胆，再加上根本不了解诡异，所以才错将诡奴当成了诡异。"

方休没有多言，只是平静地道："以你的程度，很难理解我说的话，你只需要如实上报即可。"

他看过全球诡异论坛，自然知道什么是诡奴，所以他很确定，那些病房中关押的全是诡异。不过他并不打算和沈灵雪解释，一是解释得太多会暴露自己预知能力的问题，二是对于傲慢的女人，很多事是解释不通的。他相信只要如实上报，上面的人应该会做出正确的判断。

"以我的程度？"沈灵雪冷冷一笑，"你一个新晋御灵师经历过几次诡异事件？你说是诡异就是诡异？你怕是连诡奴都没见过吧？"

方休饮了一口茶，缓缓说道："果然，弱小和无知不是生存的障碍，傲慢才是。"

李文浩见气氛有些剑拔弩张，赶忙继续打圆场："方先生，如果我所料不差，你昨天之前还是一个普通人，可你的话语中对于诡域和

第 4 章 御灵组织

御灵师都不陌生,你是如何知道关于诡异以及御灵师的知识的,也是预知?"

"全球诡异论坛。"方休平静地吐出这几个字,"对了,这个论坛还是未来的你给我的。"

李文浩听到这句话有些匪夷所思:"我给你的?"他也顾不得惊讶了,继续说道,"方先生,预知未来的能力对于调查局至关重要,所以今日还请你跟我们回调查局一趟。"

"嗯。"方休放下茶杯,起身朝门外走去。

第 5 章
灵性测谎

一小时后，方休被带到了绿藤市调查局。

调查局位于一处地下建筑中，十分隐蔽。但这里依旧存在不少诡异，那些虚幻的诡异在调查局中无意识地游荡，根本没有任何人发现它们。见到这一幕，方休更加确定，御灵师也看不见满大街的诡异，只有自己能看见，不然身为专门处理诡异事件的调查局中不可能有这么多诡异游荡。

很快，他被安排在休息室等待，沈灵雪和李文浩两人则去向局长汇报了。

局长办公室内，王德海正端坐在办公椅上，一边喝茶一边听两人的汇报。随着汇报的内容越来越多，王德海的茶杯早已放下，原本平静的表情越发震惊。

"你们确定是预知未来？"王德海有些不可置信。

李文浩点了点头，郑重道："方休确实预知到了我们要去找他，甚至知道我们的名字以及一些信息。"

一旁的沈灵雪也点了点头。两人很默契地没说情书以及粉红癣的事情。

第 5 章　灵性测谎

王德海沉吟片刻道："预知未来的事情,除了你们还有谁知道?"

"还有和方休一同从诡域出来的赵昊。"

"嗯,此事无论真假,暂时列为机密,赵昊那边安排保密。预知未来事关重大,一旦确定能力为真,绝对不能走漏任何消息,明白吗?"

"明白!"

"彩票号码呢?"

"在这里。"

李文浩赶忙将写有彩票中奖号码的纸条递给了王德海。

王德海端详片刻后说道："准确猜到彩票中奖号码这种事不见得就是预知未来。说不准方休早就在开奖处安排好了人手,准备动手脚。李文浩,你赶紧去安排,找两个信得过的人主持今晚的开奖,一定要做到开奖结果完全随机。"

"是,王局。"李文浩火速出发去安排彩票的事情了。

这时,王德海又看向沈灵雪："小沈,你也算是资深御灵师了,以你的经验,你觉得方休是否在说谎?"

沈灵雪虽然不满意方休的态度,但还是如实说道："我不清楚。虽然方休一开始少写了一位数字,但他实在太平静了,没有丝毫慌乱,如果他是骗子,那一定是一位心理素质极强的骗子。另外,他并没有欺骗我们的理由,预知未来的能力不同于其他,太容易被戳穿了,能骗一次,难道还能骗第二次不成?不过我个人感觉方休在说谎。"

"哦?何以见得?"

"女性的直觉。"

王德海喝了口茶,顿了顿,道："真的假不了,假的也真不了,一切就等晚上开奖见分晓了,可惜他只是新晋御灵师,灵性太弱,不然倒是可以进行一些其他测试。对了,他还说青山精神病院中有几十只诡异?"

至死方休 预知

提到这一点，沈灵雪的嘴角挂起一抹嘲弄的笑意："王局，你不会相信他说的吧？放眼全球，没有一处诡域能够同时存在几十只诡异。那方休不过一个新人，就算他真的能预知未来，真的看到了，那所谓的几十只诡异，很可能只是被诡异控制的诡奴。人在极度恐惧的情况下，任何风吹草动都会被无限放大。

"依照我的判断，整个百柳书院诡域中，应该就存在两只诡异。如果真有几十只诡异，别说预知了，就算是全知，方休也无法活着出来。两只诡异中，一只是女医师形态的诡异，建议代号为'诡医师'，行动规律是依照就近原则，每次只吞噬一人，吞噬结束前不会发动下一次进攻。从描述看来，诡医师应该是 D 级诡异。

"另一只能操控梦境的诡异，建议代号为'梦魇'，它可以让附近的人强制入梦，在梦中利用各种恐怖事物引爆人们的恐惧，人一旦陷入恐惧就会被吞噬。但反之，只要不害怕，梦魇的危害还不如诡医师，且疑似没有实体攻击手段。考虑到其特殊性及对普通人的危害程度，建议评级为 C 级。毕竟诡医师不具备大范围伤害的手段，梦魇却可以同时让多人入梦。

"综上所述，考虑到百柳书院是固定诡域，且所在区域人烟稀少，建议将危害等级定为 C 级。"

"梦魇的梦境，其恐怖程度有多高？"王德海沉吟道。

沈灵雪随意摸了摸新做好的美甲，有些漫不经心道："能有多高？吓唬普通人的程度罢了，那方休本就心理素质不错，加上预知到了梦魇的能力，知道一切都是假象，肯定不会恐惧。至于赵昊，此人胆小好色，靠着代入电影冲淡恐惧，也成功活了下来。连这种新人都能不惧梦魇，那历经多次诡异事件的资深御灵师更不在话下。梦魇的能力适合搞突然袭击，一旦提前知道都是假象，那它的危害程度可能还不如诡医师。"

第5章 灵性测谎

王德海点了点头,他还是相信沈灵雪的判断的,毕竟她是资深御灵师,经历过多次诡异事件:"同意代号,建立诡医师和梦魇的档案吧,至于青山精神病院诡域,一切等今晚开奖之后再做部署。一旦没有中奖,便说明方休这人有问题,他的话也不可信。没有预知未来的能力却知道如此多的信息,背后必然存在着一个庞大的组织,说不定这一次就是针对调查局的阴谋。接下来,把方休带过来,我要见一见他。"

沈灵雪略显诧异:"王局,你要亲自见方休?这恐怕不符合规定,方休的真正能力是什么还不得而知,万一他背后站着某个民间组织,其真正目的就是谎称自己能预知未来,然后混进调查局呢?并且他还未进行心灵污染测试,失控的风险有多高也不清楚。安全起见,还是让队长见他吧。"

王德海却摇了摇头:"杨队长目前不在局里,他正在追查人头诡的下落。"

"那副队长呢?"

王德海笑了笑:"他也去了。"

沈灵雪顿时大感惊讶:"他们两个居然还能一起行动?"

"你觉得这俩人可能一起行动吗?俩人正较劲呢,都是单独行动,看看谁能先解决人头诡事件。"

沈灵雪有些无语:"这就是男人之间该死的胜负欲吗?一个队长,一个副队长,还真不是一般的幼稚,把诡异事件当成什么了,比赛吗?"

"行了,去叫方休吧,这是在调查局里,就算他有歹心,也翻不出什么风浪。"

沈灵雪见王德海坚持,只得听从,不过她还是加了一句:"我先去让他进行心灵污染测试,如果通过测试再带他过来。"说完,沈灵雪便直接走了。

王德海先是一愣,随即哑然失笑。他知道沈灵雪这是在保护自己,不过身为领导,自己的命令却无法畅通无阻地执行下去,也让他有点不好受。但他早已习惯了,普通人管理御灵师就是如此。

休息室中,沈灵雪拿来一个专业的灵性测谎仪放到方休面前,手中还拿着一张试卷。

"接下来对你进行心灵污染测试。这是灵性测谎仪,不同于寻常测谎仪,是根据灵性波动测谎的。寻常测谎仪受过专业训练的特工都能骗过,但灵性测谎仪谁也无法骗过。灵性是心灵的体现,只要你心口不一,它就会有反应,所以你要如实回答,不得撒谎。这也是每个新晋御灵师都要接受的测试,调查局不会放任一个心灵受到严重污染的御灵师在外界胡作非为。"

"嗯。"方休点了点头。

"第一个问题,如果有一只强大的诡异正在城市里大肆屠杀,你的选择是:一、与诡异战斗;二、独自逃跑;三、尽可能地救人,能带多少人逃跑就带多少人。"

"我选一,与诡异战斗。"方休平静地道。

沈灵雪略带怀疑地看了方休一眼,随后又看向灵性测谎仪,结果显示为没有说谎。她顿时微微惊讶,她从未想过方休会是能为他人舍弃性命之人。

方休确实没有说谎,他仇恨所有的诡异,即使打不过,他也会试一试,以得到更多的信息,寻找诡异的弱点,一次清除不了就两次,两次不行就三次。

"第二个问题,如果以后诡异事件越来越多,人类明显不敌,并且出现智慧型诡异邀请你加入诡异一方,你只要加入就会获得强大的力量和难以想象的权力地位,你会加入吗?"

"不会。"

第 5 章 灵性测谎

"真不会？如果诡异许给你很大的权力，并且还给你名额，保护你的家人、朋友、爱人不受伤害，你会加入吗？"

"不会。"方休的回答言简意赅。

测谎仪依旧没有任何波动。沈灵雪有点不相信，她始终感觉方休不是那种一心为了人类的人。

"那倘若你的家人投靠了诡异，并邀请你加入呢？"

"我没有家人。"

"那朋友呢？据我所知，你和赵昊关系不错，而且他是你唯一的朋友，如果是他想让你背叛人类加入诡异一方，你会同意吗？"

"那我不介意没有朋友。"

"第三个问题，你成为御灵师之后最想做的是什么？或者说你的理想。"

"清除世界上所有的诡异。"

一时间，房间里陷入一片安静，沈灵雪看着毫无反应的测谎仪，觉得有些不可思议。假的吧？御灵师的队伍里居然能出这么一个人物？

她见过不少御灵师接受测试，但从没有一个人如方休这般。有的御灵师的回答甚至十分自私且变态，毕竟都是心灵被污染的人，人性的阴暗面会被无限放大。

比如第一个问题，强大的诡异在城市里大开杀戒，有人直接选择独自逃跑，稍有良知的选择能救多少救多少。第二个问题，大多数御灵师的回答是打不过就加入，谁强就加入谁，谁对我好就加入谁。第三个问题就更不用说了，什么活下去出人头地、享受荣华富贵、娶一百个老婆等等，各种答案都有。

其实不是没有人如方休这般回答，但他们回答之后，测谎仪都会嗡嗡作响。可方休回答之后测谎仪没有反应，这就意味着他说的都是真的！沈灵雪不禁对方休有些改观，难道他就是传说中那种面冷心热的人，冰山般的面容下隐藏着一颗为人类发光发热的真心？

沉默片刻，沈灵雪又问了其他几个问题，方休也如实回答。然后，沈灵雪整个人傻了。

这是什么心疼人间疾苦的天使吗？如果灵性测谎仪没有出错的话，这方休简直就是人类的小天使。整个御灵师队伍里也找不出来一个如他这般正直善良的人。

"最后一个问题，你真能预知未来？"

方休平静地注视着沈灵雪，淡淡道："我无数次穿梭在未来与过去之间，目睹了死亡与重生，经历了无限可能，未来对我来说，不过是可随意观测改变的玩偶。"

沈灵雪看了看毫无反应的灵性测谎仪，内心其实已经相信了方休的话，不过还是忍不住吐槽：问你能不能预知未来，你直说不行吗？非得装一下！

吐槽完后，沈灵雪收起了测谎仪，站起身来，态度似乎发生了某种变化。如果说她之前的态度是冷淡，那现在就是疏离，她似乎不喜欢和方休站在一起的感觉。

人类大多如此，当你发现有人比你还无私、还善良时，你会觉得他是伪善，是装的。但当你发现他不是装的时，你又会下意识地疏远这种浑身散发着光芒的人，因为他身上的光会让你隐藏的阴暗暴露出来。沈灵雪现在就是这种感觉，她一开始很不满意方休自以为是的冷淡态度，现在却发现对方是一个如此正直善良的人，那对这样一个好人看不顺眼的自己，岂不是显得人品很差？她内心的骄傲让她无法做出前倨后恭的事情，所以她本能般想要远离。

"你通过测试了，跟我去见王局。"沈灵雪撂下这句话，扭头就走了。

很快，两人来到王德海的办公室。沈灵雪将测试报告放到王德海的面前："他通过测试了。"

第 5 章 灵性测谎

王德海接过报告，上下打量了方休一眼，随即微笑道："方休是吧，自我介绍一下，我叫王德海，现任绿藤市调查局的局长，请坐吧。"说完，他便拿起报告，一边翻看一边试探性地闲聊。只是王德海刚开口说了一个字，下一秒就像是卡壳了一般："你……"

他瞪大双眼，有些不可置信地看着手中的报告。他甚至戴上了眼镜，反复看了两遍，可依旧不敢相信。这报告太完美了，别说御灵师了，就算是一个心灵没有受到污染的正常人都答不了如此完美。

他下意识看向沈灵雪，似乎在用眼神询问什么，沈灵雪则是面无表情地点了点头。王德海强压下心中的震惊，深吸了一口气道："方先生，单就这份报告而言，哪怕你的能力不是预知未来，我都想邀请你加入调查局了。"

"不急，开奖之后再说。"方休平静地道。他可不会现在就加入调查局，那样毫无意义，他要的是以预知能力者的身份加入，到时候他就可以索要一个合适的价码。

这时，沈灵雪突然说道："王局，我刚刚用灵性测谎仪问方休的能力是不是预知未来了。"

王德海顿时凝神："结果如何？"

"他通过测试了。"

听到肯定的回答，王德海不由得瞳孔微缩，但他并没有立即相信方休，因为他知道，灵性测谎仪并不是万能的。它确实能分辨人的谎言，只要心中想的和嘴里说的不一样，灵性测谎仪就会警报，但是，如果一个人被催眠了，他从内心中就坚信自己能预知未来，那么灵性测谎仪将会判定为真话。这正是王德海存疑的地方。

随后两人开始闲聊，虽然报告内容完美，但身为调查局的局长，王德海自然也有自己的一套识人之术。方休很反感这种闲聊，在他看来这是在浪费时间，他现在只想变强，然后让全世界的诡异感受痛苦。

至死方休 预知

两人闲聊间,办公室的门"砰"的一声被打开了,一个身穿工作服的年轻男子火急火燎地冲了进来。王德海顿时眉头一皱:"我说过多少次了,做事不要那么急躁,你这样……"

他的话还未说完,便被那位年轻人直接打断:"王局,大事不好了!副队长他……他死了!"

"什么?"王德海"腾"地从办公椅上站了起来,满脸震惊之色,"他怎么可能死了?白齐不仅是咱们调查局的最高战力,还是整个绿藤市排名第一的御灵师,这绝不可能!快,快说到底怎么回事!"

听闻副队长白齐死亡的消息,王德海彻底慌了神,白齐是他手上的一张王牌,如果这张王牌倒下了,那绿藤市将彻底乱套。

"之前杨队长和白副队长都在搜查人头诡的下落,不过两人是分头行动,最终白副队长在清北镇郊区的烂尾楼里率先找到了人头诡。可白副队长找到人头诡之后并未告知杨队长,而是独自对付人头诡。本来以白副队长的实力,对付人头诡不在话下,可谁也没想到,清北镇郊区烂尾楼中除了人头诡,还隐藏着另一只诡异。那只诡异出手偷袭,所以白副队长他……"说到这里,年轻男子面色更加苍白。

"什么?还有一只诡异?"王德海瞬间暴怒如雷,竟拿起办公桌上的文件夹直接扔了过去,"你们的情报工作是怎么做的?清北镇还隐藏着一只诡异,你们为什么不知道?"

年轻男子被吓得快哭了:"王……王局,情报部门之前进行全市大排查的时候,排查过清北镇,当时真没发现那只诡异,那只诡异就像是后来凭空出现的一样!"

王德海狠狠吸了一口气,强压下心中的愤怒道:"杨明呢?"

身为调查局的局长,他清楚地知道此时此刻绝不能让愤怒影响了自己的判断,那只诡异虽然是偷袭,但能杀死白齐,其实力肯定非比寻常,如果不加以应对,恐怕整个清北镇都会被屠戮一空,绿藤市市

第 5 章 灵性测谎

区也会跟着遭殃。

"杨队长得知消息后，正在赶往清北镇的路上。"

"备车！赶紧备车，所有没有外出做任务的调查员都给我赶去清北镇！另外，打电话通知各大民间御灵师组织的负责人，让他们派人手来清北镇，只要能解决这次诡异事件，调查局愿拿出三千灵币和十根灵香当报酬！"王德海近乎咆哮地喊道。

听到灵币与灵香，方休心中一动，这两样东西他只在诡异论坛上见过图片，却从未见过实物。

灵币是在御灵师之间流通的主要货币，但很少有御灵师会把灵币当成钱使用，灵币准确来说是一种灵性材料，一种特质的钢铁——心灵之钢。这是调查局总部研究出来的一种能够传导灵性的钢铁，十分珍贵，御灵师可以用它们打造武器、防具等。普通的武器防具根本无法对付诡异，但心灵之钢打造的装备，只要输入灵性，就可以起到对付诡异的作用。

永远不要小瞧武器装备的作用，人之所以能在动物中脱颖而出，与能使用武器装备有着脱不开的关系。

至于灵香，也是调查局总部研制出来的一种十分珍贵的物资。灵香可以缓解御灵师的心灵失控。心灵失控是每位御灵师都要面对的难题。随着实力的不断增强，御灵师的心灵受到的污染也会越发严重，极有可能导致心灵失控，但灵香却可以抑制心灵污染，可谓是每位御灵师救命的神药。

王德海不断拨打着电话，大力调动着其他各职能部门的人力物力，调查局的实力在这一刻暴露无遗。打完电话后，他看到一旁的方休，对着那个年轻人道："小王，你带方先生去休息室休息，小沈，安排召开紧急会议！"

说完，王德海便带着沈灵雪离开了，而被称为小王的年轻人则带着方休去了休息室。

休息室中，方休一脸平静地喝着茶，内心却在不断盘算。

绿藤市第一御灵师就这样轻易地死了？死在两只诡异的手中。这两只诡异的级别应该比较高，不过这也侧面显现出人类的脆弱。

人类的血肉之躯，哪怕拥有灵性，在面对诡异时，终究是不占优势的。最简单的例子就是青山精神病院中的女医师。女医师并不是太过强大的诡异，但它的皮肤却犹如钢铁一般，这种钢铁之躯，用寻常热武器根本无法伤到分毫。

反观御灵师，即便点亮了灵性，能够调动全身大部分肌肉，爆发出超越常人的力量，可真要是被子弹打中，依旧会受伤甚至死亡。这就是差距。

说到底，还是御灵师的容错率太低，哪怕你掌握着强大的能力，身体还是血肉之躯，只要稍一犯错，便可能被诡异吞噬，白齐就是一个很好的例子。诡异则不然，人家有强大的能力，容错率很高，很难被一击必杀。敌人可以失误无数次，你却只能失误一次，这怎么打？

不过方休并不在意这些，因为弱的是御灵师，而不是他方休。他与常人不同，普通人只能死一次，但他可以死无数次。

方休就这样静静地坐在休息室里，透过窗口，可以看到不少身穿工作服的工作人员在忙碌奔波。很显然，白齐死了是一件大事，一件足以让整个绿藤市震荡的大事。

很快，到了下午，方休估摸着事情应该初步告一段落，是时候行动了。他可不打算在这里枯坐一天。随后，他看了一眼坐在一旁的年轻人，这年轻人的脸色一直处于苍白状态，一上午都没有缓过来，不知是在意白齐的死亡，还是觉得自己的情报工作有疏忽，怕被事后追责。

方休缓缓起身，走到了年轻人的身旁。

第 5 章 灵性测谎

年轻人这才反应了过来。"你……"他刚开口说了一个字,一记手刀便狠狠打在他的后脖颈上。年轻人瞬间失去了意识。

打昏年轻人之后,方休迅速将他的工作服剥下来自己换上,之后便离开了休息室。他打算伪装成工作人员去打探情报,这要是放在平时肯定行不通,但是现在整个调查局都因为白齐的死乱成了一团,正是出手的好时候。

他手上拿着文件,学着周围的人,装作一副匆忙的样子,在调查局中肆意走动。灵性被他调动起来,一时间感官迅速放大,办公室内、走廊内,交谈声、打电话声不断传入他的耳中。

"白副队长虽然平日里冷冰冰的,实力却是毋庸置疑的,是整个绿藤市最强,没想到这么强大的一位御灵师居然就这样死了。"

"是啊,谁能想到呢?要我说,这次死亡本来是可以避免的,要怪就怪杨队长和白副队长两人不对付,整日里都要争个输赢,要是这两人一起行动,白副队长怎么可能被偷袭致死?"

"李哥,我来调查局的时间不长,你详细说说,杨队长和白副队长之间有什么矛盾啊?"

"能有什么矛盾啊?纯粹的意气之争,白副队长是公认的最强,但当初选队长之位时,却是杨明队长胜出,白副队长心里一直不服。"

"既然白副队长是绿藤市最强,又为何会输给杨队长啊?"

"嘿,自然是因为杨队长的能力了,你知道杨队长的能力是什么吗?"

"我听人说,杨队长的能力好像是幸运。"

"对,杨队长的能力就是幸运,算是一个被动能力,除了能让人走狗屎运,没什么用。所以杨队长一直被其他城市的御灵师称为最弱队长。"

"那杨队长是怎么从队长之争胜出的?白副队长可是号称二阶御灵师之中无敌的存在啊。"

"还能怎么胜出？当然是靠走狗屎运了，两人对战当天，白副队长不知道吃了什么不干净的东西，刚打起来就开始闹肚子。

"两人交手时，白副队长根本不敢用力，生怕一个忍不住当场丢人，然后就输了呗。杨队长虽然能力不行，但好歹人家也是二阶御灵师，面对一个不敢发力的对手，自然轻松取胜。"

"啊？既然身体不适，为何不暂停啊？"

"你傻啊，白副队长是什么样的人你不知道啊？你让他在大庭广众之下暂停上厕所，那简直比杀了他还难受，所以他只能装着若无其事的样子战斗。可怜的白副队长一直以为别人不知道他蹿稀呢，但当时去了不少御灵师，一个个耳聪目明的，早就发现了。"

走廊内的方休听到这儿便不再听了，因为后续两人聊的全是八卦。这两人明显是文员，所以这时候比较清闲，还有空聊八卦。

他继续在调查局中走动，不断听取信息。

"快，赶紧去会议室，王局要召开紧急会议了。"

听到开会的消息，方休立刻混入人群，跟着他们往会议室走去。

会议室中，长条形的会议桌边坐满了人，有男有女，普遍比较年轻。值得一提的是，他们之中没几个穿着工作服的，大多奇装异服，个性十足。会议桌的两侧则站着十多个身穿工作服的工作人员。方休混在工作人员之中，站在墙根，隐秘地打量着会议桌边的人们。

很显然，这些人应该都是御灵师，御灵师作为对抗诡异的主力，其地位自然高于普通人，有资格上桌开会。而会议桌的首座上，则坐着一脸严肃的王德海。奇怪的是，王德海左右两边各有一个空位，没人去坐。

两个空位？方休猜测，这两个位子定然是队长杨明以及副队长白齐的位置，现在白齐已死，他的位置空了出来很正常。那杨明呢？难道还在追查诡异？

第 5 章　灵性测谎

正在这时,他突然闻到了一丝刺鼻的烟味。在紧急会议中抽烟?方休顺着烟味看去,只见在王德海背后的角落里,一个神情落寞的男子正蹲在地上抽烟。

这名男子二十七八岁,浓眉大眼,方脸阔鼻,说不上多帅,但长得很精神、很正派。不过此时他的精神状态明显不太好,双目无神,下巴上全是胡楂,呆呆地看着眼前的空气,如果不是时不时会抽一口烟,他简直像是一尊雕塑。会议室中的其他人则是选择性地无视了该男子,任由他在那里蹲着抽烟。

见到这一幕,方休心中已然有了猜测。

在场的御灵师虽然身穿奇装异服,但在开会的时候,还是遵守了最基本的秩序,一个个老老实实地坐在座位上。这名男子如此作为,却没有一个人说什么,就连王德海也默许,那只能说明,这人的地位很高。结合空出的座椅,很容易便能猜出,这名抽烟的男子应该就是队长杨明。

此时,王德海开始开会,他没有说任何的废话,直入主题:"经过调查员的现场勘察,确认白副队长已经殉职。"

现场一片沉默,有人面无表情,有人满不在乎,有人一脸悲伤,神情不一。疑似杨明的男子依旧双眼空洞,不过拿烟的手微微颤抖了一下。

沉默片刻之后,王德海浑厚的嗓音再度响起:"白副队长死于一只能操控影子的诡异手中。"

说着,现场的大屏幕上出现了一张模糊不清的照片,照片上显示出了一个影子,一个人形的影子。与寻常影子不同的是,它不是平面的,而是立体的,就像一个人穿着黑色紧身衣,连眼睛口鼻都遮住了一般,通体漆黑,如同人的影子活了过来,变成了实体。

"这只诡异代号'影诡',目前展现的能力是能够藏身阴影之中,

至死方休 [预知]

当时白副队长在对战人头诡时，影诡从他的影子中钻了出来，将白副队长偷袭成重伤，最终导致他死在了人头诡的手里。"

众人都聚精会神地看着照片中的影诡，面色凝重。从影子中突然出现，这种攻击方式简直防不胜防，一个不小心就会中招。强如白齐都被偷袭成重伤，其他御灵师并不认为自己比得过白齐。

"目前，影诡下落不明，不过人头诡已经被杨明解决，所以咱们接下来要做的事情，就是全力搜寻影诡的下落。找出来，彻底解决这起诡异事件，以及……"王德海说到这突然深吸了一口气，缓慢而沉重地继续道："为白齐报仇。"

气氛瞬间为之一肃。

或许是见气氛过于压抑，王德海突然强挤出一丝笑容说道："在这起不幸的诡异事件中，我还有一个好消息告诉大家。"

好消息？众人纷纷一愣，白副队长都死了，还有好消息？

"咱们绿藤市调查局的队长杨明，在解决了人头诡事件之后，已经成功晋阶为三阶御灵师，迈入了顶尖御灵师行列！"

此言一出，众人一片哗然，所有人的目光瞬间集中在了在角落里抽烟的男子身上。

抽烟的男子，也就是杨明，似乎没注意到一般，神情毫无波动，只是扔掉了手中的烟头，从兜里掏出烟盒，打算再点燃一支。此时，他的脚下已经有不少烧到发黑的烟头了。杨明打开手中的烟盒，发现里面空了，他随手将烟盒捏扁，丢在了地上，抬起眼皮无精打采地看向众人："喂，还有烟吗？"声音沙哑中带有一丝疲惫。

众人默然，没人回应。

王德海看见这一幕，眼中闪过一丝不忍，但依旧呵斥道："杨明，你给我打起点精神来，你现在已经是三阶御灵师了，以后绿藤市的安危还需要靠你来守护，还有，难道你不想为白齐报仇了吗？"

第 5 章　灵性测谎

面对王德海的呵斥，杨明的眼神没有丝毫波动，还是一副半死不活的模样。他缓缓从墙角起身，将双手插入口袋，口中嘟囔道："那我自己出去买一包。"说着，他竟然真的要离开会场出去买烟，一边走着，嘴里还一边嘟囔，"报仇？报了仇小白就能活过来了吗？"

"你给我站住！"王德海气得大吼一声，但杨明的脚步丝毫不停。王德海无奈，只得从兜里掏出一包烟，喊道，"我这里有烟！"

杨明当即停下了脚步，一脸不满："你不早说。"

王德海直接将烟扔给了杨明，便转身继续开会，显然不想再多说一句。杨明则又回到了刚才的角落，一边点烟一边吐槽："呦，王局，什么家庭啊，天天抽这种好烟。"

王德海强忍着怒气继续开会。

就在这时，会议室的门"砰"的一声被推开了。王德海瞬间爆发："注意纪律！纪律！我说了多少次了，你……"

进门的工作人员根本没给他说完的机会，十分慌张地打断了他："王局不好了，你刚刚让我带去休息室的那个人不见了！他打晕我自己跑了！"

"什么？你说方休跑了？"王德海瞬间惊怒交加。

人群中的方休则是暗暗叹息，还是手法不够专业，没想到才让他晕倒了这么短的时间。虽然方休已经成了御灵师，能够爆发出比普通人更强大的力量，但是，他以前从未尝试打晕别人，根本不知道该出多大的力。

"方休！你居然在这儿！"一个女声从会场中响起，正是沈灵雪。

只见沈灵雪"腾"地从座椅上起身，一脸惊讶地指着人群中的方休。一时间，全场的目光都聚焦在方休的身上，除了杨明。杨明依旧在看着空气抽烟。

方休身边的工作人员立刻反应了过来，纷纷掏出枪指着他，似乎

至死方休 预知

只要他有丝毫异动,就会立刻开枪。坐在会议桌旁边的御灵师们也紧紧注视着他,眼神中流露出好奇或警惕的神色,一丝似有若无的灵性威压落在他的身上。

"方休!你知不知道在调查局袭击工作人员是什么罪名?你到底想干什么?或者说,你到底是什么人?"王德海脸色阴沉。

方休根本没有理会王德海的质问以及众御灵师的威压,而是一脸平静地将目光投向在角落里抽烟的杨明。蓦地,他平静地开口道:"想让白齐复活吗?"

话音刚落,杨明抽烟的动作顿时停住,他原本无神的双眼瞬间变得骇人,犹如一头下山的猛虎死死盯着方休。他缓缓站起身来,面色阴沉,一股无形的威势在他身上酝酿开来,宛若暴风雨前的平静,是那样压抑沉重。

手中的烟被他扔在地上,又抬起脚撵了撵。做完这一切之后,他步伐沉稳地朝方休走来,站定。看着眼前一脸平静的方休,他一字一顿道:"不论你是什么人,来自哪里,都不要随便拿死人开玩笑,不然……会死人的。"

一股庞大的压力如潮水般落在方休的身上,这力量虽源自杨明一人,却远远胜过在场所有御灵师的力量,其他的御灵师也不禁微微色变。这就是三阶御灵师的实力吗?

面对这股庞大的压力,方休却神色不变,经历过苍穹之上诡异的洗礼,这点压力对他来说根本不算什么。他平静地与杨明对视着,淡淡道:"你只需要回答想,或是不想。"平静的话语中似乎带着不容置疑的力量。

见到这一幕,在场的众人不由得惊讶起来。面对一位三阶御灵师,说话这般底气十足,这个叫方休的到底是什么人?

杨明紧紧注视着方休平静的双眸,似乎想从中看出什么,但他看

第 5 章 灵性测谎

到的只有深不见底的平静。

"方休,你到底在胡言乱语些什么?快把他给我抓起来!"王德海此时已经彻底不相信方休了,他严重怀疑方休背后有着某种神秘组织,在策划什么不可告人的阴谋。

就在周围工作人员要行动时,杨明抬手制止了他们:"你真能让小白复活?"

问出这句话之后,连杨明自己都感觉自己疯了,人死不能复生这是铁律。就算眼前这人的能力是死而复生,可白齐都被诡异吞噬了,还如何复活?他也不知道为什么自己会问出如此愚蠢的问题,但注视着方休平静的双眸,他心中隐隐有一种直觉,那就是方休说的话可能是真的。

方休的嘴角微微勾起一抹弧度:"我不能让死人复生,但……我能回到过去,逆转未来。"

此言一出,众人一片哗然,只觉得这是天方夜谭。回到过去,逆转未来?这简直比让死人复活还要夸张。

在场的没有一个人相信方休的话,可杨明依旧固执地问道:"需要怎么做?"

方休没有回答,而是反问道:"白齐死的时候,你在哪里?"

杨明想了想:"当时我追查到了人头诡的线索,就在清北镇附近的山区,只是因为线索有偏差,所以没进入清北镇。"说到这儿,他下意识握紧了双拳,脸上写满了自责,"如果我能提前发现,早点进入清北镇,或许他就不会死了。"

"很好,可以了,现在把你的手机号给我。"

"手机号?"杨明顿时一愣,完全没跟上方休跳跃的思维,这说着死人复活呢,怎么突然开始要手机号了?

"没错,你现在只需要给我手机号,然后再告诉我一个秘密。"

至死方休 预知

"什么秘密？"杨明越听越糊涂。

"一个能让你相信我的秘密。"方休平静地道，"接下来我会回到过去，在白齐出事之前给你打电话，让你去救他，所以需要一个能让你相信我的秘密。"

听到这儿，杨明不自觉地瞪大了双眼，他感觉匪夷所思。回到过去给我打电话？世界上真有如此变态的能力？就算有，怕是也需要五阶御灵师才能施展吧？这怎么可能？哪怕杨明再怎么想让白齐复活，他也很难说服自己相信方休的话。

不只是他，在场的其他御灵师也一样，他们一万个不信。同为御灵师，怎么你就这么优秀？回到过去，逆转未来？你还是御灵师吗？你是御神师吧！

唯有一人的心中掀起了惊涛骇浪，那就是沈灵雪。只因她猛地想到了做心灵污染测试题时方休说过的话——"我无数次穿梭在未来与过去之间，目睹了死亡与重生，经历了无限可能，未来对我来说，不过是可随意观测改变的玩偶。"

她突然有些明白，方休当时为何不直接回答是否能预知未来，而是说了这样一句话，很有可能他不是在吹牛，而是在用另一种方式诉说自己的能力——回到过去，逆转未来！

看着一脸怀疑的杨明，方休微微一笑："试一试总不会有什么损失。"

杨明顿时被说动，确实如此，试一试，就算失败了又能损失什么呢？他并不觉得方休能凭借一个手机号和一个无关紧要的秘密危害到自己。

他深吸了一口气，缓缓报出了自己的手机号。他只念了一遍，方休也只听了一遍，便牢牢记在了脑海里。

随后，杨明思索片刻，最终缓缓说道："那我就说一个只有我自

第 5 章 灵性测谎

己知道的秘密,这个秘密是关于小白的,本来我这辈子都不打算说出来,怕小白知道后和我拼命,现在他不在了,那说出来也无妨了。其实当初选队长的时候,根本不是小白吃坏了东西,而是我提前给他下了泻药,只不过因为我的能力是幸运,所以从来没有人怀疑过我。"

静!诡异的寂静!在场的人全目瞪口呆地看着杨明,仿佛第一次认识他。他们万万没想到,原本浓眉大眼的杨大队长,居然背地里做出如此邪恶的事情,这……这也太损了。

杨明有些恼羞成怒:"这能怪我吗?要不是小白那个混蛋……哎,算了,人都死了,不提了。"他又突然叹起气来,神情再度落寞。

"行了,这个秘密就足够了。"方休开口道,"对了,你没有将手机关机的习惯吧?"

杨明摇了摇头:"如果你真能回到过去给我打电话,那么我一定会接到,因为我是个路痴。小白出事时,我正开车在清北镇附近的山区寻找人头诡,当时我的手机连着蓝牙开着导航,肯定能接到电话。"

方休点了点头:"等着接电话吧。"随即便不再言语。

场面也随之安静下来。所有人都默默地注视着他,时间一分一秒地流逝,一秒,两秒,三秒……

蓦地,方休突然开口道:"你们都看着我干什么?继续开会啊。"

众人瞬间愕然。杨明实在忍不住了,出声问道:"你不是要回到过去吗?我们都在等着你行动啊。"

方休用一种看白痴的目光看向他:"我什么时候说要现在回到过去?还有,你们不会以为我会像电影中的那样,突然原地消失吧?"

说实话,他们还真是这么以为的。

"那你什么时候开始?"

"不急,晚上八点开奖之后。"

杨明顿时一愣:"开奖?开什么奖?"

"好了,不要问了。杨明,你立刻把这个胡言乱语的疯子带到禁闭室,我随后就到,他的神志已经不清醒了,估计快要灵性失控了。"王德海突然出声道。

杨明本不想照做,可看到王德海给自己使了一个眼色,他只得看向方休道:"跟我走一趟吧。"

方休点了点头,直接跟着杨明去了禁闭室,没做任何多余的举动。毕竟以他现在的实力,在调查局乱来,和找死没什么区别。另外,他很清楚王德海的想法,无论自己所说的是真是假,这件事都不宜暴露在大众视野中。

如果是真的,那回到过去逆转未来的能力太过耸人听闻,一旦传出去,不知会引起何等风波。如果是假的,那这将是今年整个调查局最大的笑话,也不宜太多人知道。王德海正是出于这种考虑,才让杨明将自己带走的。

到了禁闭室,方休又问了杨明许多关于人头诡和影诡的信息,以及白齐的相关信息。

白齐的能力是疾速,拥有常人难以想象的速度,远超同阶御灵师,这让他无论是出手攻击还是逃跑,都拥有绝对的优势。他曾经有过秒杀二阶御灵师的战绩,也曾在强大诡异的追杀下成功逃脱。他和杨明之所以会被允许单独行动,就是因为他打不过可以跑,而杨明拥有幸运能力,很难遭遇不幸。

只是可惜,这次白齐受限于情报,没有察觉到影诡的存在,遭到了偷袭。若是寻常诡异偷袭白齐,估计很难成功,因为他速度很快,反应速度也快。但影诡不同,它藏身于白齐的影子中,哪怕白齐速度再快,也甩不开影子。正因如此,它才能在白齐与人头诡的高速战斗中,在关键时刻给予白齐致命一击。

两人聊了许久,不过方休并没有套出太多有用的信息。杨明这人

第 5 章 灵性测谎

虽然看着粗犷，大大咧咧，但说话滴水不漏，不该透露的，他一个字也不会多说，毕竟他现在依旧无法确定方休是否能逆转未来。

大约过了一个小时，王德海带着沈灵雪出现在禁闭室。

"方休，你到底有什么目的？想利用杨明做什么？"王德海来了之后，直接开口质问。

"还有三个小时，开奖之后，一切自有分晓。"方休平静地说道。

"开奖？你之前不是说你的能力是预知未来吗？为什么现在又变成了逆转未来？"

"有什么区别吗？我预知未来之后，再做出相应的改变，某种程度上不就相当于改变未来？就比如我预知到今天出门会被车撞死，那只要我不出门，未来我就不会死。"

看着信誓旦旦的方休，沈灵雪忍不住插话道："可现在白副队长已经死了，这件事已经成了不可改变的过去。你身处现在，如何改变过去？"

"哦？"方休淡淡地看了她一眼，反问道，"你凭什么认定这就是现在？有没有一种可能，其实，你和杨明他们所有人，以及我，都是不存在的，现在的一切，都是过去的我眼中看到的未来。"

此言一出，沈灵雪等人全愣住了，内心涌出无尽的荒诞之感。

"我们……都不存在？"杨明觉得这话很是古怪，"你要不要听听你在说些什么？"

方休闭目养神，不再言语。

古怪的气氛在三人间弥漫。方休的话看似荒诞无稽，可是不知为何，细细想来，竟让他们有一种淡淡的毛骨悚然之感。我们……真的不存在吗？

几人在禁闭室待了一会儿便都离开了，只留下方休自己。毕竟几人都是调查局的人，有要务在身，不可能在这里枯等三个小时。

时间如水般流逝,很快,三个小时一晃而过。禁闭室的大门被猛地推开。

王德海、沈灵雪、杨明三人面色阴沉地走了进来,目光灼灼地看着正在闭目养神的方休。蓦地,方休睁开双眼,平静地看向三人。

沈灵雪将之前方休写中奖号码的纸条拍在桌子上,寒声道:"方休,你写的中奖号码根本就没中奖,不仅没中奖,甚至连一个数都没对上!你看看,上面是我刚写的本期开奖号码!"

"方休,你现在可以解释解释你到底是什么人,是谁派来的了吗?"王德海凝重道。

杨明一言不发,但看向方休的目光中带有一丝杀气。

然而此时的方休却微微一笑:"我的预知不会出错,你现在随便弄一串错误的数字过来,想骗我?"

沈灵雪气得胸口一阵起伏。她直接掏出手机,打开开奖信息,摆在了方休面前:"你自己看!我看你还能演到什么时候!"

方休随意地扫视了一眼,嘴角的笑容越发嘲弄:"你们派人操控了开奖,现在反过来质问我?"

此言一出,三人的面色顿时冷了下来。

沈灵雪冷笑:"方休,我们确实派人去了开奖中心,但是,那是因为我们怕你提前准备好了人手,打算做手脚。这次开奖完全随机。怎么?现在开奖号码不同,是不是你做手脚没成功?"

方休看了看三人的反应,基本已经断定,他们应该没有动手脚,那就可以放心地回档了。

这时,沈灵雪又冷笑道:"你之前不是说如果猜错了,就抵命吗?呵呵,我看你现在可不是要抵命的样子,抵赖还差不多。"

"放心,我说到做到。"方休微微一笑,下一刻,一把银亮的手术刀出现在他的手中。

第 5 章　灵性测谎

绿藤市调查局，回档归来的方休，在沈灵雪、李文浩的带领下走入其中。

这次回来，他完全重复了上一次做的事情，以免引起蝴蝶效应。看着第二次来到的调查局，方休微微一笑，是时候展现真正的预知未来了。

三人走入其中，蓦地，方休停下了脚步。

沈灵雪微微皱眉："怎么了？"

"前方走廊拐角会有两名工作人员撞倒。"

"什么？"李文浩一时间没反应过来，下意识问道。

结果下一秒，只见一个抱着一沓文件、身穿职业秘书装的女人急匆匆跑来，当她跑到拐角处时，一个男性工作人员正好从拐角的另一边走出来。

"哎哟！"伴随着一声惊叫，两人撞在了一起，文件散落一地。

沈灵雪和李文浩瞬间震惊，一脸不可置信地看着方休。

"这……这怎么可能？"

方休神情平静，自顾自地向前走去，从散落一地的文件上迈过。沈灵雪两人紧随其后，连倒地的工作人员跟他们打招呼都没有听见。

方休像是早已来过调查局一般，轻车熟路地走到一片办公区，里面正有十几位文员坐在电脑前办公。这时，他又道："左数第三排的女人会起身接咖啡。"

话音刚落，那女人就如同听到了指令一般，拿起办公桌上的杯子，起身去了咖啡机旁。身后的沈灵雪两人越发震惊，只觉得不可思议。

"倒数第二排中间位置的男人，会将文件碰掉。"

果然，只见那名男子似乎有些疲惫，抬起手伸了个懒腰，在他伸懒腰的同时，"啪嗒"一声，桌子上的文件被碰掉了。

"第一排第一个位子上的男人马上会接到一个电话，通话时长三秒。"

至死方休 预知

沈灵雪和李文浩几乎同时看向手腕上的手表,下一秒——

"丁零零……"电话声响起。

"喂,哪位?我不买房,也不办贷款,你们这些中介以后不要再给我打电话了。"

电话挂断后,沈灵雪和李文浩抬起头对视一眼,皆看到了双方眼中的震惊。时间不多不少,正好三秒!两人不可置信地看向一脸平静的方休,只觉得对方此时就像言出法随的神明,立于人间,随意操纵着凡人的命运。

方休平静地看了两人一眼,淡淡道:"走吧,休息室在这边。"说着,他竟反客为主,将处于极度震惊状态的沈灵雪两人带到了休息室。

到了休息室,他轻车熟路地从一旁的柜台左侧第二个抽屉拿出了茶叶,然后又从第三个抽屉拿出了咖啡,为沈灵雪倒了一杯咖啡,给李文浩倒上了一杯绿茶,甚至贴心地在沈灵雪的咖啡中不多不少加了五块方糖。

至于自己,方休则倒了一杯白水,喝了一小口后,他淡淡道:"不必如此惊讶,我说过,我的眼睛能看到未来。"

沈灵雪和李文浩已经震惊到失声,缓了良久之后,沈灵雪才道:"刚刚的那些,都是你提前预知到的?包括休息室的位置,甚至我喝咖啡要加五块方糖?"

方休拿起杯子,轻轻吹散杯口上方的热气,浅饮一口,道:"不然呢?"

两人再度陷入持续的沉默。

如果说两人之前还有所怀疑,那现在心中的怀疑基本已经打消了大半。知道一些信息,还可能是提前调查出来的,但能精准无误地预知调查局工作人员的下一步举动,这可不是提前调查能查出来的。

"你们两个该去找王德海汇报了,他现在正好空闲。"

第 5 章　灵性测谎

两人此时有些麻木,不知该说些什么好了,这是人在面对超出自己认知的事物时的正常表现。两人对视一眼,最后默默起身,去找王德海汇报了。

待两人走后,方休拿出了手机,拨打了一个电话。

与此同时,远在清北镇附近山区的杨明正在开着车,哼着歌。突然,歌曲中断,手机铃声响起。杨明拿起手机一看,发现是一个陌生号码,想也没想就接听了。

"喂,谁啊?"杨明吊儿郎当的声音响起,语气中带着三分贱气,与白齐死后的状态截然不同。

电话那头响起一道平静低沉的男声:"半小时后,白齐会死。"

杨明猛地踩了一脚刹车,车胎与地面剧烈摩擦,划出两道长长的痕迹。他顿时收敛了神色,声音变得陌生且低沉:"你是谁?"

"我叫方休,一个能预知未来的人。目前正在调查局做客,如果不出意外的话,未来我们会成为同事,我预知到半小时后白齐会被诡异杀死,你现在去救他还来得及。"

杨明被气笑了:"我不管你是谁,你知不知道乱开玩笑可是会死人的。"

"选队长时,你和白齐比武,之所以能赢,是因为你前一天晚上给他下了泻药,只不过因为你的能力是幸运,所以没人怀疑你。"

杨明大惊失色,脱口而出道:"你是怎么知道的?这个秘密我从没告诉过别人。"

"记住我说的话,我只说一遍,现在白齐正在清北镇郊区烂尾楼,他会在那里遇到人头诡,并和它展开战斗。但那里不止一只诡异,还有一只影诡隐藏在他的影子里,会在关键时刻出手偷袭,导致白齐死亡。"

说完之后,方休直接挂断了电话。

杨明在车里久久不语,脸色阴沉不定,片刻后,他猛地掉转车头,狂踩油门朝清北镇开去。虽然他不是很相信方休的话，但是这种事宁可信其有，不可信其无，尤其对方准确地说出了自己下泻药的秘密。

休息室内，方休喝光了杯中的热水，又等待了许久，这才等来了沈灵雪。

这次他们汇报的时间明显要比上一次长，显然是方休之前预知未来的举动震惊到了他们，以至于这次汇报说了更多的话。

"方休，我接下来要为你做心灵污染测试。"沈灵雪神色复杂道。

方休点了点头，随即自顾自地拿起灵性测谎仪，在沈灵雪震惊的目光中，十分熟练地将仪器戴在手上。

沈灵雪呆愣了两秒，这才反应了过来："第一个问题，如果……"

"我选一，与诡异战斗。"方休直接打断道。

方休无视了沈灵雪的目瞪口呆，继续说道："第二个问题，我不会加入诡异一方，即使诡异许给我很大的权力，还给我名额保护我的家人、朋友、爱人不受伤害，我也不会加入。我的家人不会投靠诡异，因为我没有家人。如果赵昊加入了诡异一方，让我背叛人类，那我会亲自送他上路。第三个问题，我成为御灵师之后最想做的事情就是清除世界上所有的诡异……"

方休没等沈灵雪再发问，便一口气说出了所有问题的答案，而灵性测谎仪从始至终都没有响过。说完，方休便站起身来，对处于失声状态的沈灵雪平静地道："测试通过了，走吧，去见王德海。"

随后他便走出了休息室，而沈灵雪还是呆呆地坐在座位上，久久失神，一时间竟有些分不清是谁测验谁了。

王德海办公室内，见到方休后，王德海并没有如之前一般自我介绍，而是审视着方休道："方先生，你既然已经预知到了我的名字，那想必我应该不用自我介绍了，请坐。"

第 5 章 灵性测谎

方休入座,王德海继续道:"说实话,方先生,即使听完了他们两人的汇报,我依然很难相信你能预知未来,这种能力的等级已经远超其他御灵师,不知道你能不能明白我的意思。一般的一阶御灵师,他们的能力也就是火焰、力量、速度等,可你的能力明显要高于他们。"

"你想说我跟他们不是一个层次的是吧?"方休突然插话道,"预知未来的能力不应该出现在一个一阶御灵师的身上。"

王德海点了点头:"没错,如果你是一位三阶御灵师,拥有精准预知未来的能力,那我并不会太惊奇,可你只是一名新晋御灵师,按照常理,就算你能预知未来,估计也只能预知下一秒或者几秒之内的事情。可是你提前预知到了小沈他们会上门,预知到了调查局,甚至连晚上的开奖号码你都预知到了,这就有些匪夷所思了。"

"王局长,你有没有想过,或许我本就跟他们不是一个层次的,这个世界总是会存在一些生下来就不能以常理度之的人。"

"确实,有些人生下来就是天才,天才御灵师也不在少数,但是方先生,如果你看见一个刚出生的婴儿,生下来就会说话,甚至会做数学题,那你觉得他算是天才吗?"

方休微微一笑:"怎么不算呢?"

王德海深吸了一口气,不知为什么,听到这句"怎么不算呢",他突然有一种想要打人的冲动:"既然方先生这般认为,那我也没什么好说的了,对了小沈,方先生的心灵污染测试报告呢?"

沈灵雪似乎有点不在状态,甚至都没听见王德海的话,只是坐在那里发呆。

王德海微微皱眉,又叫了一遍:"小沈!"

"哦。"沈灵雪回过神来,一脸疑惑地看着王德海问道,"怎么了王局?"

至死方休 预知

"报告！方先生心灵污染测试的报告！"

沈灵雪下意识地想要拿出报告，又突然愣住了，自己貌似没有写报告。当时自己连问题都没问出来，方休就已经回答完了，由于太过震惊，自己忘了记录了。

"我……我没写报告。"

"没写？"王德海只感觉自己的血压开始升高，"小沈，你也是一名老调查员了，现在都懈怠到这种程度了吗？"

"不是，王局，我不是没写报告，而是我没问心灵污染测试题。"

"什么？"王德海的嗓门瞬间拔高，他感觉沈灵雪是在故意和自己对着干，不仅没写报告，居然连问都没问。

沈灵雪很快反应过来自己的话中带有歧义，连忙解释道："我不是这个意思，我一开始是准备问心灵污染测试题的，但是方休提前预知了所有问题，没等我问就直接说出了所有答案，而且回答得十分完美，灵性测谎仪也没响。"

王德海震惊地看着方休，久久无语。片刻之后他才问道："方先生，就算你真能预知未来，难道你就没有消耗吗？可以随便预知？"

方休摇了摇头："预知未来的消耗不高，却有很大的代价。"

"代价？"王德海略带好奇地问道。

"灵性失控。"

这四个字一出，王德海和沈灵雪微微有些色变。因为灵性失控是每个御灵师都不得不面对的事情，连调查局也曾经因为灵性失控遭受过极其重大的损失。

"方先生，你是说，每一次的预知未来都会加大灵性失控的风险？"王德海凝重道。

方休点了点头："没错，越强大的能力所需要付出的代价就越大。每一次预知未来，我的脑海中便会涌入大量的杂乱信息，这些信息会

第 5 章　灵性测谎

对我的心灵造成不小的冲击，从而加大灵性失控的风险。并且，预知未来的局限性也很大，那就是我目前无法预知长远的未来，短则几秒，长则几天，再长就不行了。"

王德海见他说得认真，神色也不由得郑重起来："预知时长应该与你自身的灵性有关，你现在只是新晋御灵师，预知时间不长很正常，估计等你到了二阶，能力就会有所突破。只是，方先生，我有一点不太理解，既然预知未来会加深灵性失控，那你为何还要频繁预知？"

"因为灵香。"

"你想要调查局的灵香？"

"不错，我之所以频繁展现能力，就是为了让你们调查局重视，从而加入调查局获取灵香，以此来稳定灵性。"

听到这儿，王德海脑海中算是形成了一个能够完美解释方休目前的所作所为的逻辑闭环，了解了他的目的。原来是想要灵香吗？灵香虽然珍贵，但王德海并不会吝啬，这是一位能够预知未来的御灵师，无论开出多大的价码，他都必须让其加入。

"方先生，如果我邀请你加入调查局，不知需要付出多少薪资？"

"我要求享受二阶御灵师的待遇，并在此基础上每月给我一根灵香，另外，我需要相对自由的工作时间，可以拒绝一些无礼的工作要求。还有，如果遇到需要用到我能力的事件，事后必须做出相应的补偿，换句话说，得加钱。"

这一串要求说出来，王德海还未说话，一旁的沈灵雪先忍不住了："方休，你没开玩笑吧？你的意思是你每天不干活，调查局还需要用二阶御灵师的待遇和灵香养着你，而一旦需要你干活，还得另外付钱？"

方休点了点头："阅读理解做得不错。"

"你！"沈灵雪怒目而视，随即转头对王德海说，"王局，你不能答应他的要求，这不合规矩。他只是一个新人御灵师，要是按照他的要求来，那他的待遇都可以媲美队长了。而且，现在还不能确认他真能预知未来。"

王德海没有理会沈灵雪，而是沉吟了片刻道："方先生，如果开奖之后确定你能预知未来，那么你的条件我可以答应，但是每次需要用到你的能力得加钱这一点，我想恐怕……"

"王局，看来你还没有意识到我这份能力的价值，不过很快你就会知道了。"方休直接打断道。

"方先生，你这是什么意思？"王德海微微皱眉。

"我来的时候特地给调查局送了一份大礼，等见到这份大礼之后，想必你就会同意我的条件了。"

"什么大礼？"可能是电影看多了，王德海一听到"大礼"这两个字，本能地感觉这不是什么好东西。

方休微微一笑："一条人命。"

王德海脸色有些凝重："谁的命？"

"白齐的命。"

"方休，你到底什么意思？你想拿白齐的命威胁我？"

"不是威胁，而是一份大礼，如果不信，你现在可以给白齐打一个电话。"

方休此时的状态和他的话，都实在太容易引起歧义了，像极了电影中胜券在握，用人命来威胁主角的反派。

王德海没有立即打电话，而是先给沈灵雪使了一个眼色。沈灵雪立刻会意，站起身来直接走到了方休身旁。很显然，她打算一旦情况不对就动手。方休不为所动，因为他是救人，又不是杀人。

很快，王德海拿出手机开始拨打白齐的电话。

"嘟嘟嘟……您拨打的电话已关机。"

王德海的脸色瞬间阴沉下来，他直勾勾地盯着方休道："白齐身

第 5 章 灵性测谎

上有调查局专门配备的加密手机,这个电话是二十四小时开机的,现在却关机了,方先生,我可以理解为这是你送的大礼吗?"

沈灵雪的手上立刻出现了一团明亮炙热的火焰,脸上的威胁之色不言而喻:"说,你把白副队长怎么了?"

方休微微皱眉,杨明失败了吗?

正在这时,一阵刺耳的手机铃声打破了凝重的气氛。王德海看了看手机屏幕,上面的来电显示是杨明。他没有过多犹豫,接通了电话:"喂……"

他刚说了一个字,手机那头便传来杨明咆哮的声音:"王局!调查局有没有一个叫方休的人?"

感受着杨明那激动的情绪,王德海本能地将事情往不好的方向去想:"你怎么知道方休这个人的?白齐呢,他不是和你一起去追查人头诡了吗?他怎么了?"

"白齐?白齐受了重伤,方休呢?你是不是……"

"什么?白齐身受重伤?"王德海激动地打断了杨明的话,"腾"地一下站了起来,死死盯着眼前一脸平静的方休。

这一瞬间,他脑海里想了很多,方休竟然能重伤绿藤市第一御灵师,其背后的势力简直不可想象。他到底是谁?竟有这么强的实力,胆子还如此之大,伤完人还敢来调查局挑衅?

沈灵雪也不淡定了,手上的火苗瞬间涨大,怒道:"方休!你到底是什么人?谁派你来的?你背后的组织居然敢对白齐出手!"

面对两人,方休只是淡淡道:"我建议你把杨明的话听完。"

王德海眼睛微眯,并没有下达动手的指令,毕竟对方能重伤白齐还如此有恃无恐,肯定是有所倚仗的。

"杨明,到底发生了什么事?你一五一十地告诉我!"

"方休是不是在你旁边?"杨明问道。

至死方休 [预知]

王德海点了点头："没错,他现在正在我办公室,刚说给我送了一份大礼,我就接到了你的电话说白齐受了重伤,这可真是一份大礼啊。"

"没错,确实是一份大礼,多亏了方休提前打电话提醒我,我才能赶去救了白齐,要不然白齐这次非栽了不可。"

"什么?"王德海大惊失色,"你的意思是,是方休提前通知你去救白齐的?"

"没错,我之前接到一个自称方休的人打来的电话,他说白齐在和人头诡大战时,他的影子里会钻出一只诡异偷袭他,白齐会死。我接到电话之后,立刻去与白齐会合,结果一切正如方休所说!要不是我及时赶到,白齐真就死了!"

王德海一脸不可置信地看着方休,震惊得说不出话来。

反倒是方休淡淡地道："王局,对我的大礼还算满意吗?还有你,沈小姐,收了神通吧。"

沈灵雪手中的火焰瞬间消失,她有些不可置信地看着方休,一时说不出话来。她没想到方休竟然一个电话就救了白齐的命,救了绿藤市第一御灵师的命。

"方休在局里是吧,等着,我马上就到。"杨明说完后便急匆匆挂断了电话。

王德海沉默片刻后才道："方先生,你说得对,如果事后查清白齐的事情不是人为,那你的能力确实具备极高的战略价值。我可以同意你的要求,不过现在还是等开奖之后再说。"

他到现在依旧对方休的能力保持着一定的怀疑,即使方休救了白齐。身为调查局的局长,他不可能轻易相信一个陌生人,即使这个陌生人表现得十分完美,那也仍存在着万分之一的可能。假如白齐的事情是有人故意设计的,而方休打电话通知杨明也是计划中的一环呢?

第 5 章　灵性测谎

不是不存在这种可能性。一切还得等开奖结果出来之后才能有定论。

方休点了点头，他明白王德海身为局长的考量，同时他也丝毫不担心，因为他早已知道了今晚的开奖号码，不会出错。随后，两人又聊了几句，方休便被带去了休息室。王德海身为调查局的局长，平日里工作繁忙，不可能专门在办公室陪方休闲聊一天。

休息室中，方休和沈灵雪面对面坐着。

由于方休的能力要保密，所以作陪加看管的任务就落在了知情人沈灵雪的头上。但沈灵雪很不满意这个任务，尤其是方休曾说出自己的癖好甚至隐私文身，这让她在方休面前有一种赤身裸体、毫无秘密的感觉。

其实方休也不满意，因为他现在看见漂亮女人就会想起老婆，这让他总会不由自主地想对对方出手。

就在两人相对无言之际，"砰"的一声，休息室的门被狠狠推开了。一个身材高大、方脸阔鼻、满脸胡楂的男子闯了进来。正是杨明。

杨明进来之后，视线第一时间便锁定在方休身上："你是方休？"

方休点了点头。

"灵雪，你先出去一下，我有话要单独和方休说。"

沈灵雪虽然好奇，但早就不想在这里待着了，当即点了点头，离开了。沈灵雪走后，杨明赶紧坐在了座位上，对着方休急切道："方休，我给白齐下药的事你没告诉其他人吧？"

方休发现这队长的关注点很是奇怪，正常人在这种情况下，最关注的不应该是预知未来，多亏他的提醒救了白齐吗？谁承想杨明最关心的居然是给白齐下药的事有没有其他人知道。

方休想了想，道："目前除了我，没有任何人知道，但以后就说不准了。"

杨明听到前半句话时松了一口气，可听完后半句，脸色直接变得难看起来："你这是什么意思？"

"我的意思是，得加钱。"

瞬间，杨明的脸色变得更加难看了，他强笑道："方休，你应该是要加入调查局吧，你知不知道，我现在可是调查局的队长，你懂队长的分量吧？调查局的水很深，你又是个新人，好多事你把握不住，但如果身为队长的我为你撑腰，那……"

方休直接打断了他："杨队长，你也不想下药的事被白齐知道吧？"

杨明："小方啊，你知不知道你现在的发言很危险啊。"

"一百灵币。"

"你！"杨明有些急了，面色不善地道，"方休，你现在可还没加入调查局呢，你信不信我一句话就能让你……"

"二百。"

"你够了啊！我一个月工资才十灵币，你想要我二十个月的工资？那你说去吧，我宁愿被小白打死，也不愿损失二十个月工资，这简直比杀了我还难受。"

"好。"方休直接起身打开了休息室的大门，然后深吸一口气喊道，"杨……"

"唉唉……别别……闹着玩儿呢，哥，闹着玩儿呢。"杨明吓得脸都白了，赶忙将方休拽了回来，关上了休息室的门。只见他一脸贱兮兮地笑道："哥，休哥，能不能打个商量，就按一开始的价格来行不行？一百灵币……"

方休再度深吸一口气："杨明给……"

"啊……二百！给你二百！"

最终，杨明忍痛从自己的小金库中拿出了二百灵币当作封口费。

灵币给了方休后，杨明整个人都不好了，一如上一次白齐死后开会时那样，整个人十分落寞地蹲在墙角抽起了烟。

第6章
血瞳易主

晚上七点五十分,调查局小会议室中,方休、王德海以及沈灵雪正坐在会议桌旁边的座位上闲聊,角落里则蹲着一脸忧伤的杨明。

"杨队长,你能不能把烟掐了?"沈灵雪用手捂着鼻子道。

角落中,杨明抬起头回道:"灵雪啊,能不能借我点灵币?"

沈灵雪顿时更气了:"我一个一阶资深御灵师,一个月才五灵币,你身为队长一个月二十灵币,你找我借钱?不借。"

听到队长一个月二十灵币之后,方休知道自己草率了,下次还得勒索杨明一笔。

"行了,都别吵了,电话来了。"王德海开口打断两人。随后,他拿起手机,打开了外放。

"王局,今天的中奖号码是1、12、17、18、26、27、5。"

随着一个又一个数字被念出,众人的目光全集中在了桌面的纸条上,上面写的数字赫然分毫不差!中了!会议室内瞬间变得针落可闻,就连一直在角落抽烟的杨明也不知何时走了过来。

片刻后,王德海挂断了电话。

杨明顿时兴奋地跑了过来,一把搂住方休的肩膀:"休哥,从今天起你就是我亲哥，帮我预知下一期的号码吧。"

沈灵雪则掏出手机，开始查询本期的号码。

方休拍掉了杨明的手，他讨厌没有边界感的人。

"行了，杨明，不要胡闹了，方休的预知能力会加深灵性失控，以后绝不能用在这种小事上！"王德海呵斥道。

杨明只能悻悻地松开了手，嘴里还不断嘟囔："这怎么能叫小事呢？我宁愿灵性失控也不愿穷。"

训斥完杨明，王德海对着方休来了一个大变脸，他十分和蔼地微笑道："方休，现在你预知未来的能力基本被证实，我正式邀请你加入调查局，并且你之前所提的待遇也将一一落实。"

方休点了点头，对于这个结果比较满意，不枉他又死了一次。他相信，在调查局资源的助力下，他的复仇计划将更进一步。

"方休的能力要绝对保密，以后就对外宣称他的能力是感知。方休刚来调查局，小沈，作为知情人之一，以后就由你负责带他，现在你带他去办理入职手续。"

沈灵雪虽然心中有些不情愿，但终究没有违背王德海的命令。"走吧。"说着，她便带方休去办理入职了。

待两人走后，王德海突然问道："杨明，你对方休这个人怎么看？"

杨明缓缓掐灭手中的烟，正色道："这个人不简单，他太平静了，明明只是二十岁左右的年轻人，也只经历过一次诡异事件，可他给人的感觉就像是一个深不见底的黑洞，仿佛这世界上再没有能引起他情绪变化的事物。另外，我还在他身上感受到了一股特殊的气质。"

"什么特殊气质？"王德海皱眉道。

杨明语气略带凝重地道："我曾经在一些雇佣兵和杀手身上看到过类似的气质，很像，但又和方休的气质不完全相同。"

"哪里不同？"

第 6 章 血瞳易主

杨明摇了摇头："说不上来，总感觉方休这个人似乎历经了无数次死亡，如果说杀手们是不害怕死亡，那方休给人的感觉就是习惯死亡。"

"习惯死亡？"王德海瞬间一惊，"你确定没感觉错？"

谁料，杨明突然哈哈一笑，又恢复了之前吊儿郎当的模样："我又不是娘们儿，哪里能感觉得那么准？倒是你王局，你打算怎么和上面说方休的事？"

王德海沉吟片刻道："方休的相关资料列入绝密档案，我将上报给调查局总部，建议将其列入全球御灵师人才档案库，评级 S，代号'预言家'。"

"哦？"杨明有些诧异，"你可想清楚了，不管方休为人如何，他的能力可是具有极高价值的，这样的人才，你要是上报的话，有可能会被上面要走。还有啊，凭什么我都没被列入全球御灵师人才档案库，他就能列入啊？还 S 级？这是黑幕！"

王德海选择性无视了杨明的后半段话："正因方休的能力具备极高的战略价值，所以他才更应该去更高的平台发展。现在全球诡异事件频发，我总感觉要变天了，以方休的能力，他如果去了总部，肯定会比留在绿藤市更能发挥出他的价值。"

"你清高，你了不起。"杨明吐槽道。不过他觉得如果方休真被调去了总部也是一件好事，至少自己不用再受他威胁了。

"还有一件事，与方休一同活下来的还有一人，名叫赵昊。资料显示，这两人是好朋友，现在也算是同生共死过了，我觉得可以将赵昊也纳入调查局。"

杨明的面色有些古怪："我听说赵昊的能力是强化个人魅力，这样的人我们也要吗？"

王德海却微微一笑："你不懂，这叫羁绊。无论方休留在绿藤市

至死方休 预知

还是总部,有赵昊这个人在局里,都可以拉近调查局和方休的关系。你也看出来了,方休这个人性子很冷漠,他加入调查局是为了灵香,如果有一天其他组织开出了更高的价码呢?再比如,如果方休去了总部,可绿藤市调查局有用到他能力的时候呢?到时候完全可以派赵昊去游说。所以说,让赵昊加入有百利而无一害,无非是多开一个人的工资而已,你觉得呢?"

"你最近又看什么电影了?"杨明古怪道。

王德海老脸一红,干咳两声,连忙转移话题:"对了,影诡的事情查得怎么样了?白齐的事情究竟是意外还是有人故意设计?"

听到影诡,杨明的脸上罕见地出现了一丝肃杀之气:"虽然没有证据,但我感觉有可能是人为!"

"说说你的判断。"

"我曾与那只影诡交手,它给我的感觉很不同,虽然全身都被阴影覆盖,模样很像诡异,但和他战斗时给我的感觉,很像是在和人战斗。"

王德海的神情瞬间一凝:"你的意思是说,那只影诡极有可能不是诡异,而是一个拥有阴影能力的御灵师?"

杨明点了点头,凝重地道:"那只影诡很强,并且还有人头诡在一旁,如果不是我比较幸运,先解决了人头诡,当场突破到三阶,恐怕根本不是它的对手。说实话,即便我突破了三阶,也没有绝对的把握拿下影诡,可对方很奇怪,一见我突破,立刻遁入阴影消失了。

"战斗时也很奇怪,它似乎一直在放水,明明实力很强,却主要靠人头诡与我们纠缠,自己则在一旁时不时偷袭。我有一种很奇怪的感觉,对方好像就是在等我晋升三阶,所以在我晋升之后立刻就走了,不过这只是我的猜想,应该不太可能。现实中怎么可能有反派跟小说中一样,不杀人,只戏弄,就等着对方突破呢?对了,我还在现场找

第 6 章　血瞳易主

到了这个。"

杨明从兜里掏出了一张暗金材质的金属扑克牌。扑克牌有些破损,但依稀能看清上面是黑桃 A。

"黑桃 A？这是心灵之钢打造的扑克牌！"王德海看着扑克牌陷入了沉思,一瞬间,他联想了很多,良久之后才道,"如果这扑克牌是影诡的,那事情就严重了。因为这表明影诡极有可能不是诡异,而是御灵师,并且还是一个背后有着庞大组织的御灵师。"

"有没有可能,方休也是这个组织的人？"杨明突然怀疑道。

王德海却摇了摇头:"不会,预知未来的能力无论在任何组织中都是极其珍贵的,不可能会有人舍得让方休来做卧底。他这种人才,最适合留在大后方。无论影诡背后的势力是什么,他们肯定是调查局的敌人,既然是敌人,没道理会让方休打电话提醒你,白齐死了才符合敌人的利益。杨明,接下来你的主要任务就是追查影诡,如果背后真有这样一个藏在暗处的组织,想要设计调查局,那他们的危害恐怕比诡异还要大。"

"明白,这件事我一定不会轻易收手的,毕竟,小白可是差点就死了,不论背后是谁,我一定追查到底。"杨明眼中闪过一抹强烈的杀意,"对了,方休那边呢？用不用派人去保护,毕竟他的能力至关重要。"

王德海沉吟片刻,缓缓摇了摇头:"不用,现在关于方休的消息并没有泄露出去,外界只会以为他是一名拥有感知能力的新晋御灵师,不会过多重视。可一旦安排专人保护,那他极有可能走入敌人的视野,反而危险。

"最关键的是,那影诡的实力非同小可,如果它想出手,整个绿藤市调查局除了你和白齐谁能挡住？你和白齐又不能二十四小时待在方休身边,不然绿藤市的诡异事件谁去处理？所以,一切如常,就把

至死方休 预知

当方休当成新人御灵师对待,一个人也不要派,这才是对他最大的保护。"

"老公,我好想你呀。"

老婆犹如蝴蝶穿花一般,围着方休乱转。但方休只是静静地坐在沙发上,打量着手中的调查员证件以及新发的工作服和加密手机。随后,他又拿起一旁的黑色公文包,将其打开,露出里面密密麻麻的暗金色硬币。不多不少,正好二百枚。

这些硬币通体呈现暗金色,其上刻有精美的花纹,很有质感,也很有分量,不过并不大,与普通硬币大小无异。这就是心灵之钢打造的灵币,在黑市,一枚灵币能卖出几十万甚至上百万高价,就这还经常买不到。

这并不是说灵币本身就值这么多钱,而是因为很少会有人将灵币卖出,大多数御灵师都会积攒灵币,用来铸造属于自己的灵性武器。毕竟钱再多,面对诡异也无法拿钱买命,可灵性武器却能提升战斗力,增加存活概率,这是再多钱也无法做到的。

而且,灵币的铸造由调查局总部管控,通常情况下,都是优先供给内部,多余的才会流到外界,这才导致在黑市上灵币的价格居高不下。由此可见这二百枚灵币具备多高的价值。也就是身为队长的杨明能一次性拿出如此多的灵币,换成一般御灵师,把自己卖了都够呛。

杨明的工资是一个月十灵币,是整个绿藤市调查局最高的,但这不是他唯一的灵币来源。每次解决诡异事件后,调查局都会给相应的工作人员发放额外奖励,那才是大头,实力越强,获得的灵币就越多。即便如此,二百灵币对杨明来说也不是一个小数目。

方休心里很清楚,杨明与白齐看似相爱相杀,其实关系很好。杨明之所以肯接受自己的威胁,有一部分原因是不想让白齐知道下药的

第 6 章 血瞳易主

事，但更多的是在表达感谢，感谢自己提前通知，避免了白齐的死亡。

看着眼前的灵币，方休陷入了沉思，他在思考如何利用手里的灵币。

打造防具？他首先排除了这个选项，他有死亡回档的能力，容错率极高，对防具需求不大，且用二百灵币打造全身防具的想法不现实。

那就只剩两个选择：打造武器或者出售。

出售灵币换取钱财，然后充值到全球诡异论坛中，可以用来获得更多的信息，了解更多关于诡异以及这个世界的真相。至于打造武器，他有手术刀在身，对武器的需求也不高，但考虑到手术刀是诡器，不宜轻易露面，所以打造武器还是很有必要的。

二百灵币，听起来不少，但想打造一柄如刀剑之类的武器根本不够，不过好在方休没打算打造刀剑。手术刀他用得很顺手，并且就痛苦能力的特性来说，他不需要杀伤力太强的武器，相比之下，如手术刀这般小巧、锋利，能够破防的武器更合适。

最后，综合考虑之下，方休决定用二百灵币打造一把手术刀，一是适合自己，二是可以用来掩饰诡器的存在。如果有剩余，那就换取钱财，用来买消息。

正思索间，突然，"咚咚咚"，敲门声响起。方休眉头一皱，会是谁？调查局的同事还是赵昊？

深更半夜的来敲门，现在通信如此方便，为什么不选择打电话？他起身缓缓朝门口走去，但没有在第一时间选择开门，而是透过门上的猫眼观察。

当他透过猫眼向外看时，赫然发现猫眼中竟然出现了一只满是血丝的人眼！那只眼睛睁得很大，根本看不见眼皮，好像有人把整个眼珠子抠了出来，死死贴在猫眼另一边一般。眼睛的眼白处一片血红，瞳仁处却漆黑无比。

正当方休要有所动作之时,突然,那只满是血丝的人眼散发出一阵诡异的灵性波动,下一刻,方休眼前一黑,意识沉沦,只感觉像是有人在他的后脑勺狠狠来了一锤。

不知过了多久,方休再次醒来,发现自己身处一间破旧的仓库中,被绑在了一个铁座椅上,冰冷刺骨的铁链牢牢缠绕在身上。

这个仓库很大,水泥地面十分粗糙,上面还散落着不少暗红干涸的血迹,仓库内没有窗户,唯一的光源就是头顶上方的几盏白炽灯。光亮映照着昏暗阴森的仓库,空气中还弥漫着一股腐臭味。方休的不远处摆放着一排刑具,各式各样的都有,每一个刑具之上都沾满了黑红的血迹。很显然,有不少人在这里被处刑。

不知是不是受到了环境因素的影响,这间仓库中游荡的诡异竟然格外多,甚至有好几只正围在方休的旁边不断流着口水,可惜在没有"被看见"之前,它们无法触碰方休。

仓库的最中心摆放着一台绞肉机,机器锈迹斑斑,看上去很是破旧。它的造型独特,正对着方休的这边是一个类似漏斗形状的开口,开口内是一排排锋利的金属刀片,绞肉机上也有着大量暗红干涸的血迹。

此时,绞肉机的旁边站着一名身穿黑衣、头戴黑色鸭舌帽的男子,这名男子似乎在对绞肉机进行维修。突然,男子似乎感应到了什么,手中动作一顿,猛地回头。一双满是血丝的双眼映入方休的眼帘。

这双眼睛的主人是一名脸色极度苍白、身材如皮包骨般消瘦的青年男子。方休一脸平静地注视着男人,他很清楚,这就是之前利用猫眼袭击自己的男人。至于袭击的方式,应该与他那双诡异的眼睛有关。

御灵师吗?能力与眼睛有关?

第 6 章　血瞳易主

"醒得挺快，一点都不像新晋御灵师。"男子的声音有些沙哑，他直勾勾盯着方休，带着一丝病态的癫狂。

"看来你也和我一样，属于天才的行列，真是太妙了，看着天才在我面前哀号、死去是我的最爱。"男子自顾自地说着，脸上不由自主地露出癫狂残忍的微笑。

面对此情此景，方休没有流露出丝毫惧意，反而平静地道："修好了吗？"

男子微微一愣，随即脸上流露出一抹局促："不好意思，机器年久失修，请再耐心稍等一会儿，马上就好。"

"赶紧修好，我不喜欢浪费时间。"

男子看着一脸平静的方休，整个人又是一愣，下一秒，他的身子开始不受控制地抖动起来，连带着脸上的肌肉也不断抽搐着。

"哈哈哈……"他骤然间发出一阵癫狂至极的笑，"方休是吧，不得不说，你这个人真的很有意思，很对我胃口，不过很可惜，我表弟死了，所以你也得死。"

"哦？你是王子腾的表哥？"方休平静地问。

男子点了点头："自我介绍一下，我叫林子阳，正是我那不成器的表弟的天才表哥。"

"你好像有什么大病。"

林子阳狂笑一声："我没病，我现在比任何时候都清醒，至少，我还知道为我表弟报仇不是吗？哈哈哈……"

听着林子阳癫狂的话语，方休想起了全球诡异论坛上关于灵性失控的介绍。很显然，这林子阳已经接近灵性失控的边缘。

"你一定很好奇，明明你们只是一起陷入了诡域，说起来还算是生死与共过，最后他是被诡异吞噬的，我又为何会找上你呢？明明和你一点关系都没有。"说到这儿，林子阳的表情陡然变得狰狞，他一

至死方休 [预知]

脸凶狠地看着方休,"因为你该死!为什么死的不是你,而是我表弟?为什么我表弟死了,你却能活着出来?这岂不是显得我林子阳的表弟比别人差?我林子阳一生不弱于人,就算是表弟也不能弱!不光是你,还有一个叫赵昊的小子是吧,你放心,你们……"

"我让你解释了吗?"方休直接打断了林子阳的癫狂发言。

林子阳顿时一愣,似乎不知道接下来该说什么了。

"你如果实在找不到人聊天,那就去海边扔漂流瓶,别在这里喋喋不休。"

林子阳愣愣地看着方休,过了好几秒才回过神来,整个人越发癫狂暴躁:"你该死!该死!你知不知道你这样会显得我很呆?啊!"

方休依旧一脸平静地看着他,如同在看一个小丑。

"不许用这种眼神看着我!"林子阳疯狂咆哮,"我要把你折磨致死,再把你扔去喂狗!"

林子阳眼中的血丝越来越多,眼球几乎要爆裂。

方休依旧平静道:"不过是一个被诡异力量污染了心灵的废物罢了,真想不到,这种程度的诡异力量,也能将你变成疯狗,这究竟是多废物的人才能做到啊?"

"你!"林子阳瞬间急了。他处刑过很多人,其他人基本都是浑身颤抖,冷汗直流,甚至不断求饶,从未有人像方休这般,似乎根本不知道恐惧为何物。不仅如此,方休给他的感觉就像被绑在座位上的人是他。

林子阳本就处于灵性失控的边缘,所以性格无比暴虐癫狂,对他而言,最美妙的事无异于品尝他人的恐惧。现在他不仅没有品尝到恐惧,反而被嘲讽了,这让他快要爆炸了:"我要把你折磨致死!我倒要看看,等你体无完肤、奄奄一息时,是不是还能像现在这般牙尖嘴利!"

第 6 章 血瞳易主

林子阳疯了一般跑到一旁的刑具台上,开始挑选刑具。他拿起钢针,想了想觉得太小,又拿起烙铁,还是太小,他想挑选出最残忍的刑具,好好给方休上一课。

"果然是废物,选个刑具都要这么半天吗?"方休平静的声音在空荡的仓库中响起。

"啊!"林子阳大叫一声,双手猛地砸向刑具桌,钢铁材质的桌子生生被他砸到变形,刑具散落一地。

他已经彻底被方休惹毛了。只见他随手从地上拿起一把钳子,脸色狰狞地朝方休走来:"牙尖嘴利的小子,我要把你的牙齿一颗一颗全拔下来!上边的牙齿扔到房顶,下边的牙齿埋到土里!"

他满脸狞笑,拿着钳子在方休面前不断比画,似乎想看到方休恐惧的样子,以此满足变态的内心。然而他注定要失望了,因为方休如古井一般平静。

眼见林子阳气急败坏,方休开口了,声音平静且不蕴含一丝感情:"死亡的话,你想选择哪种?"

"你说什么?"林子阳一愣。

"是想被锤子活活砸断每一根骨头,还是想被一拳一拳打成肉泥?抑或凌迟?"

此时的方休如同入定的老僧,波澜不惊,但口中所说的话却让人不寒而栗。

林子阳一点点收敛起脸上癫狂的笑意,那双满是血丝的眼直勾勾盯着方休,无言的恐惧弥漫开来。

"很难抉择吗?"方休的嘴角勾起一抹浅浅的笑意,语气平静得更是如同在帮老朋友决定今天吃什么晚餐。

此时,林子阳看向方休的目光变了,变得惊疑不定。因为他实在想不明白,为什么方休明明如砧板上待宰的鱼一般被绑在了座位上,却始终一脸平静，甚至语气中还带着淡淡的自信，就好像被绑的是自己一般。这让林子阳非常不爽。

"啊！"林子阳抓狂地大叫，双手不断抓着自己的头发，原本整齐的发型被破坏了，"疯子！你才是那个疯子！到底是谁灵性失控啊？你小子到底有没有看清楚形势啊？现在掌控生死的人是我！你居然敢问我想怎么死？只要我想，你现在立刻马上就会变成狗粮！"

林子阳死死盯着方休，企图在他脸上看到一丁点恐惧。可他又一次失望了，方休的脸上只有掌控一切的平静："你错了，你的命一直在我的手里。"

"什么？你要不要听听你在说什么？你给我好好看清形势再说话！"

方休没有搭理再度陷入癫狂的林子阳，而是微微侧头，将视线落在一旁早已垂涎三尺的诡异身上。那是一种浑身翠绿、长着三角形尖头的类人型诡异，漆黑的利爪不知比画了多少次。

"我看你在旁边比画半天了，是不是很想吃人？"

林子阳一愣："你在和谁说话？"

"和诡异。怎么，你看不见吗？就在我旁边，正站着一只浑身翠绿的留着脓水的诡异。"

林子阳呆呆地看着方休身旁空荡荡的空气，他现在已经分不清究竟是自己疯了，还是方休疯了。

"疯了，你果然是个疯……"

然而，他的话还没有说完，令人震惊的一幕出现了！只见方休身旁的空气骤然扭曲，一只浑身翠绿、漆黑利爪、三角头颅的诡异突兀地出现了！

林子阳瞬间脸色狂变："这是从哪里冒出来的？"

方休微微一笑："不止一只哦。"随即，他看向仓库中所有的诡异，并与它们一一对上视线，"都出来吧。"

第 6 章　血瞳易主

他话音刚落,让林子阳惊恐到骨髓里的一幕出现了。只见原本空荡荡的仓库中竟然凭空出现了五六只面貌狰狞、形态无比恐怖的诡异!它们的眼中闪烁着极度兴奋、嗜血的光芒,口中连连发出非人的嘶吼。

"不!方休,这到底是怎么回事?这不是真的,这一定是幻觉!你快点让它们回家去!"林子阳崩溃了。

方休微微笑道:"可以开动了。"

下一刻,那些诡异缓缓朝两人围去。

"咚咚咚……"敲门声响起。

方休平静地看着被敲响的房门,脑海中还回荡着之前的场景。是时候让林子阳感受一下痛苦了。

他缓缓起身,一步步朝门口走去。很快,他在门口站定。此时,他与林子阳正相隔一扇门,他在门内,林子阳则在门外,一只满是血丝的眼睛贴在猫眼之上。

林子阳有些兴奋,他听到了方休的脚步声,接下来只需要等待方休通过猫眼去观察,只需要一眼,一眼就够了。

门内的方休微微侧头,衣袖一抖,手术刀赫然出现在自己手中。电光石火之间,手术刀化作一道银光狠狠朝猫眼中插去。

"啊!"凄厉的惨叫声响起。

手术刀毫无阻碍地穿透猫眼,狠狠扎在林子阳的眼上。以林子阳的实力,失去一只眼睛并不足以彻底失去战斗力,可不要忘了方休的能力。痛苦能力发动,漆黑的灵性顺着手术刀传导至林子阳的体内,仅仅瞬间,一股难以用语言形容的巨大痛苦便涌遍全身,死亡几十次的痛苦轰然爆发。林子阳连一秒都没有撑过,直接眼前一黑,晕倒在地,陷入了昏迷。

方休将手术刀拔出，打开门看了看倒在地上满脸鲜血的林子阳，一脸平静地抓住林子阳的脚踝，将他拖入屋内。

"砰！"门被重重关上，楼道中再度陷入一片平静。片刻后，声控灯熄灭，黑暗将血迹隐藏。

屋内，方休开始在林子阳的身上摸索，他喜欢底牌这种东西，可以用来绝地翻盘，但他不喜欢别人有底牌。他目前只是一个新晋御灵师，对于御灵师的诸多手段、底牌还一无所知，所以为了避免待会儿被对方翻盘，搜身还是很有必要的。

方休并没有杀死林子阳，其实以他的痛苦能力，在手术刀扎入的瞬间，他便可以轻易夺走林子阳的性命，但他没有这么做。

很快，方休从林子阳身上搜出了五枚灵币、一些零钱、一部手机、一把车钥匙以及一个造型诡异的青铜烛台。他率先拿起青铜烛台，入手的瞬间便清晰地感觉到一股阴冷气息侵入体内。

"诡器？"这种熟悉的感觉，方休不认为自己会判断错，这青铜烛台正是一件诡器。

看来林子阳的实力地位不低，连诡器都能拥有。虽然这件诡器给人的感觉明显不如手术刀，但也是诡器。方休猜测，林子阳即便不是二阶御灵师，至少也接近二阶，属于一阶资深御灵师。后者的可能性更高，想来不至于被一击放倒。

打量了片刻，他放下青铜烛台，拿起了林子阳的手机。令人意外的是，手机居然没有密码。有两种可能，一种是林子阳对自己的实力很自信，另一种是林子阳因为灵性失控，神志经常陷入癫狂，他怕自己记不住密码。不过这一切都与方休无关，没有密码也省得费神破解了。

他开始翻看手机。五分钟后，他得到了想要的信息——林子阳是光明俱乐部的人。光明俱乐部的具体信息尚未可知，不过应该是民间

第 6 章　血瞳易主

御灵师组建的组织。

"被诡异力量侵袭的人，却起名为'光明'吗？"

除此之外，方休还在林子阳的手机中发现了许多视频，还有一些他在黑市购买灵香的简单信息。这也解释了为何林子阳的灵币如此少，估计大都用来购买灵香了。由此看来，灵香并不能完全压制灵性失控，只能缓解。

方休将手机砸了个粉碎，防止里面有定位装置，随后又找来床单将林子阳整个人一裹，扛起来就走。

趁着夜色，方休很顺利地找到了林子阳的车，将他扔上车就直奔仓库而去。仓库的地址也是从林子阳手机上找到的，因为这小子有一次饿了，在仓库点过外卖。要问方休是怎么知道的，很简单，林子阳录了视频。

等林子阳幽幽醒来，还未搞清楚发生了什么，便感觉左眼处传来一阵钻心的疼痛，他忍不住凄厉地惨叫起来。仅剩的另一只眼睛下意识地打量四周，结果越看越熟悉，这不是自己的仓库吗？等等！我怎么被绑住了！

林子阳大惊失色，他赫然发现，自己居然被绑在了仓库中央的铁座椅上。而在不远处，一名年轻男子正在维修绞肉机。

"终于醒了，比我想的要晚一些。"年轻男子背对着林子阳平静地说道。

很快，绞肉机修好了，里面的刀片飞速旋转着，发出刺耳的响声。

"你是谁？你到底是谁？"林子阳看着绞肉机，惊恐地大叫起来，很显然他意识到了什么。

"哦？你深夜来我家敲门，却不知道我是谁吗？"

林子阳的瞳孔骤然收缩："你是方休！"

他瞬间回忆起来，刚刚自己正在猫眼处准备偷袭方休，结果一把

至死方休 [预知]

刀直接扎入眼眸，然后……就到了这里。

"答对了，作为奖励，我将把你慢慢折磨致死。"方休微微笑道。

他转过身来，头上戴着斗篷似的帽子，整个人隐藏在阴影之下，看不清面容。这是为了防备林子阳发动眼睛的能力，他并没有将林子阳的另一只眼也弄瞎。方休缓步朝林子阳走去，静静站在其身后，根本不给对方任何发动能力的机会。

"方休！你快放开我！放开我！我告诉你，我可是光明俱乐部的人，我们会长是二阶御灵师，我是他最倚重的会员，你要是敢对我出手，你就死定了！"

"嘘。"方休微微俯身，在林子阳的耳边轻轻道，"我说过，你的命一直在我手里。"

平静的话语中带着一股让人毛骨悚然的寒意，林子阳剧烈挣扎着，身上的铁链疯狂作响，却根本无法挣脱。这是林子阳专门设计的，无比结实，他在这里杀过御灵师，不可能让御灵师有办法逃脱。

"你到底想干什么？我与你无冤无仇！我只是听说了你是一名新晋御灵师，想替光明俱乐部拉拢你。"

"哦？你错了，其实咱们有仇。"

"有仇？"林子阳微微一愣，"我这是第一次和你见面，我们怎么可能有仇？"

"看来你把你那不成器的表弟忘了，你表弟的死和我有关。"

林子阳顿时一惊，但很快反应过来："我表弟本就不是什么好东西，死了就死了。"

"那可不行，一家人就要整整齐齐。"

疯子！这就是一个疯子！林子阳本以为自己就够疯了，想不到方休比他还要疯狂。他还想要再说些什么，但方休并没有给他机会。

只见方休将双手放在林子阳的肩膀上重重地拍了拍："现在，角

第 6 章 血瞳易主

色互换,我会让你知道什么叫残忍。"

一道银光闪过,林子阳发出惨绝人寰的叫声。不过,他的胸前仅仅被划开一道小伤口而已。伤口很短,不到三厘米,也不深,大约一厘米。可就是这样一道小小的伤口,却让林子阳感觉自己快要疼晕过去。他还以为自己被切腹了,赶忙低头去看,却发现伤口居然这么小。

"混蛋!你的刀上有什么?为什么这么疼?"

林子阳之所以会这么疼,自然是因为方休微微动用了痛苦的能力,仅仅动用了一丝,所造成的痛苦已经达到十二级疼痛。

在这样的疼痛之中,很快,林子阳的声音变得沙哑,脸上的疯狂之色也早已褪去,留下的只有恐惧,无尽的恐惧:"求求你,杀了我!快杀了我!"

方休平静地注视着他,脸上没有丝毫波动。谁说灵性失控不好治的,这不就治好了?

"我问,你答。青铜烛台是用来做什么的?"

此时的林子阳已经被疼痛折磨得几近崩溃,连忙道:"它能用来抵挡诡异的攻击,只需要往里面注入具有灵性的鲜血就能点燃,点燃之后,在烛光范围内,可以防御诡异。不过,用它防御的诡异越强大,血液燃烧的速度就会越快。"

具有灵性的鲜血?是御灵师的血液吗?靠着燃血保命,这倒算是一件不错的诡器。

"你的灵性点亮了多少?"

"百分之二十!我只差百分之一就能晋升二阶御灵师。"

"为什么会灵性失控?"

"灵性点亮得越多,心灵被污染程度就越深。"

"既然如此,为何还要继续点亮灵性?"

至死方休 [预知]

"因为心灵的污染是不可控的,就好像一盆清水被撒入了一点墨汁,墨汁会逐渐扩散,直至清水全部变黑,想要不被彻底污染,只有不断扩大清水的量,也就是点亮灵性,让更多的心灵力量绽放出来。不过点亮灵性的同时,等于注入了更多的墨汁,所以点亮灵性的过程就是饮鸩止渴。只要你点亮了灵性,就不能停止脚步,否则迟早有一天,墨汁会追上清水,将其全部污染。唯有不断突破,不断晋升,才能活下去。我就是因为迟迟无法突破二阶,所以灵性才会失控,这件青铜烛台是我们会长借给我的,就是想让我在诡异事件中有足够的把握突破二阶。"

林子阳强忍着痛苦,语速飞快。他实在不想再感受痛苦了。

"把光明俱乐部的成员信息,包括能力、灵性点亮程度全部说出来。"

"好,我说,我这就说,不过我们俱乐部相对自由,好多人故意隐藏能力,我也不清楚。"

半个小时后,方休榨干了林子阳知道的所有信息。

"我该说的都说了,快……快杀了我吧。"林子阳奄奄一息道。

"不要搞错了,我从未说过我要杀你。"

"啊!你个无耻小人!我要杀了你!杀了你!"

林子阳的状态明显已经不正常了,口中开始发出野兽般的嘶吼,仿佛失去了意识,而他的右眼中正不断闪烁着血光。不过,这一切方休并没有看到,因为他始终站在林子阳背后,以防止被对方偷袭。

不过很快,方休感觉到有些不对劲。林子阳不再惨叫,全身剧烈颤抖着,随即如同泄了气的皮球般瘫软在凳子上,与此同时,右眼中的血光已将整个眼球完全覆盖,一股狂暴且诡异的灵性波动自林子阳身上扩散开来。

"这是灵性彻底失控,要畸变了?"方休眼中闪过一抹兴奋之色。

第 6 章　血瞳易主

这是他第一次目睹御灵师畸变的过程，他认为这将有助于他更好地认识这个世界。谁知，林子阳原本高昂的头颅竟突然耷拉了下来，整个人一动不动，声息全无。

死了？方休微微皱眉。

正当他疑惑时，突然间，他似乎听到了某种细微的声音，像是什么东西在滚动。而在他看不见的正面，林子阳仅剩的那只眼睛竟然从眼眶中滚出来，"啪嗒"一声，掉落在地。方休循声看去，顿时眉头一皱，立刻退至十米之外。

他的速度很快，但依旧比不上那只血色眼球的滚动速度。只见那只完全被血色覆盖的只剩黑色瞳仁的眼球，竟然在某种无形力量的托举下飘了起来。漆黑的瞳仁紧紧盯着方休，几乎在万分之一秒内便锁定了目标。它用力一跃，如同炮弹一般狠狠朝方休射去。

几乎同一时间，方休手中的手术刀挥砍而出，企图将已经畸变的眼球砍成两半。可眼球竟然在空中变向，紧贴着手术刀掠过，落在了他的身上。

方休神色不变，立刻换手朝眼球抓去。但眼球好似活物一般，不断在方休身上游走，根本抓不住。

它爬得越来越高，已经跑到了方休的脖颈处。方休心中立刻有了判断，对方的目标应该是自己的眼睛。于是他直接放弃从脖颈处抓捕，而是直接朝着自己的眼睛抓去。

抓到了！手上传来一片冰冷滑腻之感！

视线聚焦，那只诡异眼球此时正被方休的手牢牢抓住。可是下一秒，眼球突然发出一阵诡异波动，方休眼前一黑，意识模糊的瞬间，手掌不自觉放开，那眼球则趁机撞入他的右眼。

剧烈的疼痛瞬间传来，将方休惊醒。他能清楚地感觉到自己的右眼正在与那只诡异眼球融合。方休依旧面色平静，这种小场面对他来说不算什么。下一刻,他伸出两根手指,对着自己的右眼便狠狠插去。可就在即将碰触到眼球时,他的手指猛地停住,因为他发现自己的右眼居然能看见了。

之前右眼被攻击后便已经失明,可在和诡异眼球融合之后,自己再度能看见了。于是他决定再等等。很快,诡异的一幕出现了,他的右眼竟然开始不由自主地转动起来。

正常人恐怕很难想象,一个人的左眼纹丝不动,右眼珠却在飞速乱转,扫视四周,甚至开始往上翻。黑色的瞳仁已经移到了上眼皮处,而后竟直接翻了进去!方休的脑海中立刻出现两幅画面,左眼看到的是昏暗的仓库,右眼看到的则是一片血红和密密麻麻的血管。

与此同时,他的脑海中响起了林子阳的声音:"哈哈哈……原来黑桃K没有骗我,血肉苦弱,诡异飞升!我成了!"林子阳的声音十分癫狂,已经完全听不出他作为人时的声音了,"方休,你的身体我收下了!放心,我不会泯灭你的意识,我要将你永远囚禁在身体中,让你永生永世感受痛苦!哈哈哈……"

面对如此诡异的一幕,方休的表情丝毫波动,只是在听到"痛苦"两个字时,他笑了:"让我……感受痛苦?"他不由自主地勾起嘴角,露出森白的牙齿,昏暗的灯光下,竟说不出的瘆人,"我的痛苦远在你之上!"

"哼!一会儿看你还怎么嘴硬!等我控制了你的身体,我要用这具身体杀死你所有最亲最爱之人,让你痛不欲生!"

下一刻,一股诡异的灵性波动从眼球中传来,直达大脑,直击心灵,如同一个污染源一般,被林子阳的意识控制着,对方休的心灵不断释放污染。他要将方休的心灵扭曲,用诡异的力量将其感染同化,而后彻底夺取这具身体。然而,当他彻底侵入方休的心灵之后,他愣住了:"这是……哪儿?"

第 6 章　血瞳易主

　　林子阳感觉自己陷入了一片无边的黑暗，这黑暗无比扭曲，像一个可以吞噬万物的黑洞。在这里，他受到了无穷无尽的负面情绪的冲击——

　　"复仇！我要复仇！此仇，至死方休！老婆！只要我活着，就一定会除掉你！所有的诡异都该消失！我要让它们感受痛苦！"

　　强烈的仇恨与怒火犹如怒海狂涛一般，疯狂冲击着林子阳。无数恐怖的死亡画面如山崩般涌来，哪怕林子阳已经彻底诡异化，方休心灵中的扭曲程度依旧让他胆战心惊。

　　"这……真是人的心灵？"

　　此时，林子阳的四周开始响起许多不可名状的诡异的低语，无法理解，更无法忽视，犹如靡靡魔音，让他头痛欲裂——这是来自穹顶之上的诡异们的洗礼。

　　林子阳感觉自己仿佛身陷地狱，他再也无法忍受，他害怕了，恐惧了，他要离开这里！这根本不是人的心灵，方休不是人，他比诡异还诡异！

　　无怪乎林子阳这么想，虽然他现在只剩一只眼睛可以栖身，但这只眼睛也算是完成了诡异化，成了一只残缺版的诡异。他本想用自己的力量去污染方休的心灵，从而控制方休的身体，谁承想……这到底是谁污染谁啊？诡异污染人类的心灵，结果反被污染？林子阳突然感觉，与方休相比，自己才是人类。

　　正当他想要撤退时，却惊恐地发现自己走不了了。他就如同漂荡在大海中的小船，无数负面情绪汇聚成惊涛骇浪，不断拍向他，最终将他彻底打翻。

　　这时，方休的声音响起。心灵之中，方休的声音变了，不再平静如水，而是无比阴森恐怖，犹如地狱魔音，仿佛外在的表现都是他的伪装，而心灵之中的他才是真实的。

"只有这种程度的痛苦吗？太弱了！我来让你感受感受，什么叫真正的痛苦！"

下一刻，无穷无尽的黑暗伴随着狞笑朝林子阳涌去。那是方休的漆黑灵性，里面蕴含着他所遭受的一切痛苦。

"不！"林子阳爆发出生命中最后的惨叫，随后，整个人便被无尽的痛苦淹没。

外界，原本处于闭目状态的方休猛然睁开双眼。此时，他的两只眼睛的视力已经恢复如初，只是右眼一片血红，中间漆黑的瞳仁犹如深不见底的黑洞。随着他的心念转动，右眼的血红缓缓褪去，取而代之的是一只黑白分明的眼睛。

"血瞳？这就是林子阳的能力吗？"方休喃喃自语。

林子阳的意识彻底消散后，方休顺理成章地成了血瞳的主人，了解到了血瞳的能力。血瞳的能力很简单，就是灵性冲击，类似于一种精神攻击，可以理解为瞪谁谁死。普通人与血瞳对视一眼就会心神崩溃而死，寻常的御灵师在没有防备的时候被瞪一眼，轻则短暂眩晕，重则昏迷，实属偷袭利器。

这是血瞳本身的能力，但是经历过灵性失控的畸变之后，血瞳的能力也发生了变异，多了一种制造幻觉的能力，可以通过对视让人产生幻觉。方休猜测，可能是畸变使林子阳的灵性突破了上限，让他进阶到了二阶御灵师，血瞳的能力因此得到了强化。这让方休感受到了久违的开心。

目前能引起他情绪波动的只有两件事，一是清除诡异，二是增强实力。当然，增强实力也是为了更好地清除诡异。

除了获得了血瞳和青铜烛台，他自身的灵性也已经增长到了百分之五！方休猜测，这应该与他吞噬了林子阳的灵性有关。

之前林子阳的灵性彻底失控，涌入了畸变的血瞳之中，导致血瞳

第 6 章 血瞳易主

被自己收服之后,其中的灵性全被吸收。这也给方休提供了一条思路,一条可以靠吞噬变强的思路。

一般御灵师不敢吞噬他人灵性,因为那会加深心灵污染,造成灵性失控,可总有人不怕。当然,方休也不怕,但有一个问题,那就是方休并不知道如何吞噬灵性。这次是因为林子阳主动舍弃肉身,将自身灵性全部融入血瞳,并在诡异化后进入了他的心灵,他才有了吞噬的机会,以后未必再有这样的机会。

或许,黑桃 K 知道吞噬他人灵性的方法。林子阳的话,方休一直记在心里,听对方的意思,他之所以能诡异化,这个黑桃 K 起了不小的作用。不然一个御灵师即便是灵性失控,也不见得能将全身的灵性集中在血瞳之中,让血瞳彻底畸变。黑桃 K 到底是谁,方休不得而知,但黑桃 K 所做的一切让方休很满意。

收拾完残局,方休便离开了。林子阳的车不错,属于百万级豪车,但方休也没有留下,因为这可能会引起光明俱乐部的注意。别忘了,青铜烛台可是光明俱乐部会长的诡器,那是他借给林子阳的。不难想象,一旦光明俱乐部知道了消息,定然会派人上门抢夺青铜烛台。光明俱乐部在整个绿藤市的民间组织中算是数一数二的存在,俱乐部的会长还是二阶御灵师,手底下有不少人手,这等势力,不是现在的方休能对付的。

黑玫瑰酒吧看起来是一间很普通的酒吧,生意也一般,客人并不是很多,只有御灵师圈内的人才知道这间酒吧的名气有多大。

黑玫瑰酒吧是整个绿藤市的地下黑市所在,也是大部分民间御灵师用来交易灵性材料和信息的场所。在这里,你只要有钱,便可以买到许多珍稀的材料,比如灵币、灵香,甚至诡器。除了买卖,这里还承接各种信息交易,比如诡异的信息、御灵师的个人信息,甚至还有刺杀业务。这间黑市的消息，方休还是从林子阳身上得知的。

方休打开黑玫瑰酒吧的大门，缓步走入其中。他的到来并未引起场中客人的注意，但他能感觉到，四周隐隐传来窥伺之感。此时，方休整个人隐藏在宽大的黑色兜帽之下，低着头，脸被一片阴影挡住，根本看不清面容。

柜台前，一个侍者打扮的年轻男子正在专注地擦拭酒杯。看他走过来，侍者微笑着问道："欢迎光临黑玫瑰酒吧，客人想点些什么？"

"二十四片花瓣的黑玫瑰。"黑色兜帽下传来方休平静的声音。

侍者顿时微微正色，略微沉吟道："不好意思，客人，我们这里没有这种酒。"

方休摇了摇头："我要的不是酒，是花。"

侍者的态度立刻变得恭敬起来："客人请跟我来。"

说着，侍者带领方休去了吧台后的一个房间，那里有一扇密码门，侍者按下指纹后，密码门轰然打开，露出一条长长的走廊。走廊内光线昏暗，隐约能看清脚下的路。

"客人请往里走，里面会有人接待您。"

方休点了点头，随即走入其中，密码门也随之关闭。待他走到走廊的尽头，一拐角便见到一处电梯，电梯旁站着两名身穿黑衣、体型壮硕的男子。两人腰间鼓鼓囊囊，显然藏有凶器。

"客人，请出示会员卡。"

方休直接拿出了属于林子阳的会员卡。

这种会员卡是不记名的，所以他很放心。黑玫瑰酒吧十分注重客人信息的保密工作，他们只给有资格的人发放会员卡，却从不让客人强制登记。

据林子阳说，黑玫瑰酒吧在许多城市都有分部，其背后的势力很强，极有可能不是本土势力。

第 6 章 血瞳易主

两个黑衣人检查完会员卡，确定无误后又道："尊贵的客人，进入交易市场需要例行检查，里面禁止发生冲突，请您见谅。"

方休点了点头，任由两人拿着仪器在身上检测。当然，他们也仅仅检测热武器，其他属于御灵师的东西，他们是不敢乱动的。检查完毕后，方休成功进入电梯，随后电梯一路向下。很显然，地下交易市场和调查局一样，都建立在地下。

电梯门打开后，方休走入交易大厅。里面的人不多，只有零零散散十几人，但地方十分宽广，有一个足球场那么大。这还仅仅是大厅，不算上其他单独的房间。

那零零散散十几人，只有极少数没有进行伪装，其他人或多或少都做了伪装。对此，方休并不感到意外，御灵师本就稀少，怕是整个绿藤市也不到百名。此时的交易市场能有十几人，足以证明此地的实力。

很快，一名面容姣好、身材曼妙，穿着黑丝职业装的年轻女子便走了过来。她的脸上带着恭敬又不失美丽的微笑："客人您好，有什么可以帮您？"

"叫能做主的人来。"方休平静地道。

女子脸色不变，继续微笑着道："好的客人，请到这边来。"

方休被带到了一处隐秘的会客室，女子倒好茶水之后便离开了。很快，一名身穿笔挺西装，脸上戴着精致银色镂空面具的男子出现了。

"客人您好，我是业务部的经理，我姓程，您叫我小程就行。不知您有什么需求？"

"如果我要对付光明俱乐部的会长，需要多少钱？"

听到这句话，程经理的眼神出现了明显的波动。他介绍道："光明俱乐部的会长是二阶御灵师，并且是其中的佼佼者，如果要对他出手，至少也要请一位二阶御灵师才行。不过，对付光明俱乐部的会长，等于和整个光明俱乐部为敌，还需要准备更多的人手去对付他的手下，其中需要的人力物力堪称巨大。"

"多少钱？"方休再度问道。

"对于这种级别的强者，我们不收钱，只收灵币，或者相应价值的灵性材料，粗略估算一下，大约需要五千灵币。"

方休沉默了，果然贫穷就是最大的原罪。于是他换了一个说法："出动你们的人，尽可能地给光明俱乐部制造麻烦，让他们短时间内腾不出手来，需要多少钱？"

"这个便宜一些，二百灵币即可。"

"能做到什么程度？"

程经理顿了顿："光明俱乐部名下的产业很多，对于这种家大业大的组织，制造麻烦是很简单的事，我可以从外地抽调一些面生的人手，不定时去他们的产业捣乱，虽然无法造成太多损失，但绝对能让他们在一段时间内焦头烂额。"

"嗯，什么时候能动手？"方休问道。

"这属于行业机密，恕我不能告知，不过一星期之内应该能给您答复，你可以通过我们内部研发的小程序实时关注订单动态。您也可以亲自从外界探查消息。另外，业务完成后，您需要在一个月内支付尾款。"程经理微笑道。

"如果失败呢？"

"如果失败，我们有以下两种方案：一是退款，但只能退任务金额的一半；二是您继续加钱，我们为您找更强的人继续任务。"

方休点了点头："签合同吧。"

程经理很快拟好了一份合同："您可以签真名，或者假名也可以。"

此言一出，方休微微诧异："还可以签假名？"

程经理点了点头："您是御灵师，可以感受一下这份合同。"

闻言，方休立刻拿起合同，在上面感受到了一丝丝诡异波动，心

第 6 章 血瞳易主

中立刻有了猜测:"这合同上有诡器的力量。"

程经理眼中闪过一抹讶色,能清楚判断出是诡器,这说明眼前这位客人极有可能也拥有诡器,至少亲手接触过诡器,不然不可能判断得如此准确。

"客人慧眼如炬,这合同上确实有诡器的力量,不过客人您放心,这股力量并没有坏处,只是用来保证合同的效力罢了。一旦任务完成,您没有在一个月内支付尾款,那合同就会燃烧,化作一缕诡异气息缠绕在您身上,方便我们去收取尾款。"

方休点了点头,正要签字,程经理的手机突然发出一声系统提示音,紧接着系统播报声响起:"您有新的订单,请注意查收。"

程经理拿出手机查看了一番,随即对着方休抱歉一笑:"不好意思,客人,来新订单了,您继续。"

方休看了程经理一眼,随后在合同上签了一个"6"。签写完之后,将一百灵币的定金拍在桌子上,待对方检查无误后,他便转身离开。

程经理起身,微微躬身道:"客人慢走,欢迎下次光临。"

离开黑玫瑰酒吧之后,方休在外面兜了好几个圈子,又用血瞳探查了许久,确定没人跟踪,这才回到了家中。

方休不是一个被动的人,既然已经得罪了光明俱乐部,那就先下手为强,何必要等着人家找上门来?虽然需要付出二百灵币,但他并不心疼,反正这钱也是白捡的,下次再找杨明要点就行了。只要能给光明俱乐部带去麻烦,拖延一段时间,这钱就花得值。他相信凭借自己的能力,要不了多久就能晋升二阶。等自身实力强大之后,再对付光明俱乐部即可。

第 7 章
黑水诡事

次日,方休去调查局报到。

如他这种新人御灵师,通常情况下需要经历一系列的培训,通过之后才能去执行任务。值得一提的是,赵昊也来了,在王德海的安排下,他也成功加入了调查局。两人一起开始训练。

上午是理论课,有专门的讲师讲解诡异的种种特性、应对诡异的一百零八种方法,以及如何更好地操控自身的灵性。下午是实战课,热武器、冷兵器、近身格斗等都需要学习。虽说热武器在对付诡异时用处不大,但也很有必要学习,因为有时候调查局的敌人不见得全是诡异,也有可能是人类。

就这样,方休和赵昊两人足足训练了一个星期。这期间他也通过调查局的渠道得知了光明俱乐部名下的多个产业遭到不明袭击,引发巨大混乱的消息,然后支付了尾款。

这一日,调查局局长办公室中,王德海与杨明正在交谈。

"这次总部居然没有要走方休,而是把他放在绿藤市培养?"杨明诧异道。

"没错,总部的意思,方休现在只有一阶,预知未来的能力无法

第 7 章　黑水诡事

发挥出太大作用,等到了二阶再说。"王德海表情凝重。

杨明微微诧异:"这不是好事吗?方休留在咱们这儿可是能起到不小的作用,你怎么愁眉苦脸的?"

"唉。"王德海叹息一声,"你觉得总部不要走方休,真是因为方休现在无法发挥出太大作用?白齐的例子就在眼前,如果不是方休,绿藤市调查局将损失一名顶尖御灵师,这叫无法发挥出太大作用?"

杨明似乎想到了什么,表情也变得凝重起来:"王局,你的意思是,总部现在不要走方休,是因为将方休放在总部还不如留在绿藤市安全?"

王德海点了点头:"不错,一定是全国的形势愈发恶化,总部那边内外交困,局势动荡,即便是内部也不安全,所以才选择暂时不调走方休。"

杨明的脸上闪过一抹怒气:"现在诡异事件确实越来越多了,总部那边承担着最大的压力没错,但总部汇聚着全国最顶尖的御灵师,是战力最高的地方,应该最安全才对,谈何危险?"

王德海深深地看了杨明一眼:"有的时候,敌人不只来自外部。现在局势动荡,一些人起了不一样的心思,有些公司、集团乃至家族,都暗地里培养了自己的御灵师,甚至有人和国外的御灵师势力有所勾结。"

杨明怒不可遏,猛地一拍桌子:"诡异入侵是全球性的灾难,在这等大灾面前,居然还有人敢搞这样的烂事!"

"争权夺利,自古不变。"王德海叹息道,"行了,你也别气愤了,当务之急是强大自身,培养方休,黑桃 A 的事情调查得怎么样了?"

杨明平复了一下情绪,道:"已经有了初步的眉目,黑桃 A 背后确实隐藏着一个庞大的组织,这个组织名为'扑克牌'。扑克牌隐藏得很深,应该不是绿藤市的势力,他的根极有可能在总部那边。"

王德海沉吟片刻："有关扑克牌组织的事情你继续跟进，对了，白齐的伤势怎么样了？"

"行动能力基本恢复，但是目前无法进行战斗。"

"看来他伤得确实挺严重的，我本想等他好了，让他去解决青山精神病院诡域，现在看来只好派别人去了。"

杨明微微诧异："青山精神病院不过是C级诡域，并且无扩散趋势，怎么如此着急？"

"哼。"王德海冷笑一声，"百柳书院可是咱们绿藤市的富人区，里面住的都是豪门显贵，背后的开发商也是几个有名的老总，这些人自然不愿意自己的产业受损，所以联合施压，希望调查局尽快解决。"

"这帮王八蛋，放着危害更大的诡异事件不管，死盯着危害较小的青山精神病院不放，早晚有一天收拾了他们。"

"行了，别抱怨了。这帮富商找到了人给我施压，青山精神病院又确实是诡异事件，早晚都要解决的，我打算让杨鲲鹏的小队去。"

"杨鲲鹏也算是资深御灵师了，他带队解决一个C级诡域应该问题不大。那方休呢？他毕竟去过青山精神病院，不让他一起去吗？"

王德海摇了摇头："方休太重要了，而且还是新人御灵师，他现在要做的，应该是从D级诡异事件中历练，等积累了足够的经验，灵性也提上去了，再去C级诡域。"

杨明微微撇嘴："你这保护得也太过了吧，C级和D级有什么区别吗？"

王德海顿时脸一黑："混蛋！对你一个三阶御灵师来说，C级和D级自然没什么区别，而且你的能力是幸运，谁死了你都死不了，你当然无所谓！本来要是你或者白齐带队，方休是可以去青山精神病院，或者更危险一些的诡域的，但目前你们都无法出动，那自然要稳妥为上！"

第 7 章　黑水诡事

"男人就应该经历血与火的试炼,温室的花朵……"

"滚蛋!去把方休给我叫来!"王德海一阵咆哮,直接把杨明赶了出去。

杨明无奈地掏了掏耳朵,然后去叫方休了。

绿藤市城区,一座摩天大楼顶部,几名西装革履,一看就是精英人士的男女聚在一起。

为首的男子二十多岁,身材高挑,面容英俊,身穿私人定制的白色西装,手中拿着一只高档红酒杯,正面色阴沉地饮酒。

其他几人也都面带几分阴霾,沉默不言。

蓦地,白色西装男子开口打破了场中的沉默:"林子阳失踪了,青铜烛台不见了,我表弟也被人暗杀了,这到底是谁干的?"

他猛地将手中的高档酒杯摔在地上,玻璃碎片和红酒散落一地。其他几人见男子发怒,脸上闪过惧怕之色。

"这绝对是有人在针对我!针对光明俱乐部!查!给我狠狠地查!"

这时,一名身穿酒红色长裙的妩媚女子娇笑着走了过来:"好了,消消气。"

"你还知道过来?不去找你的那些男朋友了?"

"别说得那么难听嘛,我和他们都是逢场作戏,只有对你才是真心的。"

此时白色西装男子似乎真的彻底动怒了,竟然直接站了起来,浑身气势骇人,眼神凶狠,宛若下山猛虎。

女子见他真生气了,赶忙改口道:"亲爱的,这次任务就交给我吧,一周之内保准让你满意。"说完,她扭头就跑,跑到门口处,还扒着门框回眸一笑,给白色西装男子一记飞吻,见其又要生气,连忙娇笑着闪身出门。

调查局中，方休来到王德海的办公室。

此时的王德海一脸凝重："方休，这次叫你来，是有一个艰巨的任务交给你。"

"与诡异无关的事情我一律不接。"方休平静地道。

"放心，咱们调查局主要的工作就是对付诡异，这次要交给你的任务是调查并解决黑水村的诡异事件。方休，这次任务很重要，也很危险，你一定要提起十二分的警惕。黑水村诡异事件初步评级为C级，这只是初步，也就意味着它的评级有可能会更高。"王德海郑重地说道。与此同时，他又在心里偷偷加了一句，也有可能更低。

其实，黑水村诡异事件一开始的评级确实为C级，但经过后续调查，发现只是死了一个村民，并无危险扩散之后，就降级成了D级。

王德海之所以如此说，主要是怕方休太年轻，初生牛犊不怕虎，一心只想清除高阶诡异。

无怪乎他如此想，毕竟方休的心灵污染报告在那里摆着呢。如方休这般视诡异如仇敌，能力又如此不凡的年轻人，很有可能看不上D级任务。

"黑水村？"方休有些疑惑，他并没有听说过这个村子。

"你不知道黑水村也很正常，这是咱们绿藤市山区的一个偏远小山村，因为道路不通，人迹罕至，所以知道的人不多。

"黑水村有一条黑水河，所以它因河而得名。近几年黑水河淹死了不少村民，本以为是普通的溺水事件，可据村民们说，黑水河中有诡异，会趁人在河里游泳时拉人的脚。

"后来还出现了更诡异的事情，一个村民本来在家中睡觉，一觉醒来却发现自己躺在河中，已经被河水淹没了半边身子，如果不是醒来得及时，只怕会被淹死。

"类似的诡异传说有很多，加上黑水村确实死了不少人，所以调

第 7 章 黑水诡事

查局初步判定,黑水村存在诡异事件,诡异代号'水诡'。你这次的任务就是调查并解决水诡事件,鉴于你是第一次出任务,并且你的能力属于绝对机密,所以我会派知情人沈灵雪带队,由你、赵昊,还有另一个加入调查局不久的御灵师一起执行这次任务。"

"可以。"方休点了点头,他很愿意执行这次任务,因为他已经一个星期没有接触诡异了。他很想体验亲手清除诡异的快感,并且这次还是初步评级为 C 级,后续没准儿会升级为 B 级,这让他更加满意。

以方休如今的实力,灵性点亮百分之五,身怀手术刀、青铜烛台两大诡器,外加有血瞳和痛苦的能力,普通的 D 级任务根本无法满足他。而且,他现在很缺钱。

调查局的御灵师在解决了诡异事件后是有额外奖励的:解决一起 D 级诡异事件,奖励十灵币;解决一起 C 级诡异事件,奖励一百灵币;解决一起 B 级诡异事件,奖励一千灵币。以此类推。

方休的待遇比较特殊,他的奖励是翻倍的。他之前要求过,王德海也同意了。也就是说,他如果解决了这次的 C 级诡异事件,可以获得二百灵币!

"执行任务之前,局里给你配备了一名搭档,帮助你处理一些琐碎事务,就如同你见过的李文浩,他就是沈灵雪的搭档。在调查局里,每一名正式的御灵师都会配备一名普通人作为搭档。"王德海突然说道。

搭档吗?方休并没有拒绝,有一个处理琐碎事务的搭档确实能省不少事。

王德海见方休没有反对,便拿起座机拨打了一个电话:"可欣,来趟我办公室。"

至死方休 预知

电话那头传来桌椅碰撞声，似乎有人正坐在椅子上，然后"腾"地一下起身接电话。

"哎哟……好，好的王局，我马上过去。"伴随着一声痛呼，软糯的女声响起。

挂断电话后，王德海微微有些尴尬："可欣这个小姑娘虽然平时比较迷糊，但是对工作还是很认真负责的，名牌大学毕业，在调查局综合考核中属于优秀……"

王德海还想继续介绍，但被方休打断："只要不拖后腿就够了。"

片刻之后，方休耳朵微动，他听到了一阵急促的脚步声，由远及近。脚步声在快到办公室时突然放慢，紧接着是整理衣服的声音，以及略带喘息的微弱打气声："加油可欣，你一定可以的！即使御灵师再怎么不好相处，只要你努力，一定可以被认可，加油加油！"

又是一阵深呼吸后，"咚咚咚"，敲门声传来。

"进。"

办公室的门被打开了，只见一个身材娇小、皮肤白皙、五官精致的软萌妹子走了进来。

她身高大约一米六，身穿尺码略大的职业套装，显得娇小可人，一双黑白分明的大眼睛正努力做到目不斜视，嘴角带着略显紧张僵硬的微笑，强装出一副"我很专业"的样子，只是眼睛中流露出的那种清澈的愚蠢十分醒目。

总之，这是一个除了眼睛大大的，其他地方都偏小的女生，小小的脸蛋，小小的嘴巴。

"王局您好。"软萌妹子恭敬地打着招呼，眼角的余光却在不断打量方休。

王德海点了点头，随即介绍道："可欣，这位是方休，以后就由你负责配合他工作。"

第 7 章　黑水诡事

软萌妹子立刻转身面向方休,直接九十度鞠躬,十分紧张且客气地道:"方先生您好,我叫苏可欣,编号是1327……"

还没等她说完,方休已然直接起身,目光平静地注视着她道:"不需要说那些没用的东西,一会儿把手机号发过来,除非我主动联系你或者有重要的事情,不然不要给我打电话。"

"啊?"苏可欣抬起头来,黑白分明的大眼睛中带着些许错愕以及委屈。

方休没有理会,迈开步子朝门外走去。只是在路过苏可欣身旁时,他低声说了一句:"演技不错,下次别演了。"说完,根本不理会苏可欣脸上的错愕,直接走了。

待方休走后,苏可欣强忍着委屈,小声道:"王局,我是不是被讨厌了?"

王德海安慰道:"可欣,别往心里去,你要知道,御灵师本就是不好打交道的一类人,你要学会适应。"

苏可欣一扫颓势,握紧了小拳头,一脸坚定道:"我一定会努力的!"

方休离开后没多久就收到了一条短信,是苏可欣发来的,里面有手机号、姓名,以及一小段话——

> 方先生,或许您对我存在某些误解,但是没关系,我早晚有一天会凭借我的专业素养,获得您的认可,以后的工作中,请多多关照。

方休记下手机号之后便不再理会。苏可欣虽然表面看上去是那种傻白甜的人设,但他认为事实并非如此,这个苏可欣的心机很深。

第一点,身为名牌大学毕业生,且经历过调查局的专业培训,属于精英人才，即便是第一次和御灵师搭档，也不至于表现得过于紧张。

第二点，身为搭档，对御灵师肯定有所了解，不可能不知道御灵师的五感远超常人，可即便如此，却还是选择在门外给自己加油打气，这更像是故意说给别人听的。当然，不排除苏可欣天生性格如此，但这都不重要，方休对搭档就一点要求，那就是别自作主张，别拖后腿。

次日，一辆黑色越野车从调查局出发，直奔黑水村。开车的正是沈灵雪，而车上则坐着方休、赵昊，以及一个胖子。

今日的沈灵雪没有穿工作装，而是一身白色运动衣，衬得身材越发高挑出众，如果不是表情太过冷淡，活脱脱一名运动系青春美少女。方休等人也是一身便装。

车上，胖子开始自我介绍，并摆出一副前辈的样子对方休两人道："方休和赵昊是吧，初次见面，自我介绍一下，我姓刘，单名一个帅字，我也算调查局的老人了，你们以后就叫我'帅哥'就行了。"

赵昊看了看刘帅三百斤的身形，感觉"帅哥"两个字真的很难叫出口。

刘帅又说："对了，咱们这算是一起执行任务，相互之间的能力也介绍一下吧，我先来，我是空间系能力。"

"空间系"三个字一出，赵昊一阵惊呼。没办法，但凡有点常识的都知道涉及空间的能力很强。

"帅哥！你真是空间系御灵师？"赵昊吃惊道。

刘帅得意一笑："如假包换，空间系御灵师，能力是瞬移。"

赵昊又是一阵羡慕："瞬移啊，太强了，我原以为我的能力就够强了，没想到帅哥你的更强！"

"你的能力是什么？"刘帅好奇道。

谁料赵昊一脸扭捏地看了看前方开车的沈灵雪，竟有些不好意思说出来。

第 7 章 黑水诡事

沈灵雪通过后视镜看到了这一幕，当即冷哼一声："既然觉醒了这样的能力，就别不好意思说。既然这次我是队长，那就由我来给你们简单介绍一下，方便你们相互熟悉。方休的能力是感知，赵昊可以强化个人魅力，胖子的刚才已经说过了，至于我，能力是火焰。"

沈灵雪说完，赵昊立刻闹了个大红脸。一旁的刘帅则是犹如见了鬼一般看着赵昊，惊为天人："兄弟，你……你厉害啊！"说完，他忍不住笑起来，"你可真是个人才啊，强化个人魅力？你怎么想的啊？这能力怎么对付诡异啊？"

赵昊的脸色越发红了。

沈灵雪及时泼了一盆冷水："胖子，你别笑了，影响到我听歌了。还有，你还好意思嘲笑别人的能力？你那瞬移能力一个小时只能瞬移十厘米，有什么值得炫耀的吗？"

刘帅的笑声戛然而止，他一脸气急败坏，但又敢怒不敢言。谁知这时，又有一道笑声传来："哈哈哈……瞬移十厘米？这点距离，还没我走一步远呢。"说话的正是赵昊。

刘帅气急败坏，他惹不起沈灵雪，还惹不起一个新人吗？

"那是以前！我现在比原来进步了，我现在半个小时能瞬移二十厘米！"

"哈哈哈……半小时二十厘米？我不禁想问你为何不步行？"

"你懂什么？我……"

"够了！"沈灵雪怒喝一声，镇住了两人，"从现在开始，你们两个谁要是再敢多说一句话，我就把你们扔下去，让你们自己跑着去黑水村！"

两人瞬间噤若寒蝉，都不敢再笑了。

来调查局的这段时间，他们早已了解了沈灵雪的实力和脾气。脾气就不说了，单说实力，沈灵雪是一阶资深御灵师，灵性已经点亮百分之十以上，这种实力，已经可以碾压新人御灵师。再加上其能力是偏攻击型的火焰能力，一阶之中，她的实力不算弱。

沈灵雪发了火，车内顿时安静了下来，只有音乐声在耳边回荡。

方休自始至终都在闭目养神，一言不发，只不过他的心中有些疑惑。针对C级诡异事件，仅仅派出了一个一阶资深御灵师和三个新人吗？赵昊和刘帅两人约等于没有战斗力，在调查局的判定中，自己也属于没有什么战斗力的存在，这不就相当于一个资深御灵师带着三个拖油瓶吗？这真是执行C级任务的配置？为什么总有一种高玩带队刷副本的既视感？还是说，调查局的人手已经紧张到了这种程度？

方休百思不得其解，或许等到了黑水村，一切自然明了。

数小时后，越野车穿过山区，终于来到了黑水村。

这座村子被山峦环绕着，周围地势险峻，有一条很长的河流经过村庄，这条河便是黑水河。可能是出于地质原因，河水幽深，光线不足时，远远看去，这条河就像是黑色的一般。此时天色昏暗，昏沉的阳光笼罩在整个黑水村之上，映衬得黑水河越发幽深，远远看去，竟如同一条黑色大蟒盘旋在山上。

到了黑水村附近，沈灵雪并没有继续开车，而是选择步行前进，因为山路越发陡峭了，车子已经无法通过。一行人带上行李，扛着摄影机便出发了。

之所以带上摄影机，是因为沈灵雪做了伪装。来之前，她已经通过调查局将一行人包装成电视台的记者，并与黑水村村主任取得了联系，说要来做一期新闻报道。

步行了大约一个小时，一行人终于进入了黑水村的范围，此时天色已经彻底黑了下来。

沈灵雪打电话联系了黑水村村主任。没多久，一名年轻男子搀扶着一位老者缓缓走来，他们手里拿着灯笼，昏暗的光芒伴随着两人的

第 7 章 黑水诡事

脚步一晃一晃的，映照得两人的脸庞忽明忽暗，在这黑暗的山村中，竟平添几分阴森之感。

"是电视台的沈小姐吗？"老者颤颤巍巍地说道。

沈灵雪似乎一点也不怕黑，直接上前一步道："正是。您是王主任吧？"

此时老者已经走近，灯笼的光芒将几人笼罩着，他们也终于看清了两人的样貌。

老村主任皮肤黝黑，身材佝偻，脸上满是岁月的沟壑，一双眼睛有些浑浊，显然岁数不小了。只是他这般岁数，却没有一根白发，头发黑亮得像是抹了油一般。

搀扶他的年轻男子眉宇间与老村主任有几分相似，同样皮肤黝黑、头发油亮，脸上却没有丝毫皱纹，只是皮肤有些粗糙。他的脸上带着憨厚拘谨的笑容，在看到沈灵雪的样貌后，更多了局促，如果不是天色够黑，皮肤也够黑，一张脸怕是早已红透了。

沈灵雪的样貌在黑水村确实属于降维打击，精致的五官，加上犹如刚剥了壳的鸡蛋般白皙的肌肤，站在那里，仿佛光洁亮丽的明星到这破败贫穷的山村扶贫来了，与王主任两人格格不入。

"我是王友贵，这是我孙子王富贵。富贵，叫人啊。"王主任爽朗地笑道。

被点名的王富贵有些不好意思挠着头道："沈……沈小姐，你们好。"

沈灵雪点了点头："你们好，我介绍一下，这几位都是我们电视台的工作人员，这是方休、赵昊、刘帅，我们这次的来意，想必村主任您已经了解了吧？"

王主任点了点头，笑道："知道知道，市里面想打造旅游景点，所以你们过来拍黑水村的风景，用来宣传报道，这对我们村子来说是好事,这几天还要麻烦你们呢。"

"不麻烦,这是我们的工作,还望村主任您配合。"

"一定一定,不过现在天也黑了,明天再拍吧。村里没有旅馆,所以只能邀请你们去我家住了,山村人家,也不知道你们大城市的人住不住得惯。"

几人又客套了几句,便在王主任的带领下去了他家。

王主任不愧是村主任,他的家是个几间平房围成的小院,有点简易版四合院的感觉,明显要好于其他村民的砖瓦房。

"桂芳,城里的记者来了,赶紧弄点吃的。"

随着王主任的喊声,一个身材粗壮的中年女子从屋里走了出来。她似乎没有见到过如此多的城里人,见到方休一行人明显有些不知所措,手都不知道该放哪里好。

"这是我儿媳妇王桂芳,我儿子去城里打工了,目前这里就我们三个一起住,所以你们尽管放心,房子够住。桂芳,你赶紧去抓只鸡,再炒点蘑菇、野菜招待客人。"

王桂芳急于逃离似的,赶忙去准备饭菜了。

赵昊似乎不想麻烦他们,连忙道:"王主任,不用麻烦了,我们之前在车上吃过了,还不饿。"

沈灵雪也附和道:"没错王主任,饭先不吃了,我们开了一天的车,也都累了,想早点休息。"

"哦哦,是我考虑不周了。桂芳,饭先别弄了,去烧点热水,富贵,你带沈小姐他们去房间。"

"哎,爷爷。"

一番折腾之后,方休等人总算在王主任家住下了。因为王主任家很大,且只有三个人,空房子很多,倒也足够方休他们一人一间。

夜晚,当王主任他们都睡下之后,方休等人凑在了一起。

第 7 章　黑水诡事

"有没有发现什么异常？"房间里，沈灵雪对着其他人问道。

刘帅摇了摇头，表示没有发现。

倒是赵昊有些感慨："当初打工的时候感觉自己已经够苦了，现在一看，和村主任他们相比，打工的日子根本不算什么。王主任明明家里不富裕，还要给咱们炖鸡吃。我以前听人说过，鸡对于他们很重要，因为可以留着下蛋，除非鸡岁数太大了，不然轻易是不会杀鸡的。"

刘帅这时恍然大悟："所以你才谎称在车上吃了，原来是不想他们破费。"

赵昊点了点头："如果可以的话，等任务完成，我想给黑水村捐点钱。"

沈灵雪双手抱胸，一脸平静地道："明明自己也过得不怎么样，还要时刻担心灵性失控，却见不得别人过得苦。"

赵昊有些尴尬，但还是嘴硬道："你不也是吗？刚刚你也反对了。"

"我反对是因为我们在执行任务，不知道诡异身在何方，谨慎起见，不能吃外人的食物。再说了，鸡对他们来说虽然珍贵，但也不至于一家子人就指着一只鸡下蛋。黑水村虽然是山村，地方偏僻，但这里的资源可一点不少。村民们靠山吃山，靠水吃水，就说这鸡，山里不知放养了多少野山鸡，而且家家户户都养，甚至还销售到了城里，成立了专门的品牌，主打的就是野山鸡。一只野山鸡卖得比普通的鸡贵了好几倍。"

赵昊突然有一丝丝尴尬，感觉之前的自己就好像穷小子要给百万富翁捐款一般。

刘帅惊讶道："超市里卖得死贵的黑水野山鸡就是这个村的？"

沈灵雪点了点头。赵昊更加尴尬了。

"既然没有发现什么异常，那就休息吧，明天一早启程去黑水河。

从资料上看，诡异极可能与黑水河有关。另外，你们三人是新人，最好睡一个房间，轮流守夜。记住，面对诡异事件，没有异常才是最大的异常。"

"那你呢？不和我们一起吗？"赵昊对沈灵雪问道。

沈灵雪冷笑一声，看了赵昊一眼："每个人成为御灵师之后，性格或多或少都会受到诡异力量的影响，比普通人多出一些负面情绪。现在看来，你受到的影响已经不言而喻，也对，毕竟你觉醒的是个人魅力强化能力。"

赵昊急忙反驳道："你说什么呢？我才没有想和你一起睡觉，我只是觉得既然黑水村有诡异，自然是大家时刻在一起比较安全。"

"你说的话，你自己信吗？"沈灵雪冷笑一声，随即转身走了。

其实，放在平时，执行任务时沈灵雪自然不会选择单独身处一个房间，甚至可能晚上都不会睡觉，毕竟面对诡异事件，一个不小心就会丧命。但这次不同，她是知道内幕的。这次诡异事件根本不是C级任务，而是D级，甚至还可能是D级中的D级。

王德海现在十分重视方休，根本不想让方休冒太大的风险，但为了提升他的能力，又不得不派他执行任务。所以，这次诡异事件是王德海精挑细选出来，专门让方休刷经验的，而沈灵雪就是保姆。以她如今的实力，执行D级任务对提升自身实力起不到丝毫作用，所以她这次来，纯粹是保护方休三人的。

方休潜力很大，不容有失，胖子刘帅虽然只能瞬移二十厘米，但局里判断，一旦其晋升二阶，战斗力将不容小视。至于赵昊，则完全是看在方休的面子上带过来凑数的。这也导致了沈灵雪看他很不爽。

沈灵雪走后，赵昊垂头丧气的，一脸遗憾："胖子，我明明就是好心，她怎么就不信呢？"

自从赵昊知道刘帅如此拉胯之后，已经不叫"帅哥"改叫"胖

第 7 章 黑水诡事

子"了。

"呵呵,下次说话前把口水擦一擦吧,还有,不要叫我'胖子',是我先加入的调查局,请叫我'帅哥'或者'前辈'。"

"死胖子,你说清楚,谁流口水了?"赵昊顿时大怒,"你以为谁都跟你一样龌龊啊?"

"呵呵,你刚才说话时一直盯着人家的锁骨看,你以为大伙瞎啊?你小子也是真行,她全身包裹得那么严实,也就领口稍微开了点,能隐约看见一点锁骨,你就恨不得把眼珠子扎进去。这要是晚上一起睡,还不知道你会不会趁着夜色干什么呢!"

"你放屁!你要是没看怎么知道我在看?"

方休面无表情地看着两人吵闹,这一刻,他充分理解了"猪队友"这个词的含义。他没有理会两人,直接转身回房间睡觉去了。

"哎,休哥,你去哪儿啊?你不和我们一起睡啊,不是还要守夜吗?"

方休并没有理会他,自顾自地走了。

比起守夜,他更担心因为人聚在一起导致诡异不出现。而且今天他发现了一点异常,那就是头发。王主任等人的头发实在好得过分,王桂芳和王富贵就不说了,毕竟年轻一些,可王主任目测都快八十了,居然一根白头发没有。

方休不是没考虑过对方可能偷偷焗了油染了发,但可能性不大。首先,在这个相对落后的山村中,大家都是熟人,低头不见抬头见,尤其王主任还是一个古稀老人,根本没有焗油的必要。其次,这里很难买到染发膏,得走好几个小时的山路去镇上买。

最关键的一点,也是真正让方休起疑心的一点是,自从到了黑水村,他一只诡异都没有见到!他不能确定黑水村是否一只诡异都没有,毕竟他还未走完全村,加上现在天色太黑,影响视线,但这已经足够让他感到奇怪了。要知道，城市里可是满大街都是诡异，来黑水村的路上，即便诡异稀少，但也不是一只都没有。可到了黑水村，直到现在，他竟连一只诡异都没有见到。

这种情况，方休只遇到过一次，就是在青山精神病院的诡域。因为进入了诡域就相当于脱离了现实，他的视线不能如原来那般看到虚幻的诡异，只能看到真实的诡异。现在黑水村中也看不到诡异，难道黑水村也是诡域？可为什么手机有信号？之前在青山精神病院诡域时，手机可是没信号的。

方休之所以怀疑头发有异，正是因为他清楚黑水村不正常，抱着谨慎的态度，任何一丝异常他都不会放过。很快，方休带着这种怀疑沉沉睡去。山村里的夜晚很冷，他盖了两层被子，毕竟他虽然是御灵师，但本质上还是人类，不是超人。

凌晨三点。

"哗啦哗啦……"方休的耳边传来流水的声音，睡梦中的他突然感觉到一阵湿意，并且周围似乎越来越冷，方休瞬间睁开了双眼。

"出现了吗？"他喃喃自语，随即起身朝四周看去，入眼一片黑暗，什么也看不清。最怪异的是，他竟隐隐感觉到床在移动！

他猛然间意识到了什么，掏出手机打开手电筒一照。明晃晃的灯光刺破夜色，照亮了床下的景色——床下不再是坚硬的石灰地面，而是水！河水！床竟然漂浮在黑水河之上！之前听到的水流声音，正是黑水河流动的声音。

在方休的四周还有几道黑影，他拿起手电筒照去，发现正是熟睡中的沈灵雪、赵昊和刘帅，他们的床同样漂浮在河面上。

光亮袭来，最为敏锐的沈灵雪瞬间惊醒，"腾"地一下从床上坐了起来，被子顺势滑落。

第 7 章 黑水诡事

"谁？"沈灵雪被手电筒照着，看不清方休的面容。

"是我。"方休平静地回了一句。

"你什么时候来了我的房间？"沈灵雪的脸色很难看。

"你看看四周再说话。"方休晃了晃手电筒，照亮了四周的黑色河水。

沈灵雪看清一切之后，瞬间脸色大变："这是黑水河？到底发生了什么，诡异出现了吗？"

她急促的声音吵醒了赵昊与刘帅两人。此时两人正睡在同一张床上，两人被惊醒后，待看清四周，吓得差点直接掉进水里。

"啊！这是哪儿啊？明明在床上睡得好好的，怎么突然出现在河里？这一点也不合理啊！"胖子脸色煞白，死死抱着赵昊，犹如抱着救命稻草。

"胖子，你别乱动啊！你这吨位，乱动的话床会翻的！"赵昊同样死死抱着胖子。

没有理会相互拥抱的两人，方休平静地注视着四周的景象，他敏锐地发现，床一直在缓慢地移动，而移动的方向是黑水河的中心。他将手电筒朝黑水河中心照去，隐约可见一个深邃黑暗的旋涡，如同深渊巨口，想要将几人吞噬。

方休看到了旋涡，其他人自然也看到了，当即脸色大变，联想到了许多不好的事情。

"那旋涡要吞噬咱们，快跑！"

"跑？往哪儿跑？我不会游泳。"

"没事，我会。"

"你会有什么用？说不定诡异就在水下，你现在下水肯定上不来。"

赵昊与胖子你一言我一语，沈灵雪只感觉脑袋嗡嗡的，她冷哼一声："都闭嘴，所有人不要下水，用手划！"

赵昊与刘帅立刻开始划水,但方休没有,他只是在静静观察。

用手划水在他看来是一个很愚蠢的做法,一个能将他们悄无声息地转移到黑水河上来的诡异,要是能让你用手划着水离开,那才是真见鬼了。他在想,到底是自己等人被诡异悄无声息地转移了,还是他们之前去的根本不是黑水村,而是黑水河?

没多时,胖子慌乱的声音响起:"没……没用啊!划了半天,怎么没见移动啊?就好像……就好像水底下有什么东西在拽着床一样!"

此言一出,几人脸色微变,看着床下漆黑一片的河水,心中皆涌出一种莫名的恐惧。

"不只没有移动,甚至还在加速朝河中央的旋涡靠近。"沈灵雪脸色凝重,"绝不能靠近旋涡,不然我们都会被吸进旋涡,一旦到了水里,咱们的战斗能力将大减。这诡异拥有操控河水的能力,到了河里,就进了它的场地,此消彼长之下,咱们必输无疑!我身为队伍中的最高战力,能力还是火焰,下水之后,将受到极大限制,恐怕只能自保,无法护住你们。"

沈灵雪的一番分析,快将赵昊和胖子吓死了。

"休哥,怎么办啊?"赵昊习惯性地将目光投向方休,毕竟当初他就是听从方休的指令才活着走出青山精神病院,还成了御灵师的。

方休平静地扫视了一圈越来越远的岸边,最终将目标锁定在一棵还算粗壮的树上。

他打开床上的背包,里面有提前准备好的绳子、工兵铲、手枪等工具。他拿出绳子和工兵铲,将两者连接,随即猛地一抛,工兵铲带着绳子划出一道优美的弧线,精准地落在了树干上,卡在树枝之间。

身为御灵师,他对自身的掌控力早已极其精准,寻常人多加训练才能办到的事情,他已经可以轻而易举办到。

"所有人抓住我的床。"

第 7 章 黑水诡事

随着方休的一声令下,几人连忙朝方休的床靠近,好在距离不远,加上有绳子相助,四人很快聚集在一起。随后方休开始用力拉扯绳子,在力的作用下,他们终于开始朝着岸边靠近。

沈灵雪看着方休的背影,眼中闪过一抹惊奇。她发现自己队伍中的成员,也不是什么忙都帮不上。方休的冷静让她有些意外,不是谁都能在如此危险的境地中做出准确的判断的,大多数人都会慌乱。

一米,两米,三米……几人距离河中央的旋涡越来越远。就在这时,诡异的事情发生了,旋涡竟然缓缓消失了。一直观察四周,防止发生意外的沈灵雪立刻注意到了这一点。

"旋涡不见了。"

不见了吗?方休心中微动,如果旋涡是诡异弄出来的,那旋涡所在之处极有可能就是诡异所在的地方。现在旋涡不见了,说明什么?说明诡异找上门了!

突然,他们感觉身体猛地下沉,准确地说,是床在下沉!

沈灵雪脸色大变:"这只诡异在拽床!"

她连忙用手电筒照向水下,黑色的河水仿佛能吞噬光线似的,根本看不清情况。

只能隐约看到,水中似乎有某种比河水更黑的黑色头发在游动。

沈灵雪的手一翻,一抹明亮炙热的火焰出现在手中。她将火焰狠狠朝河中甩出,河水瞬间沸腾,炙热的水蒸气蒸腾起来。然而,床依旧在下沉,此时已经下沉了一半有余,眼看就要被淹没。

沈灵雪的脸色凝重到了极点,在水面上尚且无法伤害到这只诡异,一旦进入水中,还有命在?难道今日就要死在这里?她并没有认命,而是继续凝聚出一道又一道火焰,不断朝水中轰击。但那诡异的身形似乎十分灵活,加上有夜色的掩护,她的攻击除了浪费了大量灵性以外,并没有什么用处。

至死方休 预知

最终，床彻底沉没，所有人都掉入水中。入水的那一刻，一股冻彻骨髓的寒冷涌遍全身，好在大家都是御灵师，要是普通人，怕是瞬间就会被冻僵，无法动弹。

"救……咕噜咕噜……我不会……咕噜咕噜……游泳！"胖子在水中疯狂挣扎，接连喝了好几口冰冷的河水，只感觉五脏六腑都快结冰了。

赵昊手疾眼快，连忙去救他，然而，非专业人士去救落水的人是一件很危险的事情，尤其是救胖子。慌乱中，胖子死死抓着赵昊，强大的力道让赵昊根本无法保持浮水状态。两人都再次深陷水中，不断呛水。

就在这时，方休一记手刀打在刘帅的脖颈之上，让其陷入昏迷，赵昊这才成功将头从水里露了出来。

"这死胖子，差点害死我！"赵昊大口大口地喘着粗气，用一只手托着胖子。

陷入昏迷的胖子管理起来还算轻松，虽然他体重将近三百斤，但体积很大，连带着浮力也大。

"不对劲，这诡异为什么不动手？"沈灵雪发现了怪异之处。明明他们已经到了水中，可这只诡异却没有立刻出手。

方休解答了她的疑惑："它在等。"

"等？"

"等你陷入虚弱，你刚刚的攻击并不算完全没用，至少起到了一点震慑作用。水与火相克，这只诡异明显不想和你硬拼，所以在拖时间。这黑水河冰冷刺骨，即便是御灵师也很难长时间待在水里，冰冷会带走大量热量，严重消耗体力，等你彻底虚弱，无力战斗时，便是诡异出手之时。"

"可恶！"沈灵雪紧咬银牙，她到底是女生，本就不耐寒，此时全

第 7 章 黑水诡事

身浸泡在河水中，再加上之前消耗了灵性发动攻击，现在只感觉浑身冰冷，原本白皙的脸庞变得异常苍白，嘴唇也渐渐失去了血色。

她万万没想到，自己一个资深御灵师，居然会在 D 级诡异事件中翻船。此时，她隐隐察觉到了一丝不对劲，拥有移湖能力的诡异真的只有 D 级吗？是能力特殊还是实力强大？

"沈灵雪，点火。"方休突然说道。

沈灵雪一愣："我的火焰虽然温度远超寻常火焰，但是如果你想让我焚江煮海，那不太现实。"

"没有让你烧干河水，你举起手来，托举着火焰，多少能提供一些热量，冰冷的河水会大量消耗体力，目前情况不明，必须保留体力。"

这不是人形火把吗？或者人形取暖器？沈灵雪迟疑片刻，还是照做了。她抬起一只泡得发白的手掌，一团炙热明亮的火光瞬间绽放，强烈的热浪立刻驱散了些许寒意。

"啊，好暖和，和泡温泉一样。"赵昊开了一个不合时宜的玩笑。

沈灵雪冷冷地瞪了他一眼："通常情况下，如果在极度寒冷时感觉到温暖，那说明你快被冻死了。"

"啊？"赵昊吓得赶紧把昏厥的胖子拉近自己，希望能吸收些热量。

一直维持着火焰的沈灵雪，虽然脸上恢复了一丝血色，表情却越发凝重："以我的灵性，这样举着火焰，顶多维持十分钟。十分钟之后，我的灵性就会枯竭。用灵性换体力的做法完全是饮鸩止渴。等我灵性枯竭，诡异现身，该怎么办？"

方休平静地看了她一眼，淡淡道："无所谓，我会出手。"

"你会出手？"沈灵雪十分怀疑地看着方休，在她的心中，方休的能力是预知未来，这能力虽然十分强大，却毫无正面战斗能力。

但是赵昊对方休的话深信不疑，当初在精神病院中就是如此，哪怕面对再凶险的诡异，方休永远一副平静的模样，似乎始终胜券在握。

"休哥,你……你看到生机了?"赵昊本想问他是不是看到未来了,但想到自己签署的保密协议,只得换了说法。

方休没有解释,只是淡淡地点了点头。

"太好了,休哥,靠你了!"见到方休点头,赵昊表现得仿佛已经脱险了一般。

实际上,方休并没有看见未来,他甚至连诡异的样子都还没有看见。不过那都不重要。

他之所以让沈灵雪释放火焰,表面目的是取暖,实则是想消耗她的灵性。他猜测,这水诡之所以迟迟不露面,必定是在忌惮他们这些人的实力。水诡在忌惮谁?只能是沈灵雪这名资深火焰系御灵师!

随着时间的推移,沈灵雪掌中的火焰越发微弱,已经到了快要熄灭的地步,此时的她打算熄灭火焰,保留一丝战斗力,却被方休制止:"继续燃烧。"

沈灵雪看了看方休平静的面庞,最终选择相信他的话。

这也多亏了方休之前在调查局的种种神奇表现。面对一个能预知未来的人,人们总是会下意识地选择相信。

终于,沈灵雪坚持不住了:"不行了,我的灵性枯竭了。"

话音刚落,她手掌中的火焰便熄灭了,周围陷入一片漆黑之中。四周除了河水流动的声音,再无其他声响,寂静又诡异。

"水……水里好像有东西!"赵昊突然惊恐道。

方休等人立刻顺着赵昊指的方向看去,只见黑色的河水中隐隐出现数条漆黑如水蛇一般的东西在游动。

"现在怎么办?"沈灵雪有些紧张地看向方休,此时灵性耗尽的她如同待宰的羔羊,生存的希望完全在方休的身上。不知是不是错觉,沈灵雪总感觉方休的眼中多了一丝压抑到极致的狂喜。

方休确实兴奋了,因为他已经一个多星期没有接触过诡异了。他

第 7 章 黑水诡事

没有丝毫犹豫，一头扎入水中。

沈灵雪等人没想到方休居然如此大胆，顿时大惊。

水下，入眼是一片漆黑，只能隐隐看见那些犹如水蛇一般的东西在朝自己飞速游动。他直接打开了血瞳，右眼瞬间出现无数血色，密密麻麻连成一片，直至所有的眼白都被血色覆盖，只留下漆黑如墨的瞳仁。

凭借着血瞳，方休终于看清，那些黑色水蛇，竟然是一缕缕漆黑油亮的头发！这头发与之前在村主任等人身上看到的头发很像，一样浓稠，一样黑亮。

这些头发似乎想要将方休等人缠绕住并拖下水，但方休怎么可能给它们机会。他手中银光一闪，一柄散发着森寒诡异气息的手术刀便出现在手中。几下挥砍之后，那些头发立刻被砍断。

头发的韧性有多高不得而知，但再怎样也挡不住身为诡器的手术刀的挥砍。这几缕头发被砍断之后，竟飞速缩回到河底，不知所终。

方休心中微怒，他最恨这种诡异了，装神弄鬼不说，一击受挫立刻就跑，让他无法一次性清除。方休没有丝毫犹豫，一个猛子往河底扎去，点亮灵性后，他的身形矫捷如游鱼。凭借血瞳，他顺着头发回缩的方向追去，终于在河底见到了诡异的本体。

那是一具女尸！一具身穿白衣、皮肤泡得发白的女尸，因为脸部早已肿胀腐烂，看不清面容。女尸长着一头茂密油亮的黑发，那黑发十分长，漂浮在水底，散落开来，不断扭动着，远远看去像是一团密密麻麻的蛇。

方休越发兴奋，那只诡异的血瞳竟隐隐闪烁起血光。他径直朝女尸扑去。

也许是他的举动激怒了女尸，只见女尸猛地张开早已没有嘴唇的大口，发出一道沉闷的吼叫。她的头发犹如成千上万的水蛇，蜿蜒着朝方休冲去。

因是在水中，方休行动受限，面对这铺天盖地的攻击，单凭一把手术刀不可能斩断所有头发，不过他没有丝毫惊慌，右眼处散发出一阵诡异的血色光芒。在血光的照耀下，女尸仿佛被一记重锤砸中，发出一声凄厉的惨叫，原本铺天盖地袭来的头发像受到了某种惊吓似的，竟然全部缩了回去。

方休越发兴奋起来，趁着女尸痛苦的间隙，他奋力游动，直接游到了女尸身前。此时他已经有些缺氧，头脑中传来轻微的眩晕之感，但他依旧没有停手。诡异就在眼前，他必须让对方感受一下痛苦的滋味。

女尸似乎感知到了危险的接近，伸出肿胀无比的手，神情狰狞地朝方休抓去。但方休根本不在乎，眼中的兴奋近乎实质，脸上平静的神情也早已消失不见，取而代之的是不自觉的狞笑。

下一刻，女尸的手犹如铁钳一般，狠狠掐住了方休的脖颈，刺骨的疼痛加窒息之感瞬间传来。但这不仅没能制止方休的行动，反而刺激得他的脸色越发狰狞恐怖。

方休狠狠挥舞着手中的手术刀，锋利的刀刃从女尸的额头处砍下，而后顺势下滑，形成了一道数厘米深的伤口。

在痛苦能力的加持下，仅仅一击，女尸便连惨叫都无法发出，全身犹如触电一般剧烈抽搐着，原本掐着方休脖子的双手也下意识地放开。

看着女尸痛苦的模样，方休根本不给女尸缓解的时间，又是一刀横切，伤口在女尸脸上形成了一个"十"字。

随着第二刀下去，女尸原本抽搐的身体居然不动了，似乎真成了一具尸体。

死了？能够移动河水的诡异会如此脆弱？还没等方休反应过来，

第 7 章 黑水诡事

只见女尸的头发仿佛活了过来，瞬间从女尸的头上脱离，如同一团浮动的黑球，朝远处迅速移动，片刻便消失无踪。

见状，方休眼中寒意爆闪，他明白了，女尸根本就不是诡异的本体，那头发才是，它寄居在了那女尸身上。他有心去追，但此时他的身体已经到达极限，窒息之感越发强烈，大脑的眩晕之感阵阵袭来，无奈，他只能回到水面。

方休破水而出，沈灵雪等人连忙看去，见是方休，这才稍稍松了一口气，不过在看清方休脖子上深红的手掌印后，纷纷面露担忧之色。

"休哥，你没事吧？那诡异呢？"赵昊关心道。

方休并没有立即回答，而是狠狠吸了几口空气，稍稍缓了过来，这才道："让它跑了，这诡异的本体似乎是头发。"

"头发？"

"先别说那么多了，趁诡异逃跑了，咱们赶紧试试能不能上岸！"沈灵雪焦急道。

几人点了点头，随即朝岸边游去。

这一次，岸边并没有如之前一般后退。很快，方休等人拖着如同死狗一般的刘帅上了岸。几人上岸之后并没有停歇，而是跑出去好远，确定远离岸边之后，这才稍稍停息。

"先救人！"沈灵雪吩咐一声，随即开始不断按压刘帅的胸口，直至刘帅吐出好几口河水，这才停歇。但此时刘帅依旧没有苏醒，脸色苍白。

"刘帅现在需要人工呼吸，你们谁来？"沈灵雪的目光在方休和赵昊身上打转。

方休面无表情，赵昊则是大惊失色，他看了看胖子那肥嘟嘟的嘴唇，只感觉还不如直接去死。

"为什么不是你来?"赵昊直接反问道。

沈灵雪冷笑一声:"不知道男女授受不亲?你们两个大男人在这儿,凭什么让我来?"

赵昊拼命摇头,全身上下每一根汗毛都写满抗拒。

这时,方休朝刘帅走去。沈灵雪眼中闪过一抹异样,赵昊则大惊失色,想要说什么,又怕方休让自己去,最终也止住了话语。正当几人以为方休要为刘帅做人工呼吸之时,方休竟直接一巴掌抽在胖子的脸上。胖子惨叫一声,"腾"地一下从地上坐了起来。

"哎哟,谁打我?"

"这就醒了?"赵昊目瞪口呆。

沈灵雪的面色有些难看,目光十分危险地盯着胖子说道:"你刚刚是不是在装晕?"

胖子立刻大喊冤枉:"什么装晕?你说什么呢?我是真晕过去了。"

"真晕?"沈灵雪根本就不信,"缺氧昏迷,没给你做人工呼吸,一个巴掌你就醒过来了?"

赵昊在一旁看热闹不嫌事大道:"好啊,死胖子,你想骗别人的初吻是不是?"

胖子只感觉自己冤枉死了,说什么也没人信。

只有方休一人知道,胖子并不是在装晕,他是真晕过去了。之所以一巴掌就醒了,是因为方休动用了一丝痛苦之力,强烈的痛苦如同电流刺激着心脏,将其刺激醒了。

几人吵闹了几句,沈灵雪实在听不下去了,直接叫停:"够了,胖子,刚才的事以后再找你算账,当务之急是商量如何解决黑水河中的水诡!方休,你刚刚下水后发生了什么?为什么你说诡异的本体是头发?"

"我在水下看到了一具女尸,之前准备袭击我们的就是女尸的头发。我解决了女尸之后,她的头发便如同活物一般自行脱离逃跑了,

第 7 章 黑水诡事

所以我猜测，头发才是诡异本体，而女尸不过是被它控制了。"

沈灵雪沉吟道："解决女尸？哪怕女尸不是诡异的本体，但毕竟被诡异操控了，这水诡能控制黑水河移动，实力如此恐怖，你是如何解决女尸的？"

"我自有我的办法。"方休只是淡淡回了一句，便不再解释。

沈灵雪狐疑地看了方休一眼，她猜测，有可能这水诡只是能力比较奇特，但正面战斗能力不强，但仔细想想又觉得不对。不过见方休一副不愿多说的样子，沈灵雪也就没有细问。

"先回去吧，等明日天亮了，我灵性恢复之后，再来黑水河对付水诡。"

方休并没有动，而是问道："你打算明天怎么对付诡异？"

沈灵雪皱眉沉吟道："如你这般的新人御灵师都能将其击退，可见那水诡的正面战斗能力应该不强，只是它藏身黑水河，占据地利优势，我的火焰能力很难发挥作用，所以最好的方法就是将水诡引到岸上来。只要能将水诡引出来，解决它不是问题。"沈灵雪说完，却发现方休如同看傻子一般看着自己，她不由得动怒，"你这么看着我什么意思？难道你有什么高见？"

"你的发言让我很难相信你是一名资深御灵师。"方休平静地说道，语气中没有丝毫的嘲讽之意，却句句都是嘲讽。

他拿出调查局发的加密手机，开始拨打电话。

"你在给谁打电话？难道你的办法就是找调查局求助，叫其他御灵师过来帮忙？"沈灵雪有些讥讽地说道，"我劝你还是放下手机，局里人手紧张，这水诡并未表现出太过强烈的危害性，局里是不可能派御灵师支援的。"

然而方休并没有理她。

很快，电话接通，手机那头传来苏可欣迷迷糊糊的声音："是方先生吗？这么晚了……"

方休没等她说完，直接打断道："马上通知上面，给我派一支特别行动小队到黑水村，让他们带上最大功率的抽水泵，越多越好。"

特别行动小队由受过专业训练的战士组成，他们虽然都是普通人，但每个人都是精兵强将，只是没有灵性，很难对付诡异，通常是辅助御灵师执行任务，负责维持秩序、辅助侦察、救人等工作。

苏可欣似乎还在迷糊状态，一时间没有反应过来："方先生您说什么？抽水泵？您不是出任务去了吗？要抽水泵做什么？"

"你不需要知道原因，现在立刻照我说的话去做，如果有任何疑问，就去找王德海，就说是我说的。"说完，方休便直接挂断了电话。他再次看向沈灵雪等人，发现这几人都目瞪口呆地看着自己。

"休……休哥，你要抽水泵不会是想……抽干黑水河吧？"赵昊一脸震惊。

方休点了点头："从这只诡异之前的举动可以看出，它很聪明，懂得利用计谋，避开与我们正面战斗，所以想将它引出来，除非真的有人用命去做诱饵，不然很难让它上当。既然如此，最好的办法就是抽干黑水河，让诡异无处藏身。既然背靠调查局这棵大树，能够调动大量的人力物力，为何不去利用呢？难不成非要选择最危险的做法，下水战斗？黑水河虽然很长，但只有河中央的水很深，其他部分很难藏身，我们只需要堵住上游和下游，抽干河中央的水即可。"

此时，沈灵雪有些不好意思去看方休，视线不自觉瞥向别处，一言不发。

她本以为方休打电话是要叫其他御灵师过来帮忙，谁承想对方竟是打算用现代科技手段解决水诡，她从未想过还能用这个办法，但不得不承认，似乎确实可行。调动一支特别行动小队外加一些抽水泵，虽然会花费很大的人力物力，但比让御灵师拿命去冒险强多了，也有

第 7 章 黑水诡事

效得多。毕竟御灵师的命可比这些东西值钱。

其实沈灵雪也是陷入了惯性思维，虽然嘴上不说，但几乎所有的御灵师都会下意识认为，自己要比普通人高上一等。同理，他们也坚定地认为，能对付诡异的只有御灵师，所以在面对诡异时，第一反应永远是用御灵师的方法去解决，而非利用普通人。

方休则不同，他并不认为身为御灵师有多高贵，或者说，他心中根本不在乎这些东西，他只在乎诡异。只要能够清除诡异，他可以无所不用其极。

"还有，今晚上不能回村主任家了。"

"为什么？"胖子一边打着哆嗦一边问道。

方休解释道："你们没发现村主任等人的头发很不对劲吗？那村主任看上去应该快八十岁了，可是头发却比年轻人的还要黑亮，他的孙子、儿媳妇也是如此。"

"休哥，有没有一种可能是村主任染了发呢？"胖子自从知道方休一人孤身入河击退了诡异后，也叫上了"休哥"。

方休平静地看了他一眼道："村主任几人的头发，与我在河底见到的发诡本体一模一样，如果你想死，可以回去。"

听到这话，胖子也不知是吓的还是冻的，竟不由自主地打了一个寒战，讪笑道："那……那还是算了吧，露营也挺好的。"

面对方休的安排，大家全部选择了听从，就连沈灵雪也没有说什么，明明她才是队长，可现在发号施令的却是方休。领导权在无声无息之中已经易位。之后，他们随便找了一处远离黑水河的地方生起了火，围着火堆过夜。

第8章

诡异源头

次日清晨，方休接到电话，说行动队已经到达了黑水村附近的山区，只是因为山路难走，无法开车，所以正步行前往黑水村，预计一小时之后到达。方休与行动队约好在黑水河中游岸边见面之后，便带着几人进入黑水村。

值得一提的是，他戴上了提前准备好的墨镜。他要去验证自己的猜想，昨天到得太晚，没有见到其他村民，今天他要去看看其他村民的头发。

此时，许多村民已经出门工作，种地的种地，放牧的放牧。方休等人的穿着与村里人格格不入，一看就是大城市来的，所以他们一进入黑水村就引起了众多村民的注意。不过这些村民的目光中大多都是好奇，并不带有敌意，可能是村主任早已告知了村民会有记者过来。

村民们在打量方休等人之时，他们也在打量村民，而且越看越心惊，因为没有丝毫例外，所有的村民都有着一头乌黑油亮的头发。

"休哥，这到底是怎么回事？难道这些村民都是从小吃黑芝麻长大的？"赵昊声音发颤。

"上哪儿找功效这么强的黑芝麻？我刚才看见好几位老人的头发

第 8 章 诡异源头

也是如此,乌黑油亮,没有一根白发。"胖子附和道。

其他人在看头发,方休的目光却飘向了四周。没有诡异!整个黑水村真的一只诡异都没有!这到底是为什么?如果说是因为进入了诡域,所以看不见那些虚幻的诡异,那为什么诡域中会有信号?难道是因为调查局发的加密手机与普通手机不同?方休又拿出自己的普通手机,发现也有信号,顶多就是山里信号弱一点罢了。

方休很不明白,毕竟关于诡异的秘密太多了,现在他了解的恐怕只是冰山一角,还有许多奇怪的事情都无法解释。

他走向一位正在晒太阳的老人。这位老者比村主任苍老得多,脸上皱纹早已成了沟壑,手中还拿着一个老旧的烟斗,正在晒着太阳抽着烟。

"老人家,能问一下您是怎么保养头发的吗?看您这么大岁数,怎么头发比年轻人还黑亮?"

老者诧异地看了方休一眼:"你这城里来的小伙子干吗拿我老头子打趣?我这头发都白了十年了,哪里黑亮?"

听到老者如此说,沈灵雪等人瞬间一惊,紧紧盯着老者头上那黑亮浓密的头发,感觉一阵毛骨悚然。

方休神色不变,平静地道:"不好意思,是我看错了。"说完,他带着沈灵雪几人转身就走。

待走远之后,赵昊才忍不住问道:"刚刚那老头的头发到底是黑是白?是我色盲了吗?我怎么看着是黑的?"

"我看着也是黑的。"胖子附和道。

"这些村民有问题,他们极有可能受到了诡异的影响。"沈灵雪断言,"受到诡异影响的人,会或多或少出现一些奇怪的特征,通常情况下表现为身体虚弱、情绪异常、精神衰弱,但也不排除其他方面的影响。"

至死方休 预知

方休看了她一眼，平静道："你如何确定受影响的是村民，而不是我们？"

三人微微一惊，赵昊和胖子的面色更白了。

正在这时，突然远处传来人声："沈小姐，原来你们在这儿啊。"

来人正是村主任的孙子王富贵。王富贵小跑过来，气喘吁吁地问道："沈小姐，你们起得真早，我早上刚想叫你们去吃早饭，却发现房间中没人。"

几人看着王富贵黑亮的头发，表情明显有些怪异，尤其是赵昊和胖子，在知道村民可能有古怪的情况下，他们很难表现得如之前一般客气亲切。

好在沈灵雪也算是资深御灵师，没有表现出异样，她面色如常道："嗯，我们习惯早起，毕竟还有工作在身。"

"你们这是要开拍了吗？我带你们去风景好的地方转转吧。"

"今天先不用了，我们打算先自己转转，等以后有需要了再叫你。"

王富贵明显有些失望："可是山里面很危险的，会有野猪出没，你们没有人领路会很不方便。"

"没事，我们几个经常外出作业，有一定的野外生存经验，比这里更偏远的地方都去过，你不用担心了。下午吧，我们先自己转转，等下午再让你带路。"

王富贵显然不善言辞，也不太懂拒绝，听沈灵雪这样说，只好点了点头表示同意："那行吧，不过你们自己逛的话，千万不要去黑水河的中央位置。"

沈灵雪心中一动，不动声色地问道："哦？为什么不能去黑水河中央？"

王富贵的表情有些害怕，他似乎想到了什么恐怖的事情："总之你们不要问了，我爷爷不让瞎说，但是村子里不止一个人说那里很可

第 8 章 诡异源头

怕,所以千万不要去。"

沈灵雪见问不出什么,最终点了点头,表示知道了。随后,王富贵便离开了。

不久之后,方休的电话响起。

"方调查员,第十特别行动小队已就位。"

"好的,我们马上就到。"

方休挂断电话,对着几人道:"先不用管村民们了,先去对付黑水河中的诡异。"

黑水河中央地段。

方休几人快步走来,远远地就看到了身穿黑色特种作战服,手拿微冲(微型冲锋枪)的特种作战小队。他们一个个身材魁梧,站姿笔直,一看就受过专业训练。

不过,特别行动小队面前还站着一男一女,两人穿着冲锋衣,脚踩登山靴,手拿登山杖,还背着背包,一副旅游打扮。这一男一女似乎正在与特别行动小队争执。

"凭什么赶我们走啊?这地方又不是你们家的,我们是来旅游的,看看风景你们都管。"

"是啊,这里又不是景区,再说了,就算是景区,我们也可以买票啊。"

"我们正在执行特殊任务,闲杂人等一概不得靠近,请速速离开。"一名特别行动小队的成员冷声道。

这时,方休等人走了过来。

那位特别行动小队的成员立刻小跑过来,敬礼道:"方调查员,第十特别行动小队向您报到。"

方休点了点头,刚要开口说话,那一男一女就走了过来。

男子身材高大魁梧，长相刚毅，而女子则身材高挑，小麦色皮肤，给人一种经常进行户外锻炼的感觉。

"你就是他们的领导吗？你们凭什么……"女子刚一开口，刁蛮泼辣的劲儿就上来了。

方休根本没给她说完的机会，直接吩咐道："赶走。"

"是。"

特别行动小队立刻行动了起来，两位队员当即出列，架起这一男一女就往外拉。男的有心挣扎，但一看对方人多势众，还拿着枪，到最后也没敢反抗。反倒是那个女人叫唤得比谁都急："你们给我等着，我要投诉你们，你们知道我是谁吗？我爸爸跟治安局的领导都是朋友，你们……"

一男一女渐渐被带离了视线。

赵昊微微感慨："还真是什么人都有啊，我一直以为网上都是演的，网上那些视频里的人甚至敢跟治安员动手，没想到现实中还真有这样的人。这两人也是厉害，这么多拿着枪穿着制服的人在这里执行任务，他们居然还敢冲撞。"

"方调查员，这两人自称是出来旅游的驴友，不爱去旅游景点，就喜欢去偏僻无人的山野，我们刚到不久，这两人就来了。"

方休点了点头："是王德海安排你们来的？"

那人点了点头，拿出了调查局的证件："王局长让我们来配合你工作。"

方休并不感到意外，这就是拥有预知未来能力的好处，要是换成其他新人御灵师，肯定无法享受这种待遇，即便能，也要提前打报告，而自己只需要一个电话。

"东西带齐了吗？"

"带齐了。"

第 8 章 诡异源头

"嗯,开始吧。"

随着方休一声令下,特别行动小队立刻开始行动起来,行动十分迅速,并且十分专业,有的挥舞铁锹挖坑,开渠引水,有的拉着一捆捆塑料管道,有的在安置抽水泵和发电机,还有专人去四周警戒,防止外人过来破坏。他们经过了专业的测算,准备将河水引至附近的洼地。没多久,轰隆隆的机器嗡鸣声响起。在几十台抽水泵的作用下,水面在飞速下降,把一旁的赵昊和刘帅看得目瞪口呆。

"这就是专业人士吗?感觉好厉害。"

"是啊,要不是热武器对诡异的作用不大,恐怕早就没御灵师什么事了。"

数小时之后,河水已经见底,可以看到河底的淤泥以及四散分布的小水洼,淤泥里有不少正在蹦跶的鱼,甚至还有王八。方休几人一直全程盯着,防止诡异暴起伤人。但直至河水见底,水诡始终没有出现。

"女尸!那儿有一具女尸!"赵昊指着河底的一处淤泥惊叫道。

只见淤泥中,有一具被掩埋了半边身子的没有头发的女尸。

"谁这么凶残,给人家的脸切成四瓣?"

方休没有回答,而是直接打开了血瞳。

趁着众人的注意力被女尸吸引,他在墨镜的掩饰下,用血瞳在淤泥中搜索。片刻后,他的视线定格在河中央的一处小水洼中。他立刻关闭血瞳,伸手指着那处小水洼道:"沈灵雪,用火焰轰击那处水洼。"

沈灵雪没有丝毫犹豫,直接选择了听从方休的指示,毕竟方休的能力是预知未来。在她看来,方休应该是预知到了诡异的位置。沈灵雪摊开掌心,一团炙热明亮的火焰出现在手中,四周的温度瞬间升高。她对着方休所指的位置,将手中的火焰狠狠甩出。

火焰犹如一条长龙径直朝水洼砸去。伴随着爆炸声,火光轰然炸开，一股热浪瞬间席卷而来。而那处水洼中的积水直接沸腾、蒸发，连带着那附近湿润的淤泥都开始干裂。

这时，水洼底部传来一道凄厉的惨叫声，紧接着，一团带着火焰，散发着焦煳味道，蠕动着的头发破土而出。

"诡异出现了！"赵昊惊呼一声，顺势躲在了方休身后。

发诡飘浮在半空中疯狂甩动着，那几缕带着火焰的发丝被它直接甩飞出去，如同壁虎断尾。此时的头发似乎被激怒了，它的发丝开始蔓延，犹如扩散的蛛网，五米、十米、二十米……似乎要将众人全部笼罩其中。

这时，沈灵雪出手了，她要报昨天被泡了半天冰冷湖水的仇。一道又一道灸热明亮的火焰在她的手中聚起，而后不断朝着发诡轰击过去。

就在这时，方休听到了子弹上膛的声音。他眉头一皱，看向特别行动小队，本能地察觉到了一丝不对劲。明明是受过专业训练的士兵，知道枪对诡异没用，为何还要在没有接到命令的情况下给子弹上膛？

一旁的赵昊、刘帅也劝道："你们在一旁看着就行，沈灵雪的能力天生克制这只诡异。"

可下一秒，令人震惊的事情发生了，只见这些特别行动小队成员如同没听到几人的话一般，竟举起枪口对准了方休等人。

"喂，你们要干什么？自己人啊！"赵昊吓得大喊。

"快……快躲开！我们的身体不受控制了！"一名特别行动小队的成员十分僵硬地喊道。

"什么？"沈灵雪大惊失色，根本顾不得快要被烧死的发诡，转头举起火焰对着特别行动队员就要出手。可是，她终究没有狠下心。

就在她犹豫的空当，特别行动队员已经扣动了扳机，冒着火光的子弹朝方休等人射出。

第 8 章 诡异源头

如果只有一个人，拿的是手枪的话，或许方休还能试着躲避子弹，但现在是一群人端着微冲，那还是等死吧。他没有选择使用血瞳，因为血瞳是单体攻击，起不到什么作用。

仅仅瞬间，方休等人便倒在了一片血泊之中。

再次睁开双眼，方休发现自己正身处黑水村之中，四周是来往的村民。

这时，耳边传来赵昊的声音："休哥，这到底是怎么回事？难道这些村民都是从小吃黑芝麻长大的？"

"上哪儿找功效这么强的黑芝麻？我刚才看见好几位老人的头发也是如此，乌黑油亮，没有一根白发。"胖子附和道。

方休确定了此时所处的时间点，正是他们在黑水村闲逛之时，不由得思索起来。再过一会儿特别行动小队就会到位，然后他们会在特别行动小队的帮助下抽干河水，发现发诡，沈灵雪与之大战，最后他们被特别行动小队射杀。

难道发诡拥有操控他人的能力？方休想起了那具女尸，之前女尸就是被发诡控制了。只是他万万没想到，发诡居然可以一次性操控那么多人。既然发诡拥有如此能力，那它为何不直接操控我们？是因为我们有灵性护体，所以它操控不了吗？

方休隐隐觉得有些不对劲。那对男女出现的时机会不会太巧了？正常人谁会闲得没事来穷乡僻壤旅游？思来想去，他决定采取一些手段。

随着时间的推移，四人再度来到黑水河中段位置。此时特别行动小队已就位，那身穿冲锋衣的一男一女也在这里。

"凭什么赶我们走啊？这地方又不是你们家的，我们是来旅游的，看看风景你们都管。"

至死方休 [预知]

"是啊,这里又不是景区,再说了,就算是景区,我们也可以买票啊。"

"我们正在执行特殊任务,闲杂人等一概不得靠近,请速速离开。"看着眼前熟悉的一幕,方休带领几人缓缓走了过去。

一名特别行动小队的成员立刻小跑过来,敬礼道:"方调查员,第十特别行动小队向您报到。"

方休点了点头,没有说话。

此时,那一男一女就走了过来。还是如之前一般,女子开口刁蛮地质问:"你就是他们的领导吗?你们凭什么……"

方休平静地打量着眼前的男女,怎么看两人都是普通人,看不出丝毫奇怪的地方。不过他的准则一向是看不出就动手。

一记手刀劈下,女子的声音戛然而止,整个世界瞬间安静了。所有人都愣愣地看着方休。

所有人都没想到方休会突然出手,简直匪夷所思。就算女子无理取闹在先,人家也只是上前质问了一句,也不用把人敲晕吧?

方休无视了众人怪异的目光,眼看着女子昏倒在地,他微微皱眉,是我出手太快导致她没反应过来?还是我判断有误,她就是一个普通人?

"方休!你在干什么?"沈灵雪惊怒的声音响起,打破了场中的寂静。

"他们有问题。"方休只是随便解释了一句。

"杀……杀人了!"随行的男子这时反应了过来,惊恐地大叫着,扭身就要逃跑。又是一记手刀,男子同样倒地,昏迷不醒。

此时,沈灵雪已经十分警惕地与方休拉开了距离:"方休,我现在严重怀疑你已经灵性失控,你最好给我个解释!"

"我说他们有问题,就一定有问题。"

第 8 章 诡异源头

赵昊似乎反应了过来,有些犹豫道:"休哥,你……察觉到了?"

方休点了点头。

沈灵雪有些半信半疑,但好多话不能当着这么多人的面问出来,毕竟方休的能力是机密。方休并不在意被怀疑,因为一会儿他估计还会死亡回档。

率先放倒这对男女只是为了排除他们的嫌疑,因为方休始终觉得这对男女出现的时机太巧,控制特别行动小队的事不见得一定是发诡干的。诚然,调查嫌疑可以采用别的方式,但无疑,这样的方法是最快的。想要弄清楚是不是这对男女搞的鬼,先让他们失去行动能力,再看看特别行动小队还会不会被控制,就能得到答案。

随后,方休对着特别行动小队命令道:"现在你们立刻解除全部武装。"

特别行动小队的队长闻言有些犹豫,但最终还是照做了。

待他们解除了全部武装之后,方休便吩咐他们开始抽水。数小时后,黑水河中央部位再次见底。

"沈灵雪,攻击这处水洼。"方休指挥道。

沈灵雪狐疑地看了方休一眼,随即开始工作,手中亮起明亮的火焰,直直朝那处水洼轰去。一如之前那般,发诡再度被轰了出来。不过这一次,方休并未把视线放在发诡身上,而是始终注视着特别行动小队。

就在沈灵雪和发诡大战之际,特别行动小队动了。他们的肢体以一种不协调的方式舞动起来,众人像提线木偶一般,僵硬仅仅持续两三秒,很快,动作变得协调起来。他们一个个竟如同凶猛的猎豹,狠狠朝着方休等人扑来。

"小心!我们的身体不受控制了。"

特别行动小队的速度很快,但早有准备的方休更快。面对一群没有枪的特别行动小队成员，对付起来轻而易举。

　　散发着森然寒气的手术刀在方休手中如蝴蝶般飞舞，他的身形犹如鬼魅一般，在特别行动小队中穿梭着，仅仅片刻，无数特别行动小队队员的腿部便出现一道血线，被砍中的人纷纷倒地。诡异的是，那些人即便失去了行动能力，却仿佛没有痛觉一般，用手爬着也要过来杀了方休等人。

　　"沈灵雪，立刻解决发诡，他们都被控制了，我来限制他们。"人群中响起方休平静的声音，他每一次在人群中显现身形，必然会有数名特别行动小队的队员倒下。

　　闻言，沈灵雪看向发诡的双眸中涌现出怒气，手中火焰的温度因为她的愤怒再次升高。她的双手各形成一团炙热明亮的火球，随即她将火球高高举过头顶，两团火球顿时融合成一团更大的火球。

　　"受死吧！"伴随着沈灵雪的一声娇喝，大火球似小太阳般朝发诡砸去。

　　伴随着剧烈的轰鸣声，发诡直接被火球吞噬，直至烧成灰烬。

　　"解决了。"沈灵雪眼眸中闪过一抹喜色。

　　然而这时，方休却泼来一盆冷水："他们的控制并没有解除，看来控制他们的不是这只诡异，要不然就是诡异并没有死。"

　　"什么？"

　　沈灵雪吃惊地看去，只见那些特别行动小队的成员还在进攻。方休一人对付着绝大多数成员，赵昊和胖子则分别被一个人追着跑。

　　赵昊和胖子虽然都点亮了灵性，能爆发出超越常人的力量，但他们两个，一来心慈手软，不敢对自己人下手，二来战斗经验太少，面对训练有素的士兵，还无法发挥自己的优势。于是很快，沈灵雪也加入了战斗，她没有用火焰的能力，而是选择用拳头将这些人全部打晕。

第8章 诡异源头

数分钟后,所有的特别行动小队队员都陷入了昏迷。方休看着昏迷的众人,若有所思。

不是旅者男女,也不是发诡吗?那特别行动小队为何会被控制?明明已经解决了诡异,但真相不仅没有解开,反而出现了更多谜团。

方休思索之际,沈灵雪用一种惊疑的目光看着他,想到了方休之前要求特别行动小队解除武装的命令。他早已预知到了吗?所以才会下令解除武装?好可怕的预知能力,如果不是他提前预知到了,面对一支全副武装的特别行动小队,在距离如此近的情况下,恐怕所有人都会死。

沈灵雪不知道的是,她已经死过一次了。

"方休,接下来怎么办?"沈灵雪突然问道,很显然,她已经清楚地意识到,谁才是能做出正确判断的人。

"先把他们都绑起来,等他们醒来再说。"

大家闻言照做。好在特别行动小队身上都带了绳子,倒也不用担心绳子不够用。将特别行动小队的所有人都绑好之后,又过了半个多小时,终于有几名队员悠悠醒来。

"这是……怎么回事?"

"我们怎么被绑了起来?"

"还记得刚刚发生的事情吗?"方休走上前去问道。

那几名队员有些茫然地摇了摇头。

不记得了吗?看来控制已经解除。是因为发诡死了?还是真正的幕后黑手只能控制这些人一段时间?信息太少了,无法判断。

又等了半个多小时,队员们已经全部醒来,并且没人记得刚刚发生了什么事情。见状,方休便让他们自行包扎好伤口然后回去。这些人暂时不能用了,不然不知道什么时候会再"叛变"。

沈灵雪则打起了电话,开始向上面汇报这次的事件,并让上面派

至死方休 [预知]

专人对这次参加行动的特别行动小队成员进行全方位检测。

安顿好一切之后,方休道:"走,回黑水村。"

"啊?还回去啊?诡异不是解决了吗?"胖子惊讶道。

"还没完。"方休只是平静地回了一句,便带领大家再度回到了黑水村。

黑水村中,方休看着来来往往、满头黑亮头发的村民若有所思。

沈灵雪有些凝重地道:"按照常理来说,如果这些村民的头发是诡异导致的,现在诡异已经解决了,他们应该恢复原样才对。"

"别说了,我现在越看这些村民越害怕。"赵昊有些害怕地躲在了胖子身后。

"哎,你别躲我身后啊,你害怕,我也害怕啊!"

沈灵雪鄙夷地看了两人一眼,她实在搞不明白,为何同样是新人御灵师,人家方休就表现得那么优秀,这两人反而纯粹在拖后腿。

"我看你们两个以后可以组一个组合,就叫'胆小二人组'算了。"

这时,方休突然道:"以往面对这种异常情况,调查局可有什么好办法?"

沈灵雪想了想,道:"咱们可以先将整个黑水村探索一遍,搜寻线索,再联系调查局,让他们派一些专业人士带着专业的设备给村民们做一下全身检查,看看导致异常的原因到底是什么。"

方休摇了摇头:"太慢了,这套程序走下来,至少要花费好几天,而且诡异的事情用现代仪器不见得能检查出来,还是用我的方法吧。"说着,方休已经朝一位黑水村的老者走去。

沈灵雪心中突然升起一股不好的预感,赶忙问道:"你的办法是什么?"

方休头也不回地道:"面对异常最好的办法就是,清除所有的异

第 8 章 诡异源头

常,直至正常为止。"

此时,方休已经走到一位老者面前,这位老者正躺在自制的摇椅上晒太阳,手中还拿着一柄破旧的烟斗,有一口没一口地吸着烟。这正是方休之前问过的那名老者。

方休站在他的面前,挡住太阳,垂下的影子将老者笼罩。

原本闭目养神的老者睁开浑浊的双眼,有些茫然地看着眼前的年轻人:"小伙子,你要干啥?"

"老人家,我想问您一个问题,请您务必不要骗我。"

"什么问题?老汉我从不骗人。"

"请问,您的头发是黑的还是白的?"方休平静地注视着老者的满头黑发问道。

老者很是诧异:"我的头发都白了十年了。"

蓦地,方休笑了。只见他露出森白的牙齿,一字一顿地道:"您是没死过吗?"

老者一愣,随即愠怒道:"这叫什么话!你……"

"不要!"不远处传来沈灵雪的惊叫。

一道银光闪过,一柄锋利的手术刀划破空气,也划破了老者的喉咙。老者的眼睛突兀地瞪起,浑身颤抖,满脸不可置信。

赵昊和胖子都看傻了,方休怎么一言不合就杀人啊?

沈灵雪快速冲了过来,一脸怒色地看着方休:"你到底想干什么?你怎么能杀害普通人?你……"

她的话还未说完,便被方休打断了:"他不是普通人。"

方休指了指老者的脖子,沈灵雪看去,顿时整个人愣在原地。只见老者的脖子处居然没有流出半点鲜血,伤口内也不是血肉,而是一根根被斩断的头发,乌黑油亮的头发!

"头……头发?"

至死方休 [预知]

就在这时,空气骤然一滞,整个村子仿佛被一股无声的恐怖包围着,陷入了一片寂静。原本在道路上行走着的村民仿佛被按下了暂停,一个个僵直在原地,一动不动,宛若木偶。

"大家小心!"沈灵雪瞬间意识到了什么,连忙招呼大家警戒。

这时,之前被方休割喉的老者也抬起了头颅,他双目无神,口中发出非人的嘶吼,脖颈处断裂的头发开始生长、愈合。

方休根本不给对方愈合变身的机会,直接又是一刀,打断施法。这次他动用了痛苦之力,在这股力量的作用下,那头发不仅不再生长,反而开始变得干枯萎靡。但方休心中没有丝毫欣喜,因为村民太多了。

整个黑水村至少有上百村民,此时附近的村民们已经围了上来,并且还有源源不断的村民朝这里袭来。村民们的脸上再也看不出丝毫的淳朴善良,有的只是阴森,而他们的头上那黑亮的头发也开始野蛮生长,仿佛一条条细小的黑蛇在扭动。

面对如此多的村民,哪怕是身为资深御灵师的沈灵雪也不禁面露绝望:"该死!这些村民全是诡奴!情报有误,能驾驭如此多诡奴的诡异,根本不是 D 级诡异,它至少是 C 级,甚至可能是 B 级!"

情急之下,沈灵雪连实话都吐露了出来。不过方休并没有在意,因为他此时终于想明白了一个问题——为什么整个黑水村中没有一只处于虚幻中的诡异?因为……整个村子没有一个活人!

那些虚幻的诡异无论是以什么样的形态存在,其目的只有一个,那就是吞噬人类,所以他们只会存在于有活人的地方。

黑水村是山区,本就十分偏僻,人烟稀少,现在整个村子的人都成了诡奴,相当于方圆数公里之内一个活人都没有,久而久之,此处自然也就没有诡异了。这也是黑水村明明有诡域却看不见诡异的原因。

第 8 章 诡异源头

"吼!"无数村民爆发出非人的吼叫声,猛地朝众人冲来。

沈灵雪的神情十分沉重,她一咬牙,道:"不能硬拼,待会儿我用火焰轰出一条生路,你们跟在我身后突围。方休,如果我没猜错的话,你手中的手术刀应该是诡器吧?这把刀很锋利,可以斩断头发。这些头发的强度很高,即便是我的火焰,也要焚烧数秒才能将其烧成灰烬,所以目前只有咱们两个可以伤害到这些诡奴。一会儿我来开路,你对付零散的诡奴,刘帅、赵昊,你们两个跟在方休身后,行动!"

随着沈灵雪一声令下,两团炙热明亮的火球被她扔在了人群之中,挡在前方的村民瞬间被炸飞出去,有几人甚至直接变成了火人,剧烈燃烧起来。

包围圈出现了短暂的缺口,几人连忙朝缺口处跑去,不过还没跑两步,村民们再次围了上来。沈灵雪不断用火焰轰击着企图靠近的村民,虽然火球威力巨大,但她一次也仅能解决三五个村民,并且如此高强度的出手,她的灵性消耗得飞快。

赵昊和胖子虽然面露恐惧,但也拿出手枪对着村民不断射击着。可惜手枪对付诡奴的效果不大,即便能在它们身上打出一个洞,可是下一刻,无数发丝便会将洞堵住,伤不到诡奴分毫,仅仅能起到延缓围攻的作用。

几人仅仅冲出数十米远,越来越多的村民便包围了过来。更可怕的是,沈灵雪的灵性快要枯竭了,她手中火球的体积明显越来越小,脸色也越发苍白,一双美眸中逐渐浮现出绝望之色。

这时,一声惊叫传来。是赵昊!只见几缕发丝竟缠绕在了赵昊的脖子上,黑色长发瞬间收紧,将赵昊死死勒住,力道之大,甚至将他拽倒在地,并不断朝着人群中拖去。赵昊用手死死拽着脖颈处的头发,双眼暴突,面色涨红。

"休……哥,救……"

至死方休 [预知]

一道银光闪过,赵昊脖颈处的头发顿时断裂。

"呼……啊……"惊魂未定的赵昊疯狂喘着粗气。然而危机并未解除,下一秒,无数村民的头发飘浮起来,如利剑般朝赵昊射出。那密密麻麻的头发组成了一张大网,瞬间将赵昊吞没。

方休不断挥舞着手术刀,但是手术刀太小,头发太多,哪怕他斩断了一缕又一缕,可这里有上百个村民,就算是找一个专业理发师过来,没个几天几夜也剪不完。于是,赵昊,卒。

这时,又一道惨叫声响起,是胖子。

只见胖子的双脚被头发缠住,整个人直接被拽倒在地,不断拖行,他粗壮的手指死死抠着地面,在地上留下了数道半米长的血痕。

"我不想死啊!救……"

话音戛然而止,胖子被拉入村民之中,无数黑色发丝将他全身缠绕起来,一些细小的发丝直接钻入他的口鼻、耳朵乃至身上所有的眼儿。

沈灵雪那边也不行了,灵性彻底枯竭,一簇火焰都没有了,只能依靠身体不断肉搏。只是,没有灵性的她就如同失去内力的江湖侠客,连个小喽啰都打不过,仅仅坚持了片刻便被拖入村民之中,步了胖子和赵昊的后尘。

至此,只剩方休一人。不是说他的实力最强,论破坏力,肯定是沈灵雪更胜一筹,只是她的火焰虽然威力很大,但明显消耗太高,不够持久,在解决了多个村民之后,沈灵雪的灵性便耗尽了。

反观方休,虽然都是单体攻击,但凭借手术刀以及痛苦之力,显得游刃有余。毕竟他仅仅需要付出一丝痛苦之力,便足以清除一个诡奴,因为他的痛苦之力实在太痛了。只不过,方休落败也仅仅是时间问题,没有队友的助力,哪怕是他也无法同时应对来自四面八方的攻击,且痛苦之力消耗虽小,但他眼下仅仅点亮了百分之五的灵性,论

第 8 章 诡异源头

持久,他还不如沈灵雪。

当然,他还有底牌,但还不到用的时候,因为正主还没出现,就算现在用了底牌,也无法彻底解决这次诡异事件。

面对如此绝境,方休依旧面色平静,他感受到自己的灵性即将耗尽,当即举起手中的手术刀——剧痛袭来,下一秒,方休失去了意识。

"休哥,这到底是怎么回事?这些村民难道都是从小吃黑芝麻长大的?"

"上哪儿找功效这么强的黑芝麻?我刚才看见好几位老人的头发也是如此,乌黑油亮,没有一根白发。"

方休回过神来,目光幽深而平静,宛如深不见底的深潭。他看了看四周还未变异的村民们,心中已然有了猜测。看来这些村民在没有被看破身份时,会如常人一般生活。

这次他暂时不准备对村民出手,因为没用,这些村民都是诡奴,哪怕全灭了,也无法解决这次诡异事件。想要彻底解决这次的事件,唯有找到诡异的真身。很显然,湖底的那具女尸也不是真身,而是如同村民一般的诡奴,被发诡操控了。

只是那只诡异拥有如此多的诡奴,明明可以直接解决他们这些人,为何非要将他们引到黑水河,让那具女尸出手?难道这只诡异在故意转移注意力,让他们误以为女尸才是源头,这样等他们解决掉女尸之后,就会认为已经完成了任务,可以回去交差了?如果真是这样,那问题就来了,特别行动小队被控制这件事又怎么解释?

第一次时,他们一行人可全死在了特别行动小队的枪下。如果诡异的目的是吞噬他们,那凭借上百诡奴,在村主任家过夜当天它就可以出手了,完全没必要多此一举。而且,这只诡异控制村民的手段和控制特别行动小队的手段明显不同,控制村民靠的是头发,每个村民体内都有它的头发，可是特别行动小队成员的体内没有。

两个事件已经开始矛盾了。方休隐隐感觉，其中或许隐藏着某种关键，只是信息太少，他暂时无法判断。或许应该从那具女尸入手。

女尸是谁？她是怎么死的？为何明明都泡在水里了，幕后的诡异还要控制着她？只要搞清楚这些问题，抽丝剥茧之下，定就能找到关键。

但方休不打算按照常理出牌。查明真相那是侦探该干的事，对于诡异，他只管清除，不管善后。

只见方休拿出调查局给的加密手机，开始拨打电话："苏可欣，告诉特别行动小队，立刻掉头去附近的加油站，把所有的汽油、柴油都买了带来。"说完，他便直接挂断了电话。

沈灵雪等人立刻诧异地看向他。

"休哥，你要汽油做什么？"赵昊好奇地道。

"我自有用处。"方休平静地道。

安排好之后，方休再度按照之前的流程走了一遍，不同的是，这次他直接将一男一女赶走了。至于特别行动小队，方休让他们布置好抽水泵，挖好沟渠，就赶紧离开，不给他们被控制的机会。看了两次，他也大致了解了应该如何用水泵抽干黑水河的水，可以自己操作。

忙活了半天，抽干了河水之后，诡发再次出现，沈灵雪与之大战。方休则开始检查汽油、柴油，特别行动小队很是负责，执行力丝毫不打折扣，带来了近百桶汽油和柴油。

很快，沈灵雪成功将那团头发烧成灰烬，解决了战斗。

"任务完成，可以准备回去了。"

"还没完。"方休摇了摇头，"它只是诡异的分身，真正的诡异还藏在黑水村中。"

沈灵雪一愣，委婉地问道："你感知到了？"

第 8 章 诡异源头

"嗯,不止如此,整个黑水村的村民都是那只诡异的诡奴,已经没有一个活人了,只有找到诡异的真身才能彻底解决这次事件。"方休一脸平静地说着令人毛骨悚然的话。

"什么?"沈灵雪等人瞬间大惊失色,"你确定没……感知错?"

"我的感知不会出错。"

"方休,如果真如你所说,那这只诡异的等级极有可能是 B 级,这根本不是我们能对付的,现在最好的办法就是和调查局汇报,等待援助。"沈灵雪沉声道。

方休看了她一眼:"调查局总共有多少御灵师?十几人还是二十几人?其中又有多少是新手?这点人手负责着整个绿藤市的诡异事件,你觉得上面要多久才能派人来?"

"如果上面暂时无法派人支援,那现在最好的做法是回去,我决不允许你去冒险!"

此话一出,一旁毫不知情的胖子用贼兮兮的目光在两人之间不断打量,甚至还小声和赵昊说道:"喂,我怎么感觉这两人之间有情况啊?沈灵雪对方休明显不是一般的关心啊。"

知道内幕的赵昊没有说话,只是翻了个白眼。

方休自然不会听从沈灵雪的建议,黑水村的诡异虽强,但他感觉有把握解决。

面对诡异,除非是碰到那种实力差距过大,无论再怎么死亡回档也打不过的,比如老婆,他才会选择暂时退却,不然,他一定死磕到底。

"昊天,你带胖子走远点,我有话要单独和沈灵雪说。"

"好的,休哥。"赵昊应了一声,拉着胖子就往旁边走去。

胖子露出一副果然如此的表情,心想:我就说你们两个有情况吧。

待两人走后,方休平静地道:"无须和上面汇报,我已经预知到了结局。"

沈灵雪诧异地看了他一眼："结局是怎么样的？"

"自然是大获全胜，成功解决了黑水村事件。"

"你确定？"沈灵雪表示怀疑，因为她想起了方休在进行心灵污染测试时的表现，方休是那种为了清除诡异可以不顾生死的人。

"到现在为止，我的预知可曾出过一次错？"

"嗯……确实没错过，可是……"

"没什么好可是的，命只有一条，如果没有十足的把握，你觉得我是那种不在意性命的人吗？"

这句话打动了沈灵雪，确实，在她心中，方休是那种遇事永远冷静，绝对不会冲动，且谋定而后动的人。有时候，即便是自己这个资深御灵师，也不得不承认，在心理素质这方面，自己比方休差上一些。

这时，沈灵雪的余光注意到了装满汽油的大桶，她猛然意识到了什么，脱口而出："你买汽油不会是为了放火烧村吧？"

方休点了点头，十分平静地说道："不错，黑水村已经没有存在的必要了。"方休说完，根本不给沈灵雪决定的时间，扭头就走。

"哎，你……"沈灵雪张了张嘴，最后还是没说出什么，主要是方休的举动每一次都太……太出人意料了。

这还是她第一次见有御灵师如此解决诡异事件的。诡异藏在河里，就抽干河水，村子里都是诡奴，就放火烧村，这手段着实有些惊人。

与此同时，在黑水村附近的一处隐秘树林中，之前出现的身穿冲锋衣的旅者男女竟双双跪倒在地，他们神色木然，双眼无神。如果说之前他们表现得还像人，那现在他们给人的感觉就是两只被操控的木偶。

他们的面前站着一名身穿貂绒大衣、酒红色长裙的妩媚女子。女

第 8 章　诡异源头

子看着跪在地上的两人，若有所思："好不容易让你们两个傀儡在特别行动小队身上留下了种子，本以为可以操控他们趁乱杀了沈灵雪等人，没想到那个叫方休的小子居然直接让特别行动小队回去了。是无意的，还是有所察觉？不论怎样，方休都不简单，既然青铜烛台在他身上，那就意味着林子阳多半已经死了，拥有这样的实力，却只是一名新晋御灵师，他身上一定有秘密。"

说着说着，酒红色长裙女子突然叹息起来："哎，我的命好苦啊，本以为很快就能解决他们，没想到还得另寻机会，还要在这深山老林待多久啊？你们说，方休他们为什么不能乖乖去死呢？"

第 9 章
胜算在我

时间很快来到晚上九点，方休等人趁着夜色藏在了黑水村外围。他没有选择在白天的时候动手，因为那样太容易被发现了，所以特意等到晚上，等村民们都回屋睡觉了再动手。

山里没什么娱乐活动，村民们都是早睡早起，到了晚上九点这个时间点，基本上已经没什么人出来活动了。

"分头行动，把全村都浇上汽油。"方休吩咐道。

"好的，休哥。"

赵昊等人一人提起两桶汽油，趁着夜色开始行动。方休也没闲着，也跟着四处浇油。这只诡异不是喜欢演吗？那就送你一场盛大的火焰表演。

一小时之后，整个黑水村的房屋四周都被浇上了汽油，好在山里比较冷，汽油不至于太快挥发。

"沈灵雪，点火。"

沈灵雪犹豫了一下，最终还是选择相信方休。她伸出一根白皙修长的手指，一团小火苗瞬间出现在她的指尖。只见她屈指一弹，那团小火苗顿时落在了汽油上面。汽油被点燃，爆发出滔天的火光，树木、

第 9 章 胜算在我

房屋、鸡舍、柴火堆……一切都被大火无情吞噬。一时间，在火焰的照耀下，整个黑水村竟亮如白昼。

感受到一股股热浪袭来，方休等人不由得稍稍退后了一段距离。

"休……休哥，黑水村的村民真的都是诡奴吗？这要是你感知错了，那咱们可是犯了滔天大罪啊！"刘帅有些忐忑地问道。

方休没有理他，而是平静地注视着燃烧中的黑水村，火焰在他漆黑的瞳仁中不断闪烁。

"你们不觉得太安静了吗？"赵昊似乎意识到了什么，"如果村民都是正常人，那大火之下，为什么没人惨叫？他们甚至都没出屋子。"

此时，整个黑水村已经彻底陷入一片火海。

蓦地，一声极度压抑低沉的嘶吼自火海中传出，那声音极具穿透力，哪怕方休等人离得很远，依旧感觉耳膜生疼。

骤然间，一道饱含杀意的尖锐女声响起："你们……该死！"

轰！黑水村西北角的一处房屋竟瞬间爆裂，一时间无数火光飞溅。

终于肯现身了吗？方休的右眼中闪过一抹兴奋的血光。

只见在漫天火光的映衬下，一名年轻女子缓缓从废墟中走出。她身材干瘦，皮肤粗糙，左脸上带着一大块黑色胎记，身穿红色碎花上衣，像极了农家女，可她却长着一头银白色的及腰长发，与她的形象显得极其不搭。

随着她的出现，一股恐怖的诡异气息蔓延开来，那气息冰寒无比，竟隐隐压过这滔天的火焰，连带着周围的气温都下降了几度。

看着这陌生的银发女子，方休并不感到意外，如果幕后黑手是村主任或者王富贵之流，他才会意外。毕竟既然幕后黑手决定隐藏起来，那最好的做法就是不露面，省得露出破绽。要是像电视剧中那样天天在你眼前转悠，那不是白白给主角发现异常的机会吗？

"我本来没想杀你们，可你们竟敢毁了我的家，所以，你们该死！"

银发女子的话仿佛信号一般，下一刻，一个个村民竟从那些被火焰吞噬的房屋中走了出来。这些村民浑身被火焰覆盖，皮肤早已烧焦，露出了里面同样焦黑的头发，那些头发不断燃烧，又不断生长，往复循环。它们无声地嘶吼着，仿佛在地狱中挣扎的幽魂。

方休见到这一幕并未惊讶，他早就猜到普通的火焰根本无法烧死这些诡奴，只能对他们造成一定的伤害。毕竟组成诡奴的头发虽然纤细，但坚韧程度堪比钢丝。

诡奴们聚集在银发女子四周，如同在忠心护卫自己的女王陛下。这时，只见银发女子对着黑水河的方向招了招手，一股强大的灵性波动出现，黑水河方向顿时响起了浪花翻滚的声音。

下一秒，令人震惊的一幕出现了——一道十多米高的巨浪仿佛被某种神奇的力量牵引，自黑水河涌起，朝黑水村扑来。巨浪狠狠拍下，如同一个巨大的巴掌，将黑水村的滔天火焰瞬间扑灭。那些诡奴身上的火焰也随之熄灭，只不过它们此时已经完全没了人的模样，只有人的形状。它们通体漆黑，好像一个个木乃伊，只不过包裹它们的不是布条，而是头发。

见到这一幕，沈灵雪震惊了，因为她刚刚清晰地感受到了银发女子身上强大的灵性波动。

"她不是诡异！她是御灵师！二阶御灵师！她的能力是控水！"沈灵雪惊呼道。

听到这话，原本方休右眼中隐隐升起的血光瞬间熄灭，就好像一个正要燃烧的火炉，被人浇了一盆冷水。

"她是御灵师？可那些诡奴是怎么回事？"赵昊吃惊地问道。

"她确实是御灵师，但她的头发是诡异！如果我没猜错的话，这只发诡应该是附身类诡异，它附在了这人的身上。"沈灵雪解释道。

方休听完,右眼中的血光又开始升起。此时,他已经逐渐理解一切。

第 9 章　胜算在我

第一天晚上，就是银发女子出手将他们引到了黑水河。她先利用控水的能力操控黑水河，再利用发诡的能力操控女尸。

"杀了他们！"随着银发女子的一声令下，她身边的上百个诡奴嘶吼着朝方休等人冲来。

"妈呀！救命啊！"

"休……休哥，他们人多，要不先撤？"

"方休，你不是说咱们一定能赢吗？胜算在哪儿？"沈灵雪焦急地问道。

她虽然对自己的实力比较自信，但面对一名二阶御灵师外加上百名诡奴，这已经不是自不自信的问题，而是能不能活的问题。这般强大的阵容，放眼整个调查局，怕也只有队长杨明和副队长白齐能够应对。

面对上百诡奴发起的冲锋，方休不仅没有丝毫慌张，反而森然一笑："胜算在我！"

沈灵雪一愣："方休，现在不是开玩笑的时候，你……"

"你们只需要牵制住这些诡奴，让我能够接近银发女人即可。"

其实，此时最正确的做法是再次回档。因为已经知道了诡异的真身是谁，便可以徐徐图之，寻找机会暗中清除，比如调来一些重武器，直接在银发女子不知情的情况下，给她来上一发。虽然重武器很难对诡异起作用，但银发女子本身可是人。可方休并不打算这么做。

他要对付的从来都不是某一只诡异，而是全世界所有的诡异。强大的诡异比比皆是，如果每次都选择取巧的方法，如何在生死之间磨炼灵性，快速增长实力？

二阶御灵师的实力，加上百诡奴，还有一只 B 级的发诡，现在确实是银发女子的最强状态，可那又如何？既然选择要打，就在她最强的时候打！如果连这种程度都做不到的话，谈何让全世界的诡异消失?

上一次被诡奴包围时,方休没打算硬拼,因为正主没有出现,即使拼到最后,也伤不到人家一根汗毛。但现在不同,正主出现了,他终于可以痛痛快快地打一次了。

眼看诡奴们越来越近,方休终于掏出了他的手术刀,然后对着刘帅来了一刀。

"啊!你干什么?"刘帅捂着带血的手掌,止不住地叫唤起来。

"接着。"方休直接将青铜烛台扔给了他。

刘帅下意识伸手接住:"这是什么?"

一旁的沈灵雪瞳孔骤然收缩:"这是诡器!"

"这件诡器以蕴含灵性的鲜血为燃料,点燃之后能够防御诡异。胖子,你血多,就由你来拿着它。"

"这就是你突然给我一刀的理由?"刘帅愕然。他吐槽了一句,随后乖乖用带血的左手握住青铜烛台,当青铜烛台碰触到鲜血的那一刻,它仿佛活了过来,青铜花纹开始缓缓蠕动,无数线条扭曲着,最终缓缓汇聚成一只狰狞大口,狠狠吮吸着胖子手上的鲜血,把他吓了一跳。

随着血液不断流逝,青铜烛台居然无火自燃,一朵幽绿色的烛火亮起,那阴森的绿光缓缓将众人笼罩。烛光森寒,带着一种刺骨的寒冷。

此时,上百诡奴已经冲到众人眼前,赵昊吓得急忙缩到刘帅身后:"胖子,靠你了!"

胖子两股战战,脸色惨白,已经吓得一句话也说不出了,只是握着青铜烛台的手越发用力,都爆起了青筋。

下一刻,诡奴嘶吼着冲进了幽绿烛光的笼罩范围。瞬间,无数刺耳的滋滋声响起,那幽绿的烛光仿佛硫酸一般,疯狂腐蚀着诡奴的身

第 9 章　胜算在我

体，组成它们的发丝竟开始扭曲变形，冒起了黑烟。不仅如此，随着这些诡奴不断深入，它们的速度变得越来越慢，动作也越发迟缓，显然烛光对他们造成了不小的伤害和阻碍。沈灵雪等人瞬间大喜，似乎没想到青铜烛台如此好用。

然而，刘帅很快就笑不出来了，因为他脸上的血色正以肉眼可见的速度下降，连那肥嘟嘟的嘴唇都失去了血色："快……快行动，我坚持不了太久。"

一道银光闪过，方休干脆利落地解决了一只诡奴。沈灵雪也行动起来，双手凝聚炙热的火焰，不断朝诡奴们发动攻击。这次，他们两人战斗得十分轻松，因为在青铜烛台的笼罩范围内，这些诡奴不仅行动迟缓，连头发的韧性都在下降，完全就是一个个移动的靶子。

诡奴们想要发动技能，操控自己身上的头发，让其蔓延而出，进行铺天盖地的头发攻击，但在青铜烛台的作用下，那些飘浮而出的头发刚一离开诡奴的身体，便凭空被腐蚀，根本无法形成有效的进攻。于是几人凭借着青铜烛台，一步步朝银发女子逼近。

不过，这种轻松没能持续太久，因为刘帅的血量正在以十分恐怖的速度下降。

青铜烛台的特性，是诡异越强，消耗越大，这些诡奴虽然单体实力不是太强，但数量太多了。此时的刘帅感觉就像是一个小时内连续献了三次血，整个人被三倍量的光荣冲得头脑发昏，眼前发黑。

这时，赵昊割破手掌，一把抢过了青铜烛台："胖子，你先休息一会儿，我来！"

方休注意到了两人的情况，当即道："沈灵雪，开路。"

沈灵雪也知道情况危急，现在需要做的就是完全听从方休的吩咐，给他创造机会。虽然不知道他要做什么，但她现在唯一能做的就是相信。

至死方休 预知

她猛地摊开双手，眼睛中似乎有火焰在燃烧，以她为中心，四周的温度陡然升高，仿佛置身火炉。下一秒，两团炙热无比的火焰出现在她的手中，火焰逐渐升腾，如同两条火蛇从掌心升起，在头顶汇聚，最终形成了一个巨大的宛若小太阳一般的火球。在火光的映衬下，沈灵雪发丝飞舞，白皙精致的容颜在黑夜中熠熠生辉，仿若火焰女神。

她单手托举着小太阳，神情严肃地对着方休道："我能做的只有这么多了，无论你接下来要做什么，一定要成功！"

只见她气势十足地大喊一声，就要扔出手中的小太阳："你们这些该死的诡异，给我……"

哗啦！一吨冷水从天而降，直接浇灭了沈灵雪的小太阳，给她来了个透心凉。猝不及防之下，沈灵雪直接被狠狠拍倒在地。原本飞扬的发丝耷拉了，洁白的运动服污损了，精致的妆容也花了。最惨的是，她是脸着地，整个被拍进了泥里，脸上不可避免地沾上了污泥，就如同敷了一层海藻泥面膜。

这时，银发女子阴沉的声音响起："该死的，你当我不存在吗？"

可能是因为银发女子生得丑陋，所以她很是针对沈灵雪。都说水火相克，但究竟是水克火，还是火克水，那就要看谁更强了。很明显，身为二阶御灵师的银发女子要强于沈灵雪。并且，由于银发女子是御灵师，故而青铜烛台无法阻挡她的进攻。

"你这个贱人，你竟敢……"沈灵雪急了，她从来没有如此狼狈过，挣扎着就要从泥水中起身。谁料又一吨水从天而降，沈灵雪再次被狠狠地拍在地上，一时间场面竟显得有些滑稽。

"我一定要杀……"话还没说完，水再一次从天而降。

"桀桀桀桀……"银发女子此时竟诡异地笑了起来，仿佛看到美女变得如此狼狈，让她觉得分外愉悦。凭什么你能不染尘埃，干干净净一身白？别坐高台了，我要你掉下来，掉进尘埃！

第 9 章　胜算在我

就在两人激情互攻之时，方休并没有看热闹，而是不断出手攻击四周涌上来的诡奴。很快，他解决了十几只诡奴，却仅仅前行了几米。

此时情况十分危急。青铜烛台发出的绿色烛光就像是一个巨大的玻璃罩一般，将方休等人笼罩，他们顶着玻璃罩前行。但由于沈灵雪已经倒下，清除诡奴的速度大大降低，以至于围上来的诡奴越来越多，眼下几人已经被完全包围了。赵昊消耗的血量太多了，连站立都困难，全靠一旁的刘帅搀扶。

方休平静地注视着这一切，他清楚地知道，己方队伍已经快要到达极限了。

沈灵雪被拍进泥里，赵昊、刘帅失血过多，而自己在清除了十几只诡异之后，灵性已经减半。现在方休已经不能再轻易动用灵性了，因为他要留着灵性发动血瞳。

之前他的计划是让赵昊他们和沈灵雪分别利用青铜烛台和火焰攻击开路，让自己能成功接近银发女子，再施展血瞳，施行清除计划。只是可惜，计划永远赶不上变化，此时他距离银发女子还有几十米远，这个距离根本无法发动血瞳。

其实，从幕后黑手出现的那一刻，胜利的天平就开始倾斜。

一开始，所有人都认为幕后黑手是诡异，可谁也没想到对方竟是诡异与御灵师的结合体。这两者加在一起，完全是一加一大于二的效果。

就在方休考虑是选择回档，还是现在就动用手术刀这张底牌拼一把时，他身后突然传来一道自信阳光且充满磁性的声音："休哥，麻烦让让。"

方休眉头微皱，很显然没想到自己背后居然多了一个陌生人，这是什么时候的事？他回头看去，只见一名身高一米八五，五官立体精

至死方休 预知

致，皮肤白皙，梳着大背头，身材犹如模特一般的男子，正微笑着注视着四周的诡奴。男子的笑容虽然很浅，却充满了自信与阳光，仿佛能驱散四周的阴霾与恐怖，背头在他身上更是看不出丝毫油腻，反而尽显气质，拥有一种让人信服的力量。

看着眼前的阳光开朗大男孩，方休眼中闪过一抹疑惑。这人怎么长得"昊里昊气"的？很像赵昊，还是至臻版赵昊，而且他刚刚喊的也是"休哥"。"日天？"

阳光开朗大男孩的嘴角勾起一抹迷人的弧度："是我。休哥，我知道你现在很惊讶，但请你先不要惊讶，因为更惊讶的在后面。"赵昊说着，随手将青铜烛台给了刘帅。随后，他越过方休，双手插兜，步伐沉稳，神色傲然，独自一人朝诡奴们走去。明明是被包围了，他却走出了一个人包围所有诡奴的架势。

很快，赵昊便走出了烛光保护的范围，一众诡奴见他出来，一个个犹如闻到腥味的鲨鱼，疯狂地朝他冲去。这时，赵昊终于将双手从裤兜中拿出，双手交叉活动了一下关节，指骨间发出清脆的响声。面对一众冲来的诡奴，他傲然一笑："子时已到。"

话音未落，赵昊的身形竟如鬼魅一般消失在原地。他张开双手，冲入诡奴群中，左右两侧的诡奴瞬间被他铁钳一般的胳膊死死拦住，如猛虎下山一般，仅仅一个冲撞便撞倒了二十多只诡奴。要知道，这每一只诡奴的力量都远超常人，组成身体的头发丝更是堪比钢丝，这等强度之下，除非是强化系的御灵师，不然很难做到这种程度。可赵昊偏偏做到了。

这一撞，也让他成功冲到了诡奴群的中心部位，在这里，他犹如一辆重型坦克，开始横冲直撞。一拳挥出，一只诡奴的头颅当即化作漫天的黑色发丝，随风飘扬；一脚踢出，数只诡奴直接倒飞出去，好似打保龄球一般撞倒一片。此刻，赵昊的战斗力简直爆表！

第 9 章　胜算在我

此时此刻，方休脑海中回想起当初赵昊刚觉醒能力时给自己打的那通电话——

"我的能力就是晚上十一点之后会变帅，然后身体素质会提升，浑身肌肉……身体素质的提升只是附带的……"

所以，这就是附带的身体素质？任谁觉醒了这个能力，都不会觉得这是附带的吧？这对自身能力的认知未免也太偏了。

一旁的刘帅呆呆地看着大发神威的赵昊，眼看着对方轻而易举地将一只诡奴高高举过头顶，然后徒手将其撕成两半，他眼珠子都快看直了。

"赵昊的能力……好强！"刘帅有些失神地喃喃道。

"你看见赵昊变身的全过程了？"方休突然问道。

刘帅咽了下口水，点了点头："刚刚他还一脸虚弱加害怕地靠在我怀里，谁知道十一点一到，一道白光从他身上闪过，这小子就仿佛变了一个人，变得充满自信……"

方休打断了他："我只想知道一个问题，赵昊变高变帅可以用能力去解释，但是他的背头是怎么回事？难道这能力还能凭空变出发胶？"

"啊……其实那不是发胶，是口水。我刚才看见赵昊变身完，往自己手上吐了两口口水，然后抹头上了。"

不远处正在战斗的赵昊似乎听到了什么，原本英俊潇洒的身姿差点一个跟跄摔倒在地，不过他很快就装作一副什么事情都没有发生过的样子继续战斗了。只是，接下来他明显出手更重了一些，观赏性也更强了，看得刘帅一阵眼花缭乱，内心不由得涌起一丝丝自卑。

原来……整个队伍中只有我是废物？不对，至少我血多。这般安慰着自己，胖子咬了咬牙，用力攥了攥青铜烛台，企图多挤出点血，发光发热。然后……然后他就眼前一黑，因失血过多晕了过去。

胖子晕倒后，青铜烛台也从他的手中滚落。不过此时也用不到青铜烛台了,因为赵昊一个人吸引了所有诡奴的注意力。

如此巨大的动静自然引起了银发女子的注意,她看着大发神威的赵昊,不由得眉头一皱。趁着注意力被转移,暴怒的沈灵雪抓住机会,从泥坑中爬起,抬手就是一记火焰:"去死!"

银发女子的注意力依然在赵昊的身上,看都没看沈灵雪一眼,只是随手一挥,一条十分粗壮的水柱便从天而降,再次狠狠砸在沈灵雪身上,浇灭了她的火焰,也打破了她对自身实力的幻想,顺带将她再度拍进泥坑里,她的骨头都被撞断了好几根。沈灵雪白眼一翻,直接昏死过去。

二阶的水对上一阶的火,简直是天生克制。解决完沈灵雪之后,银发女子对着赵昊猛挥小手,只见赵昊四周那些被他撕碎的头发竟然缓缓飘了起来,汇聚成一缕一缕,它们不断扭动着,如一条条细小的黑蛇,很快,这些头发全部升空。

数以亿计的头发在月光的映衬下,化作一道黑色蛛网,遮天蔽日一般,狠狠朝赵昊扑去。因为蛛网的范围很大,完全封死了赵昊的退路,所以他直接被网在了其中。被网住的赵昊丝毫不慌,依旧自信满满、傲然而立,他还特地用手撑了一下网,避免发型被破坏。

"你以为凭借这种小手段就能控制住我?看来你还未认清我们之间的差距。"说着,赵昊猛然发力,在他恐怖的力量之下,那黑色蛛网直接被撕开了一个大洞。

银发女子却冷笑起来,只见那被撕坏的头发竟然以肉眼可见的速度生长起来,仅仅瞬间,被撕坏的地方便长好了。

赵昊顿时面色一冷,再度出手撕扯头发,可任凭他如何撕扯,头发总能很快长好,仿佛无穷无尽。赵昊急了,感觉自己刚装完就被打脸了。他疯狂撕扯着头发,却没有注意到自己脚下堆积的碎发越来越多。下一刻,这些碎发竟如同小蝌蚪一般蠕动起来,疯狂地朝赵昊

第 9 章 胜算在我

袭去，目标是他的眼睛、鼻孔、嘴巴、耳朵乃至全身所有的孔。

因为被头发网困住了，赵昊根本无法躲避这些蜂拥而至的碎头发，他大惊失色："休哥救我！"

一道银光从天而降，以迅雷不及掩耳之势劈开了发网。被方休斩断的头发并没有再度复原，因为他动用了痛苦之力。赵昊赶紧从发网中钻了出来，拼命拍打着身上的碎发，待拍完之后，他像没事人一样，再度傲然冷笑。

"居然能将我逼到这种程度，你足以自傲了，不过，一切到此为止了！"赵昊大喝一声，随即双腿微屈，猛然发力，地面被他踩出了两道深深的脚印，而他整个人犹如炮弹一般朝银发女子冲去。

银发女子似乎被他轻蔑的态度所激怒，当即冷哼一声，猛地甩头，挥动银色长发。那长发宛若一道银色瀑布，狠狠朝着赵昊袭去。

"啊！"赵昊被击中后，以更快的速度倒飞出去，整个人摔进了树林，一路贯穿无数大树，犁出一道长长的痕迹后才停下。他倒在了树堆里，溅起一大片尘土。

很显然，这才是银发女子真正的实力，她与被赵昊解决的那些诡奴根本不是一个档次的。

解决了赵昊之后，银发女子眼中闪过一抹快意，可没过多久，惊变陡生！

只见一道带有刺骨寒意的银光顺着月华从天而降，银发女子本能地朝天空看去，只见方休从天而降，手中拿着一把散发着诡异力量的手术刀，狠狠朝自己插来。此时高悬的明月仿佛成了他的背景板，皎洁的月光与银亮的刀光同时映入银发女子的眼眸中。

这就是方休一直以来等待的机会。

银发女子不愧是二阶御灵师，虽然不认识手术刀，却能清晰地感觉到其中蕴含的力量。念动之间，她银色的长发动了，犹如一条粗壮的触手，以极快的速度狠狠朝方休的手臂卷去。

方休握着手术刀的右手顿时像被铁钳牢牢夹住一般，无法动弹分毫，这银发的强度显然要远超黑发。可能是为了防止方休用左手去拿手术刀，另一缕银色发丝死死缠绕住了他的左手，至此，方休的两只手全部被限制，整个人被吊在了半空中。

银发女子露出胜券在握的笑意，正当她打算欣赏方休的惊恐与害怕之时，却赫然发现此时的方休竟如胜利者一般，正居高临下地看着自己。

清冷的月光下，方休的脸庞被隐藏在一片阴影之中，随后，一只诡异血瞳赫然亮起！那血光猩红无比，散发着诡异与不祥的气息。

"看着我的眼睛！"森然冰寒的声音在银发女子耳边响起。下一刻，四目相对！血瞳之中爆发出一股诡异的灵性波动，那股波动瞬间射入银发女子的眼中。银发女子的大脑如遭重击，脑中一阵嗡鸣，随后人竟直接晕了过去。束缚着方休的银发长发顿时松开，方休顺势从空中掉落，手中的手术刀再度狠狠刺向银发女子。

就在这时，远处突然传来数道破空声！三柄闪着银光的飞刀呈品字形朝方休射来。面对这突如其来的暗器，方休没有丝毫惊慌，甚至嘴角微微露出了冷笑。终于肯现身了吗？

他立刻改变手术刀的方向，以极快的速度在空中划过。"铛铛铛！"三声清脆的金属交鸣声响起，那激射而来的三柄飞刀立刻都断裂成了两节，不过飞刀的力道也让方休被击飞出去数米远。

不远处，一座小山坡后面，两女两男缓缓走出。

为首的赫然是酒红色长裙女子，跟在她身后的是那对旅者男女以及一个浑身隐藏在黑色兜帽之下，身材宽阔，两米多高的肌肉壮汉。

酒红色长裙女子没有丝毫的废话，直接发号施令："杀了他！"

接收到命令后，旅者男女当即掏出手枪，对着方休开始不断射击。

第 9 章 胜算在我

方休毕竟是血肉之躯，自然不可能硬抗子弹，当即闪转挪移，躲入一块巨石之后。

这种距离，用的还是两把手枪，很难打中一个点亮了百分之五灵性的御灵师。不过酒红色长裙女子的目的似乎不是击杀方休，哪怕方休躲在了巨石后面，她依旧没有让手下暂停射击。直至子弹打光，旅者男女才停手，两人双目无神地站在一旁，一动不动，宛若木偶，等待着新的命令。

方休缓缓从巨石后起身，朝酒红色长裙女子看去，终于知道了她的目的——银发女子！刚刚昏倒在地的银发女子竟不知何时被那个两米多高的壮汉扛走了。

"快！快把她给我！"酒红色长裙女子看着被壮汉搬来的银发女子，性感的双眸中爆发出难以抑制的狂喜。

终于，银发女子被放到了她的身边，她赶忙伸出修长嫩白的小手，一掌拍在银发女子的额头上，一股诡异的灵性波动如同寄生虫一般钻入银发女子的大脑中。

下一刻，原本昏厥的银发女子竟然自己站了起来，不过此时的她双目无神，浑身僵硬宛若傀儡，而后，银发女子直接跪倒在酒红色长裙女子的脚边："王二妮参见主人。"说着，银发女子竟还主动将脸朝酒红长裙女子的脚凑去，在对方裸露的白皙脚背上轻轻一吻，以示臣服。

"哈哈哈……"酒红色长裙女子骤然间爆发出一阵狂喜的笑声，她太兴奋了，连那性感的脸庞都爬上了两抹红晕，"二阶御灵师！B级诡异！这等强大的战力，现在都是我的了！哈哈哈……"

"笑够了吗？"一道平静的声音打断了酒红色长裙女子的狂笑。

"嗯？"女子缓缓停止了笑声，妖娆地看去，眼神仿佛能拉丝一般，对着方休俏皮地眨了眨眼道，"方休是吧？看到我们出现，你似乎并不惊讶？"

"光明俱乐部的人会出现，倒也没什么值得好惊讶的。"

酒红色长裙女子越发讶然，她饶有兴趣地道："你认识我？"

"王嫣然，傀儡师，光明俱乐部核心会员。"方休平静地说出了她的名字，这也是之前从林子阳口中得知的，包括王嫣然的长相、性格、能力、地位等。他虽然没有见过她，但是对方刚刚展现的能力，足够他做出判断了。

当初特别行动小队的人被控制时，他便早有猜测。因为银发女子控制村民的手段，明显和控制特别行动小队成员的手段有所不同，特别行动小队成员体内没有头发。

而且银发女子实力很强，完全可以在当天夜里他们还在村主任家的时候，直接控制全村的诡奴解决他们，可是她没这么做，而是大费周折地将他们引到了黑水河。不难判断，银发女子从一开始就没打算杀死他们四个人，联想到她对黑水村如此重视，甚至将其当成家，很有可能她就是想弄出一个替身，让他们解决完之后就回去交差。不过，傀儡师王嫣然横插一脚，导致事态逐渐升级。

"想不到我都如此出名了。"王嫣然娇笑一声，"方休，说起来我还得好好谢谢你，如果不是你们几人拼死争斗，最后成功将王二妮击晕，我也不会有机会去控制一名二阶御灵师。如今，我控制了王二妮，她的发诡也被我掌握，你可真是帮了我一个大忙。作为感谢，我将赐予你最高荣耀。过来亲吻我的脚，乖乖成为我的傀儡，你就能活。"

面对王嫣然的侮辱，方休脸色平静，只是淡淡道："你废话真多，并且还让我等了这么久，久到我以为你不敢出现了。"

"哦？"王嫣然秀眉微微一蹙，"等我？你不会是想说，你刚刚和王二妮苦战，都是在假装，为的就是等我出来坐收渔翁之利吧？"

"不然呢？"

第 9 章 胜算在我

不知道为何,看着方休平静的脸庞,王嫣然顿时感觉一股无名火从心中涌起。

"呵呵,小帅哥,我本以为你是个识时务的人,没想到你根本分不清形式。你们那边只剩下你一个人还有战斗力,而我这边却有两名灵性点亮了百分之十以上的御灵师、一名二阶御灵师、一只 B 级诡异,外加几十只诡奴,这般豪华的阵容,你输定了。"说到这儿,王嫣然似乎对方休失去了兴趣,直接挥了挥手道,"杀了他。"

随着她一声令下,残存的几十只诡奴纷纷嘶吼着朝方休冲去。她身边那位两米多高的壮汉也嘶吼一声,身上的肌肉瞬间膨胀,衣服直接被崩开,露出里面铁青色的肌肉,仔细看去,那肌肉竟散发着金属光泽。他犹如一座巨型坦克一般,朝方休冲去。同时出击的还有王二妮,无数银色发丝化作铺天盖地的箭雨,径直朝方休射去。

王嫣然虽然看上去放浪形骸,却是一个谨慎的人,哪怕就阵容来看,一定是自己赢,但方休那异常的平静让她隐隐不安,所以她一出手便使出全力,争取把所有危险扼杀在摇篮里。

清冷的月光下,方休孤零零地站着,单薄的影子被拉得很长,而他周围是如潮水般涌来的敌人。他面对的,是浑身由黑色发丝组成的诡奴、肌肉散发着金属光泽的壮汉、铺天盖地射来的银色发丝……而他的队友,沈灵雪满身泥泞地晕倒在泥水里;赵昊被击飞数十米远,不知所终;刘帅因失血过多昏了过去。

面对这样的差距,哪怕是一名二阶御灵师站在这里,都要绝望,方休却笑了。下一刻,他控制自身灵性引爆了手术刀中的诡异力量,那是它消灭了无数诡异所存留下的力量。

无数道恐怖斑驳的诡异气息化作一缕缕黑烟,自手术刀中呼啸而出,每一缕黑烟中似乎都有一只恐怖的诡异在嘶吼。这些黑烟犹如一条条黑色巨蟒,在方休周身缠绕、翻腾,最终顺着他的口鼻、眼睛、

至死方休 预知

耳朵疯狂涌入体内,将他的七窍都染成了黑色。而随着诡异力量的不断涌入,他的心灵越发扭曲,气息越来越强,笑声也逐渐扭曲。

"桀桀桀桀……"恐怖的狞笑响彻全场,如从九幽地狱中传来的幽魂索命声,"就这,我怎么输啊?"

当手术刀中蕴含的诡异力量全部涌入方休体内,他压抑的心灵终于在这一刻得到释放。平静只是他的保护色,保护自己不被那些虚幻的诡异发现,疯狂才是他的本色。

此时他像是完全变了一个人,浑身被黑气缠绕着,黑气中还隐隐凝聚着无数诡异虚影,诡异的右眼绽放着猩红的光泽,压抑狰狞的恐怖笑声从他喉咙中挤出,昔日的平静全部化作疯狂。

见到这一幕,王嫣然大惊失色:"快!快阻止他!他要畸变了!"

然而,一切早已来不及。伴随着恐怖的狞笑声,方休动了。他单手握住银亮的手术刀,身形如鬼魅一般,瞬间消失在原地。

黑暗的大地上亮起了一道银色闪电!闪电贯穿全场,当方休再度出现时,他已经来到了战场的另一边。而被银光贯穿的诡奴们,一个个犹如被按下了暂停键一般,僵硬在原地。下一刻,微风拂过,十几只诡奴纷纷倒地,组成它们身体的头发散落一地,随即扭曲枯萎。

这时,漫天的银色"箭雨"到了,密密麻麻,铺天盖地,仿佛封锁了一切的生路。然而,方休的身影却化作道道黑色残影,不断地在银色箭雨中闪转挪移。他的动作优雅而迅捷,他的神情疯狂而狰狞,他就像是月光下的黑暗舞者,硬生生从这铺天盖地的攻击中找寻到一线生机。甚至,在躲避箭雨的同时,他手中的手术刀不断地翻飞,犹如死神镰刀一般,不断地收割着一只又一只诡奴的生命,短短片刻,诡奴便被屠戮一空。

"什么?这怎么可能?"王嫣然见到这诡异的一幕顿时大惊失色,"他竟然敢让如此庞大混乱的诡异力量进入自己的身体,这是要和我

第 9 章　胜算在我

同归于尽啊！疯子！这就是个疯子！快！都给我上！"

王嫣然将王二妮也派了出去，显然是下定决心要除掉方休。就连那对旅者男女也拿着换好子弹的手枪冲了上去。不过这两人去得快，死得也快，方休甚至都没有看他们一眼，一脚踢起地上的两块碎石，那碎石便如同子弹一般直击两人的额头，两人当即怒目圆睁，直挺挺地倒地。

很快，王二妮加入战场，她气场全开，银色的发丝不断飞舞，不断生长，短短时间，居然长到了数十米长。下一刻，亿万银色发丝纠缠在一起，凝结成一根锥形的银色尖刺，宛若一根蝎子尾巴，狠狠朝着方休的身体穿刺而去。

方休右眼血光盛极，嘴角狞笑乍现。面对如此恐怖的一击，他竟不闪不避，举起手中的手术刀，直直迎了上去。

一边是几十米长的巨大银色锥形尖刺，一边是不足二十厘米的小巧手术刀，双方完全不是一个量级的存在，可下一秒，令人目瞪口呆的一幕出现了。

"当！"一声巨大的金属交鸣声响起。只见那一柄短小单薄的手术刀，竟然轻而易举地挡住了几十米长的巨大银色锥形尖刺，犹如蚍蜉撼树、蚂蚁举象，让它不得寸进。

远处的王嫣然面色一僵："这不可能！竟然爆发了出如此强大的诡异力量，这根本不是一个一阶御灵师可以承受的！这股诡异力量入体后，他应该第一时间畸变成怪物才对，为什么他还不畸变？"

这时，方休动了。只见他猛地挥舞手术刀，一刀便将银色尖刺的顶部斩下，银色发丝瞬间散落一地。一刀之后又是一刀，他不断挥砍着，看那架势，似乎要将整个银色尖刺寸寸斩断。

王二妮似乎被激怒了，不断挥舞着银色尖刺，从各个方向朝方休进攻着，可换来的只是头发越来越短。

至死方休 预知

"太弱了！太弱了！"扭曲压抑的声音从方休口中传出，此时他的脸早已被黑气笼罩，显得异常扭曲，不是诡异，却胜似诡异，唯有一只血瞳散发着猩红光泽。他挥刀的速度越来越快，人几乎要逼到王二妮的身前。

"钢奴，快杀了他！"

一旁的壮汉怒吼一声，犹如猛虎一般朝方休扑来。

之前方休的速度太快，壮汉作为肉盾型选手，根本追不上他，现在方休因为要不断斩落银色发丝，速度减缓，正是机会。然而，当钢奴冲到方休身边，正要高举右拳，准备将其打到头骨开裂时，一道银光闪过，钢奴怒目圆睁，青筋暴起，浑身抽搐，仿佛遭受了极大的痛苦一般，直挺挺地倒了下去。整个过程，方休连看都没看他一眼。

"刚刚好像有什么东西过来了？"黑烟中，方休疑惑地说了一句，随即继续砍头发。

见到这一幕，王嫣然震惊得眼珠子差点掉出来。钢奴是她控制的一名御灵师，灵性点亮了百分之十五，能力是钢皮，可以让皮肤变得犹如钢铁一般坚硬，寻常招数打在他身上根本无法破防。正因如此，钢奴的防御力、生命力以及力量都是极其惊人的。当初为了奴役钢奴，她可没少费劲。没想到，方休连看都没看他一眼，随手一挥，就把钢奴解决了！

事实上，方休的能力本就专克钢奴。

钢奴是典型的肉盾型战士，防高血厚力量大。方休则是天生的刺客，攻高血薄速度快，按理说这两种人对上，应该多少会纠缠一会儿。但别忘了，方休的攻击力不是一般的强，一把手术刀无坚不摧，钢皮在手术刀面前，如同豆腐。再加上他的痛苦之力，任你血再厚，也是一击必杀。

随着方休的不断挥砍，王二妮的银发越来越短，两人之间的距离

第 9 章 胜算在我

也越发近了。这时,王二妮怒吼一声,浑身爆发出强烈的灵性波动,下一秒,大地震动,水浪拍击地面的声音不断传来。黑水河方向,一条近百米长、完全由河水凝结而成的水龙咆哮着朝方休背后扑来。

方休好似背后长了眼一般,连头都没有回,足尖轻点地面,整个人瞬间腾空,在夜空下优雅地划过一道圆弧,成功躲过水龙的攻击,从容落地。

王二妮双手一挥,水龙再度掉转方向,狠狠朝方休袭去。方休嘴角狞笑乍现,身形鬼魅一般朝水龙冲了上去。两者即将相撞之时,他轻轻一跃,险而又险地躲过了水龙的撞击,成功落到了水龙的龙头上。他脚步不停,一路狂袭,哪怕踩在水做的龙身之上,也如履平地,手中的手术刀微微一转,被他反手握住。

皎洁的月光照在手术刀之上,随着他的奔袭,在夜空中拉出一道长长的银色残影。仅仅一瞬间,他已经从龙头跑到了龙尾,而他的目标正是站在龙尾不远处的王二妮。

此时王二妮已经成了傀儡,脸上的神色并未见丝毫波动,但远处的王嫣然快要吓傻了。刚才她已经见证过手术刀的威力了,以身体强固著称的钢奴被一击秒杀,相比之下,别看王二妮是二阶御灵师,单论肉体强度,她是完全比不过钢奴的。钢奴尚且如此,王二妮一旦被近身,定然逃不过同样的结局。这是王嫣然不能接受的,这可是她刚收的傀儡,还是如此强大的傀儡,要是就这么毁在方休手里,她怕是能心疼一辈子。

而一旦最强战力王二妮被击倒,那自己也就离死不远了。所以,在方休疯狂拉近与王二妮的距离之时,王嫣然与王二妮同时出手了。

王嫣然撩起酒红色长裙,露出大腿根部绑着的一排银亮的飞刀。这些飞刀皆是用心灵之钢打造而成,虽然纯度达不到百分之百,但每一枚飞刀都至少蕴含了百分之五十的心灵之钢。

出于能力的原因，她的正面战斗一直不是很强。这些飞刀是她除了傀儡之外的唯一战力。

"嗖嗖嗖——"数道破空声响起，十几柄飞刀划着优美的弧线，在傀儡能力的控制下，分别从不同的方向朝方休射去。王二妮也在同一时间出手，银色发丝疯长，一根根钢针一般铺天盖地地朝方休扎去。

方休四周所有的空间都被锁死，来自四面八方的攻击断了他的后路，绝了他的生机。然而下一秒，神乎其技的一幕出现了。

方休动了，他的身形如鬼魅一般在狭小的空间闪转挪移，身上缠绕的黑气随之涌动，整个人化作一道黑色残影，几乎无法用肉眼看见。

一时间，所有的攻击全部落空，凌厉的飞刀、尖锐的发针，险之又险地贴着方休的身躯擦过，他仿佛能预知一般，哪怕攻击再密集，速度再快，他也能寻找到其中的间隙，优雅从容地在攻击中起舞。对于一些实在无法躲避的攻击，他也会拿起手中的手术刀，在夜幕下化作一道道银光，轻而易举地将其斩断。原本凶险到极点的战场，在这一刻仿佛化作了他一个人的舞台。

"这……这怎么可能？"这已经不是王嫣然第一次说这句话，但是她还是下意识地惊呼出来，因为方休在不断刷新她的认知。

"太慢了！二阶御灵师就只有这种程度的实力吗？"方休扭曲压抑的声音自攻击间隙中传来。

可能是觉得这样的攻击实在无聊，他一记挥砍，手术刀上顿时爆发出一道足以盖过月之光辉的夺目银光。那银光化作匹练，冲天而起，竟直接斩破了所有的攻击，劈出了一条空隙。方休如鬼魅般从空隙中闪出，再度出现时，他已经来到了王二妮的身后。

"不要！"王嫣然见到这一幕，顿时大惊失色。

第 9 章 胜算在我

方休冷冷地注视着她,狰狞一笑,随即轻轻一划。王二妮的脖颈处瞬间出现一道伤口,伤口中没有鲜血,而是密密麻麻的银发。很显然,她作为发诡的宿主,早已被其侵蚀到非人。不过,是人也好,是诡也罢,痛苦之下,众生平等。

"砰!"王二妮的身躯轰然倒地,咆哮的水龙也瞬间溃散,化作漫天雨水落向大地。飞舞的银色发丝急速收缩,变回了原状。

解决了王二妮,方休的眼中却没有丝毫的喜色,反而有些不满。

"为什么没有惨叫?没有痛苦的哀号?"下一秒,他似乎想到了什么,微微侧头,用那诡异的血瞳直勾勾地盯着王嫣然,声音扭曲且压抑道,"我知道了,因为你把她变成了傀儡。那么,只好由你来替她感受我的痛苦了。"

凄冷的月光下,浑身缠绕着黑气的方休一步步朝王嫣然走去,他的步伐很慢,但每一步都像是踩在王嫣然的心上,让她的心脏跟着莫名一紧。

此刻,王嫣然终于体会到了从天堂摔进地狱的感觉。原本获得二阶御灵师和 B 级诡异结合体傀儡的狂喜早已荡然无存,她现在只想活着。她也终于明白之前方休为什么说自己在等人了,原来对方真的一直在等,等所有幕后之人现身,然后一网打尽。

只是她到现在也想不明白,明明承受了如此强大又驳杂的诡异力量,为什么方休还能保持理智,没有畸变,这简直是天方夜谭。

见方休越来越近,王嫣然没有选择逃跑,因为她清楚地知道,在对方鬼魅般的速度之下,逃跑必死无疑,如果跪地求饶的话,或许还有一线生机。这种事她不是没干过,尤其在面对男人时这一招格外好用,毕竟没人会拒绝一个娇滴滴的美女。

当然她也碰到过意志比较坚定的男人,这种男人基本都是表面上答应要饶自己一命,实则随时准备杀死自己。不过到那时候已经晚了,因为对方早已成为她的傀儡。

"不跑吗？"方休在王嫣然身边站定，高大的身躯挡住了月光，垂下的阴影将其笼罩，身上丝丝缕缕的黑气升腾缠绕着，隐约间还能见到无数诡异嘶吼挣扎的画面。

王嫣然害怕极了，她不能确定以前那些无往不利的求饶手段对方休来说管不管用，因为眼前的这个男人和她从前认识的所有男人都不同。扑通！王嫣然那修长白皙的双腿瞬间弯折，直接跪倒在地，光洁的膝盖上立即沾满了污泥，黑与白之间的对比是那样明显。

只见她妩媚的脸上充满了恐惧，楚楚可怜，眼眶通红，似乎有晶莹的泪滴在打转："求求你不要杀我，我也是奉命行事，是光明俱乐部的会长让我来的。"

方休的嘴角勾起一抹狞笑："放心，我不会杀你，我只是想将我的痛苦注入你的体内，仅此而已。"

王嫣然微微一愣，然后连忙抓住方休的裤脚，脸上带着讨好的哀求："只要你不杀我，你怎样对我都可以。"

她昂着脖颈，表情楚楚可怜又带有一丝丝诱惑。可惜方休根本不为所动，反倒是右眼血光大盛，嘴角的笑意越发狰狞。

"这可是你说的。"说着，方休便举起了手术刀，手臂与手术刀组成的阴影打在王嫣然的脸上，像极了螳螂举起前足。

王嫣然瞬间变了脸色："不……不要，求求你不要，我知道错了，只要你不杀我，我保证让你感受到前所未有的快乐。我什么都会！一定能让你满意。不信你可以先试试，不满意的话随时杀我。"说话时，王嫣然用她那秋水般的双眸与方休对视，眼神中充满了柔情与妩媚。

曾有不少男人对她说过，她全身上下最好看的就是这双眼睛，任何男人都抵挡不了这双眼睛的注视。她相信，方休也不例外。

果不其然，在这双眼睛的注视下，方休原本狰狞的表情缓缓消

第 9 章 胜算在我

散,他身上的黑气也逐渐隐没。方休紧紧注视着王嫣然的双眸,目光中流露出一丝别样的迷恋,甚至伸出手轻抚上对方光滑的脸颊。

王嫣然瞬间心中大喜,继续发动眼神攻势,她一句话没说,因为她知道,此时无声胜有声,一切尽在不言中。

"这双眼睛……像,实在是太像了。"方休突然蹦出这样一句莫名其妙的话。

王嫣然心思敏锐,瞬间反应过来,像?像什么?青梅竹马?前女友?还是老婆?

"我的眼睛很像一个人吗?"王嫣然小心翼翼又故作懵懂地问道。

"你的眼睛和老婆实在太像了。"

王嫣然越发欣喜,她感觉自己已经成功迈出了鬼门关,还没等她高兴完,就见方休的神情陡然间发生了变化。

只见他低下头颅,俯身到王嫣然面前,一张狰狞恐怖且饱含滔天恨意的脸庞闯入王嫣然的眼帘,压抑疯狂的声音在她耳边响起:"所以你更该死!"

王嫣然看着这张脸,当场被吓傻了,脑海中不自觉地浮现出当初她还是普通人时,第一次遭遇诡异事件时的恐惧。那种无尽的恐惧让人绝望,让人崩溃,根本无法用语言去形容。而现在,她再次感受到了这种恐惧。

只是,她无论如何也想不明白,为何眼睛长得像他老婆就该死?好歹一日夫妻百日恩,有什么仇什么怨放不下,至于如此仇恨吗?果然,男人都不是什么好东西。

手术刀化作一道银光闪过,王嫣然的瞳孔不可抑制地收缩,思绪瞬间变得飘忽。方休的速度也很快,可王嫣然却觉得这个过程有些漫长,她的思绪似乎回到了她第一次经历诡异事件的时候。

那时她还只是一位普通人,被男人们众星捧月,当成公主,她可以在任何包间随便吃果盘、喝酒，不用给钱，甚至还有钱拿。可这样美好的生活在一次意外中全变了。

一天深夜，下了夜班后，她误入了一处诡域，那里没有食物，也没有出路。在那里，她碰到了许多被困的男人。人在恐惧的情况下，任何负面情绪都会被无限放大。那时的她，宛如落入狼群的羊。

不过她并没有放弃，而是在没有粮食的情况下，不断游走于各个男人之间，吃他们的余粮。最终，当众人饿到无力，开始将他人作为猎物时，体力最充足的她成功活了下来，并成功点亮灵性，成了御灵师。可能是因为长期被当成玩偶，她内心渴望有一天能成为主人，所以才觉醒了可以将他人变为傀儡的能力。

她有时也在想，如果自己大学时没那么虚荣，不去买奢侈品包包，或许就不会误入歧途，也就不会在下夜班时误入诡域……

第 10 章
银发附生

解决了王嫣然之后，方休突然听到身后传来一些异动。他回身看去，只见王二妮那银色的长发竟然自行脱落，随后如同蜘蛛一般在地上飞速爬行。

正当方休以为它要逃跑时，这银色头发竟径直奔向泥坑里的沈灵雪，并迅速附在了沈灵雪的黑发之上。如同染了色一般，那瀑布般的黑发一点点褪去黑色，逐渐转变为银色。

就在银色头发附身之时，昏迷中的沈灵雪竟然诡异地睁开了双眼，她的眼中先是闪过一丝迷茫，随即充满仇恨、愤怒……她的身体带着满身的泥泞，扭曲地站了起来。一股诡异的气息开始蔓延开来，那银色的发丝开始飘浮、狂舞！很显然，发诡的新一任宿主正在诞生。

方休鬼魅般出现在沈灵雪眼前，直接一巴掌抽了上去，快速打断施法！随着超越人体承受极限的痛苦的注入，沈灵雪双眼一翻，再度昏了过去。她再度摔倒在泥坑里，那原本飞扬的银色发丝也耷拉了下来。

银光一闪，手术刀紧贴着沈灵雪的头皮划过。银色长发瞬间被方休抓在了手中，而沈灵雪的发型也由原来的黑长直变成了寸头。

至死方休 [预知]

倒不是方休想斩断这么多，主要是沈灵雪的头发当时就只剩根部还没被污染变成银色，真要是全被污染了，他就直接给她剃光头了。

银色长发入手，犹如活着的八爪章鱼一般疯狂蠕动起来，那些发丝不断缠绕着方休的手臂，似乎想顺着手臂往他头上爬。

"想寄生我？如你所愿。"

方休笑了，直接将银色长发按在了自己的头上。头皮一阵发痒之后，他拿出手机照了照，发现自己的黑发已消失不见，取而代之的是一头瀑布般的银发。随后，他感到一股诡异邪恶的气息开始入侵自己的心灵，似乎想将自己的心灵变得扭曲。然而，他的内心毫无波澜，甚至还有点想笑。就这？

方休操控着自己那漆黑如墨的灵性发起反攻，当痛苦之力带着无尽的仇恨涌向银色长发后，它如同受到了某种惊吓一般瞬间炸毛！一时间，方休变成了爆炸头。

方休一声冷哼，银色长发瞬间回缩，并飞速变短，很快变得无比贴合，最终变成了方休原来的发型，银色也变回了黑色。

眼见终于解决了所有的敌人，方休收回手术刀，将其别在腰间，他身上的恐怖黑气和嘶吼着的诡异虚影也在这一刻缓缓散去。右眼中的血光随之隐没，变回了黑白分明的眸子，他的表情也不再狰狞，恢复了以往的平静。

下一秒，血管爆裂的声音响起，只见方休全身猛地爆出猩红的鲜血，仅仅瞬间，他就变成了一个血人，连带着骨骼也传出破碎的声音。全身各处，无不承受着巨大的痛苦，那种痛苦就好像全身被碾碎了一遍似的。

不过，这种程度的痛苦根本无法让方休的表情发生丝毫变化，他的神情依旧平静如水，仿佛什么都没有发生一般。只是，他的身体却再也支撑不住了，直挺挺地朝地上摔去。

第 10 章 银发附生

就在他的脸距离地面只有十厘米时，方休的身子竟然诡异地定住了，仿佛有什么力量拉住了他一般，而方休对此似乎早有预料。

"起来。"他命令道。

随即，神奇的一幕出现了，他的身体竟直挺挺地站了起来。如果这时有人走近去看，就会发现方休的身体上缠绕着无数纤细的发丝！没错，这是发诡的能力。

虽然方休的身体已经动不了了，但是他的头发还能动，他操控着自己的头发，将全身各个部位缠绕起来，如同制作提线木偶一般，只不过，木偶通常是由别人来操控，而他是自己操控自己。

起身之后，他再度控制头发。念动之间，只见他那满头黑发之中，竟隐秘地伸出无数根银色长发，那些银色长发如针线般狠狠扎入他的体内，开始缝补伤口以及破损的血管。仅仅片刻，方休的伤势便被控制住了。

做完这一切之后，头发依然没有停止动作，它如同一位尽职的打工人，再度分出无数发丝朝四周扩散而去。有的去搜寻可用的装备器具，有的打扫战场，收拾散落的飞刀碎片，有的则去了黑水村的废墟，翻出来不少没被烧坏的金银首饰。

这些头发韧性十足，力量也奇大无比，一根头发随便一缠绕，便能轻易卷起几十枚灵币。待清扫战场，这些头发迅速回缩，将战利品全装在了一个不知道从哪里捡来的背包中，给方休背上。

这时，又一根发丝不断伸长，钻入他的口袋，缠绕在手机之上，将手机递到了他的手里。方休开始拨打苏可欣的电话。只见他的五指上各有一根几乎看不见的银色发丝，操控着他的手指不断在屏幕上轻点，拨通电话。

"任务完成，派人来黑水村接我们，叫上医护人员。"说完，方休便挂断了电话。

至死方休 [预知]

看了看四周狼藉的战场以及自己残破的身体，他知道在最后一刻才亮出底牌，使用手术刀中的诡异力量的决定是对的。这股力量太强大，一旦使用，仿佛有无数诡异附身一般，对心灵以及身体的侵害极大，虽然他的心灵不怕侵害，但身体扛不住。

短暂的爆发之后，身体将彻底失去战斗力。如果他提前使用了这股力量，那么就算解决了诡奴也无济于事，很可能吓坏幕后之人，导致对方不敢出现，而是选择藏在暗中等着时效过去，自己的身体陷入崩溃状态时再出来，到那时，自己将任人宰割。

为了引出所有的敌人，他只能选择隐藏，等待一个一击解决所有敌人的机会。好在，他等到了。

随后，方休控制着自己的身体去找赵昊。沈灵雪是被自己弄晕的，他用了一丝超越人类所能承受的痛苦，触发了对方大脑的保护机制，俗称痛晕了，死不了。刘帅就更不用看了，完全就是失血过多晕了过去，没受什么伤。眼下，四人中唯独赵昊生死不知，他是被击飞出去的，也不知道落到了哪里。

不过方休猜测问题不大，之前赵昊展现出来的强大身体素质摆在那里，那等战力已经隐隐媲美二阶御灵师了，单挑的话，怕是沈灵雪也打不过他。如果赵昊遇到的不是二阶御灵师和B级诡异的结合体，谁胜谁负还真未可知。哪怕是方休也从未想到，原本拖油瓶一般的赵昊居然拥有这般足以越级挑战的强大能力。不过他并不羡慕，因为这能力是用赵昊平时的废物状态换的，充电一整天，续航两小时。

方休顺着树林里被撞坏的痕迹，轻而易举地找到了赵昊。此时的赵昊早已变回了原来的样子，整个人被压在几棵被破坏的大树之下，他的右腿似乎被压住了，正在那里哀号。他双眼通红，满眼泪光：

"救……救命啊！休哥！你在哪儿啊？救命啊！"

因为天色很黑，赵昊并没有看到黑暗中缓缓走来的方休，方休却

第 10 章 银发附生

通过血瞳将赵昊当前一把鼻涕一把泪的凄惨模样看了个一清二楚。

反差实在太大了，实在很难将之前那自信傲然的模样和现在这个赵昊联系在一起。如果不是知道他就是赵昊，方休都要怀疑这是不是同一个人了。

方休拿出手机看了看时间，这才十二点，还没到一点，子时还没过去，变身就解除了？看来，赵昊说的持续两个小时是在不战斗的情况下，毕竟当初他试验自己的能力时是在家里，且具体实验过程除了赵昊自己没人知道。

正在哭天喊地的赵昊突然发现，压在自己身上的树木竟发出了"咔咔"的声音，瞬间脸色苍白，浑身颤抖："不会要塌了吧！完了完了，这次死定了，我不想死啊！我还没谈过恋爱呢！"

谁料这时，黑暗中传来方休的声音："你确定？"

"当然了！我……"赵昊下意识反驳，随即一愣，而后一阵狂喜，"休哥！太好了，我就知道你一定会来救我的！休哥，我实在是太……"

"停！不利于团结的话不要说。"

随后，隆隆声响起，只见压在赵昊身上的那些树木一个个都被掀飞出去。因为有夜色的掩护，外加角度问题，所以赵昊并没有看到方休是如何清理树木的，他还以为方休用的是手。实际上，方休用的是发诡的力量。

很快，赵昊被救了出来，只不过此时他的一条腿呈不正常的扭曲状态，显然是断了。

"你的腿断了，现在不宜走动，就在这里等着吧，我已经联系了调查局，很快就会来人。"

赵昊疼得龇牙咧嘴了好一会儿才道："休哥，那银毛女解决了？"

"嗯，死了。"

赵昊顿时一脸敬佩："厉害啊，我的哥！我的'子时已到'都奈何不了她，没想到让你轻易解决了。"

"你管你的能力叫'子时已到'？"

"嗯！是不是很厉害？"

方休没有回答，但他的评价是，不怎么样。随后，他简单向赵昊解释了一下事情的后续，便原路返回去找沈灵雪他们了。等到了沈灵雪和刘帅身边，方休给了他们一人一巴掌，伴随着一丝痛苦之力的注入，成功叫醒了两人。沈灵雪断了几根肋骨，刘帅失血过多，但都问题不大。简单解释了几句后，方休便带着他们与赵昊会合，几人就地生起了火堆，开始等待调查局的救援。

只是，当火堆点起的那一刻，赵昊和刘帅两人都愣住了，目瞪口呆地看着沈灵雪。

沈灵雪眉头一皱，不悦道："都盯着我干什么，不就是有些泥吗？"

她显然还没有意识到问题的严重性，以为是自己倒在泥坑里时沾染了满身的泥泞，所以两人才会一直盯着自己看。

"不是……你的头……头发……"刘帅指着沈灵雪的寸头结结巴巴道。

"头发？"沈灵雪更加不悦了，她的头发现在肯定沾满了污泥，很难看，可谁让你说出来了？她正生气呢，一阵山风吹拂而来，沈灵雪莫名感觉头皮有些凉，她微微一愣，下意识朝头上摸去，结果摸了一个空，瀑布般的长发不见了！

沈灵雪瞬间慌了，两只手急忙朝头顶摸去，曾经柔顺的秀发现在变得扎手，好像在摸男人的寸头一般。她急忙拿出镜子一照，整个人瞬间僵住了。"咔嚓"，镜子从手上滑落，掉在地上，顿时支离破碎。与之一起破碎的，还有沈灵雪的心。空气沉寂了一秒，两秒……

"啊！"一声响彻天际的尖叫声打破了夜晚的宁静，"我头发呢？"

沈灵雪已经全然忘了自己断裂的肋骨，"噌"地一下站起来，满

第 10 章　银发附生

脸的泥泞也挡不住那滔天的怒火，因为太过激动，她的眼眶都红了，似乎已经生气到了极致，下一秒就要被气哭了。

这时，方休平静地回应道："被发诡吃了。"

沈灵雪先是微微一愣，随即再度叫喊起来："啊！"

她想要找发诡发泄心中的愤怒，但方休和她说发诡已经被解决了！看着暴怒如母老虎一般的沈灵雪，刘帅和赵昊瑟瑟发抖，谁也不敢开口说一句话。谁料这时，沈灵雪突然一言不发地跑了，两人面面相觑。

良久之后，刘帅才问道："你们说，她不会是想不开去寻短见了吧？"

赵昊大吃一惊："不至于吧？头发而已，多大点事啊？没了还能再长出来，这用得着自杀啊？"

刘帅却摇了摇头："你不懂头发对女人的重要性，我有一次去理发店理发，看见一个小姑娘蹲在店门口哭，我过去一问原因，你猜怎么着？就因为理发师多给她剪了两剪子，把她的披肩长发剪成了齐耳短发，这小姑娘就在理发店门口哭了整整一个下午，最后哭得老板实在没法做生意了，不仅没收钱，还给人家重新接了假发，这才算完。"

"这么严重？那要不要去看看她，万一她真的想不开呢？"

"你说得不错，确实应该去看看她，现在是她最脆弱的时候，网上说，女生脆弱的时候，最容易乘虚而入。"

听了刘帅的一番话，赵昊瞬间心动了，只可惜他腿断了，心动却无法行动。他咬了咬牙，道："帅哥，要不你扶我过去吧。"

刘帅白了他一眼，讥讽道："呦，现在知道叫'帅哥'了，想美事去吧！"说着，刘帅起身，脚步虚浮地朝沈灵雪的方向追去。

赵昊顿时急了，奈何身体不允许他有所动作！片刻后，不远处的树林中响起了几声惨绝人寰的叫声。不多时，胖子的身形闪现在了火堆旁。此时的胖子鼻青脸肿的，似乎比之前又胖了一圈："哎哟，疼死我了！我好心安慰她，她居然打我！"

赵昊看着胖子的惨状，强忍着笑意："你怎么安慰的？"

"我就正常安慰啊！我说'灵雪啊，就算你没有头发也一样好看，我看大街上好多有头发的，还不如你没头发好看呢。再说了，没头发怎么了？正好省得每天洗了。'"

听完这段话，赵昊直接竖起了大拇指："活该被打。"

胖子微微一愣："为什么这么说？我安慰得有毛病吗？"

"当然有毛病，毛病大了，我虽然没谈过女朋友，但我好歹知道安慰人时不能总揭人家伤疤，你自己算算，你这段安慰的话，一共说了沈灵雪几次没头发？"

胖子略微一数，本就因为失血过多而苍白的脸色更白了："完了完了，这下彻底没机会了。"

看着胖子一脸沮丧，赵昊立刻精神抖擞起来，满脸幸灾乐祸。

方休完全无视了两人之间的废话，他的关注点全在胖子的"闪现"上，如果他刚刚感知得没错的话，胖子是从一米开外瞬移过来的。

"胖子，你刚才瞬移了多远？"方休突然问道。

胖子微微一愣："跟原来……"他突然愣住了，随即一阵狂喜，"我刚刚瞬移了一米！"

他又赶紧检查了自己的灵性，脸上的喜色越发浓郁："百分之五！我的灵性居然点亮到了百分之五！我原来才百分之二啊！这就是 B 级诡异的威力吗？直接提升三个百分点！怪不得以往副队长带队执行 B 级任务时，那么多人抢着去，原来 B 级任务这么香啊！"

"副队长？为什么不是杨队长？"赵昊好奇地问道。

胖子嫌弃地看了他一眼道："谁愿意和队长那个坑货一起出任务

第 10 章　银发附生

啊？好处全是他的，倒霉事全是自己的。"

"啊？"赵昊微微一愣，"杨队长有那么坏吗？我看他不像是那种贪墨功劳的人啊。"

"你傻啊，谁说杨队长人不行了，你忘了他的能力了？他的能力是幸运，你和他在一起，肯定所有的好事都往他身上凑啊，剩下的可不就只有倒霉了。"

"你这么一说，我感觉队长很像龙傲天小说里的主角，到哪儿都有奇遇，但身边的人一个比一个惨，师兄弟、亲人、宗门、家族……"说到这儿，赵昊悚然一惊，"那我们和他是同事，会不会也跟着倒霉啊？这放在玄幻小说中那我们就是同门师兄弟啊，我们早晚会因他被灭门，然后他再给我们报仇……"

"行了行了，别鬼扯了，没那么邪乎，顶多就是吃方便面没有调料包，上厕所玩手机结果手机掉马桶里，开易拉罐拽掉拉环……而已。"

赵昊的脸色瞬间苍白："我看我以后还是离队长远点吧。"

"哎对了，休哥、日天，你们的灵性都增长了多少？"胖子好奇地问道。

"百分之五。"方休平静地道。

"和我一样吗？那你呢，日天？"胖子并未对方休的话产生怀疑，毕竟大家经历的是同一场诡异事件。自己是由百分之二到达百分之五，那休哥从百分之一到百分之五，等于也就比自己多增长了百分之一，这倒也应该，毕竟人家一直在战斗。

只是，胖子不知道的是，方休说的百分之五，是增长了百分之五，而非他的灵性就是百分之五。黑水村一战，方休动用了手术刀中的诡异力量，最后还收复了发诡，两者加持之下，让他的灵性暴增百分之五，已经达到了点亮百分之十！

要知道灵性的点亮是越往后越难，且百分之十是一个小的临界点，

至死方休 预知

是划分新人御灵师与资深御灵师的界限,用玄幻小说中的话来说,相当于突破了一个小境界,身体的潜能被更多地开发,五感也更加灵敏,整体实力都会有不小的提升。

也难怪平日里沈灵雪总以资深御灵师自居,新人御灵师和资深御灵师之间确实有差距。这种差距不仅体现在身体素质和五感上,更多的是在使用能力的持久性上。新人御灵师因为灵性太少,能力往往用不了几次,灵性便枯竭了。

这种感觉方休体验过好多次了,最开始对付女医师时,甚至仅仅一拳,便将灵性消耗了个干净,痛苦之力根本不够用。但灵性点亮百分之十后,他对于痛苦之力的使用越发游刃有余,起码不至于出现一记普通攻击就耗干灵性的尴尬情况。

其实,如果换一个人来经历这场战斗,那他的提升绝对远远不止百分之五,毕竟先是被手术刀中无数诡异力量侵蚀,又被一个B级诡异附了身,注意,是附身。普通御灵师基本都是通过与诡异战斗,在生死之间被动吸收诡异力量继而点亮灵性的。但很明显,附身要比战斗带来的接触更加明显且持久,受到的诡异力量的侵染也会更多。两者加持之下,灵性在原有基础上增长百分之十五都不在话下。

方休仅增长了百分之五,是因为他的心灵不同于常人,多次的死亡让他的心灵不断蜕变,已经超越了普通人。好比玄幻小说中的丹田,普通人的丹田容量仅有一百,天才的丹田容量可以达到一千,放在方休身上,相当于丹田容量至少破万,同等量的内力进入丹田后,只有他的占百分比最少。

这也是当初他吞噬了林子阳的灵性后,灵性仅达到了百分之五的原因。要知道林子阳可是一个点亮了百分之二十灵性的御灵师,属于一阶御灵师中最强的那一批,即使畸变过程中有损耗,也不会只剩这么点。

第10章 银发附生

"我也是百分之五!"赵昊兴奋道。

胖子微微诧异,不过很快释然,毕竟赵昊变身之后也正面战斗了许久,由百分之一增长到百分之五倒也正常。虽然每个人的心灵各有不同,但是普通人与普通人之间属于大同小异,胖子便默认他的百分之五约等于方休和赵昊的百分之五。不过其中到底有多少水分,没人知道。

随后,赵昊与刘帅兴奋地闲聊起来,开始大吹特吹,一个吹自己子时无敌,一个吹自己无限瞬移,越吹越兴奋,吹到后来,连队长杨明都不放在眼里了。赵昊更是直言:"不是我吹,真要到了子时,哼哼……队长之下我无敌,队长之上一换一!"

方休并没有参与,而是默默地在一旁与自己的头发沟通。

之前他掌控发诡时,隐约从发诡中提取到了一些模糊的记忆碎片,只不过当时没有时间,所以一直没查看,现在闲着也是闲着,正好看看。

当他将那些记忆碎片吸纳进自己的心灵之后,脑海中顿时浮现出一幅幅支离破碎的画面。他看到了王二妮的黑发时期,看到她和一名同龄的美丽女子嬉闹玩耍,看到这名美丽女子被村民们逼得跳河自杀,看到王二妮在黑水河边哭,强烈的负面情绪引来了发诡……

通过这些画面,不难猜出王二妮的经历——好姐妹因为某种原因被村民逼到跳河,然后王二妮获得发诡的帮助,杀光了整个黑水村的村民报仇,一个逻辑清晰且十分简单的复仇故事。然而,当方休真正看完部记忆后,他笑了,方休终于明白为何发诡会选王二妮当宿主了。

王二妮出生在黑水村,父母早亡,是个孤儿,再加上脸上有大块胎记,相貌丑陋,所以从小便遭受歧视,没有同龄人愿和她玩耍。这种情况持续到记忆中那个美丽女子的到来。那个美丽女子就是河底的女尸,名叫林梦溪。

单听名字就知道,林梦溪不是黑水村的村民,她是被拐来的,被卖给了村主任的孙子王富贵当媳妇。来到黑水村之后,她受了不少苦,多次想要逃跑,但在这里,她怎么可能跑得过土生土长的山里人?所以每一次都被抓了回来,然后遭受虐待。但她始终没有放弃,也正因为不放弃,她处处受人白眼,被人排挤。

机缘巧合之下,两个同样被排斥的人走到了一起,林梦溪与王二妮成了好朋友。林梦溪不嫌弃王二妮丑陋,她认为王二妮的心灵是美的,比那些村民强一百倍。王二妮也很高兴,因为这是她从小到大唯一的朋友,她很重视这个朋友,将对方看得比自己的命都重。

时间就这样过去了一年,这一年间,林梦溪好几次怀孕,但都被她打掉了。值得一提的是,黑水村中没有诊所,更加没有避孕药,就算有,也不会有人卖给她。

有一天,林梦溪告诉王二妮,她已经摸清了逃跑路线,希望王二妮在她逃跑时帮忙放一把火,吸引村民的注意。王二妮问她为什么一定要逃走,她说山的外面有她的家人、朋友,所以她必须逃出去。但王二妮想的是,山外面的人是朋友,那山里面的我呢?她开始怀疑,怀疑两人之间的友谊,怀疑林梦溪和村里人一样看不起自己,只是为了摸清逃跑路线以及让自己帮忙打掩护,这才和自己交朋友。

那一天,王二妮面对林梦溪的恳求,答应了下来。林梦溪笑得很开心,那是王二妮认识她以来,第一次见到她笑得如此开心。

当晚,林梦溪面对王富贵的索求格外配合,王富贵天真地以为她是认命了,所以很是激动,累到精疲力竭。待王富贵睡下,林梦溪逃跑了。

村里有许多人家养狗,还有人巡夜,防止野兽入村,所以必须有一场大火配合。然而,本应该帮忙放火的王二妮却偷偷跑到村主任家

第 10 章 银发附生

里,将林梦溪要逃跑的事情告诉了村主任。王二妮的想法很简单,那就是无论如何她都不能失去林梦溪这个唯一的朋友,她只想永远将林梦溪留在身边。

当然,王二妮也不是傻子,她嘱咐村主任不要说出去是自己告的密,并向村主任保证自己以后会继续当间谍,如果林梦溪再计划逃跑,她还来告密。村主任欣然答应了她,然后带着村民们和猎犬去搜寻林梦溪。

还未跑远的林梦溪见到村里亮起的无数火把,便知道事情败露了。她也知道自己很快就会被抓回去,然后遭受囚禁虐待。她更知道,村里人之所以能够如此快速地反应过来追寻自己,一定是她最好的朋友告了密。双重打击之下,林梦溪只感觉自己很累,非常累,她再也撑不下去了,最终选择了跳进黑水河。

得知林梦溪死了之后,王二妮彻底崩溃了,她从不认为自己有错,她只是想让林梦溪永远留在自己身边,这有什么错?那谁错了?只能是黑水村的村民错了。是他们逼死了林梦溪!所以他们该死!

如此扭曲的心灵引起了发诡的注意,王二妮就这样成了发诡的宿主。在发诡的刺激下,她顺理成章地成了御灵师。

因为发诡是附身类诡异,所以它的力量持续不断地侵染着王二妮的心灵,她的灵性飞速增长的同时,本就扭曲的心灵也越发扭曲,最终,她彻底变成了一个不人不诡的怪物。变成怪物之后,灵性的增长似乎没有了限制,她不需要再像寻常御灵师那般不断经历生死,不断寻求刺激,就这样,在发诡的帮助下,她成功晋升为二阶御灵师。之后就是一场屠杀全村的戏码,可屠戮之后,她又觉得孤独,所以将村民们全部变成了诡奴。

这便是王二妮的一生。

看完她的一生,方休对于御灵师群体越发感兴趣。利用诡异的力

至死方休 预知

量去对付诡异？随着实力的增强，御灵师会越陷越深，如果灵性达到百分之百会怎么样？会不会直接变成诡异？或者……御灵师的尽头本就是诡异？

人类御灵师的灵性增长速度缓慢，但如王二妮这般，越像诡异，灵性增长的速度却越快，是否恰恰证明了这一点？如果这就是御灵师的真相，那这个真相对于人类来说，实在太过令人绝望。

不过，这一切都与方休无关。他不在乎诡异究竟是什么，也不在乎谁是诡异，他只知道，自己与诡异之间，只能活一个。不巧的是，他不会死。

不知过了多久，沈灵雪回来了，回来时，她的头上戴着一顶不知从哪儿捡来的帽子，脏兮兮的，还被烧焦了一半。这帽子破烂到就算捡破烂的人都不会去捡的地步，可沈灵雪却一直戴着。

又过了不知多久，调查局的救援小队终于到了，一行人在救援小队的帮助下，成功离开了黑水村。

调查局，局长办公室。

"什么？你说他们全员受了重伤？那方休呢？方休没事吧？"王德海震惊地听着手下的汇报，在听到方休并无大碍之后，这才稍稍松了一口气，"到底是怎么回事？有沈灵雪这名资深御灵师带队执行一个D级任务，也能全员受重伤？"

手下面露为难之色："王局，具体的情况还不得而知，毕竟他们都受了伤，正在接受治疗，我也没细问。受伤最轻的是沈调查员，只不过，沈调查员虽然身体无大碍，但心灵上似乎受到了不小的创伤，不愿回答我的问题，只简单包扎了一下就匆匆回家了。"

王德海的面色微微凝重："小沈是资深调查员，也经历过多次诡异事件，居然连她都遭受了心灵创伤，那这次事件恐怕很严重。"

第 10 章　银发附生

手下吞吞吐吐："可能和诡异事件关系不大，主要是……主要是沈调查员的头发好像没了。"

王德海一阵愕然："你说什么？小沈秃了？怎么好端端的就秃了？算了，问你也问不出什么，人没事就行，先让他们好好休养，明天我再去看看。"

到了第二天，躺在病床上的方休刚刚睡醒，便见王德海急匆匆地来了。

见到全身缠满纱布的方休，王德海的脸上顿时流露出一抹关心之色，他快步上前道："哎哎，别起来，你是伤员，咱调查局没那么多虚礼，快躺……"

王德海话还未说完，只见方休早已下了床，平静地看了他一眼，随即转身进了洗手间，王德海原本伸出的双手顿时僵在原地。

呼！不生气，我不生气，御灵师嘛，都这样，习惯了。一番心理建设之后，王德海似乎又恢复了身为局长的稳重。方休从洗手间走了出来，他先是简单讲了几点，关心了一下方休的身体状况，之后才开始询问黑水村的事情经过。

方休并没有隐瞒，直接将王二妮、发诡以及傀儡师王嫣然的事情说了出来。王德海的脸色是越听越凝重，尤其在听到光明俱乐部之后，脸上罕见地浮现出一抹怒火。

"什么？光明俱乐部的人居然敢公然对调查局下手？他们想干什么，要造反吗？

"什么？你说是你抢他们诡器在先？哦，那没事了。

"什么？你动用了诡器的力量？心灵污染程度怎么样？小林！赶紧去局里调一根灵香，不，两根。"

不多时，方休便收获了两根灵香，外加三千灵币。

发诡属于 B 级诡异，解决 B 级诡异的奖励是一千灵币，而方休的特权是奖励翻倍,也就是说他能获得两千灵币,由于黑水村事件并不是单一的诡异事件,还涉及二阶御灵师以及民间势力,所以方休最后获得了三千灵币的奖励。

灵香的价值很高,一根的官价在一百灵币左右,如果放到黑市上去卖,价格还会翻好几倍。这东西是救命的东西,一旦碰到快要灵性失控的御灵师,对方就算是倾家荡产也会来买上一根的。

这次,调查局的奖励再加上从王嫣然身上获取的战利品,方休可以说是一夜暴富。

"方休,光明俱乐部的事我一定给你一个交代,不过现在副队长白齐重伤未愈,队长杨明又有任务在身,需要再过段时间,到时我一定派他们亲自去光明俱乐部走一趟。"

方休点了点头,心中并未在意王德海的话。

"这段时间你什么都不要做,安心养伤,我已经从局里调出了几支细胞修复液,打上几针,保你一周之后痊愈出院。这次黑水村事件的档案已经更新了,等级B+,代号更新为'发诡',这些都会记录在你们的档案里,是你们的荣誉,以后会跟你们一辈子。调查局绝对不会忘记任何一个英雄。一定记得好好休养,没事打打游戏、看看动漫,总之,怎么轻松娱乐怎么来。"

王德海说完,似乎怕引起误会,又连忙解释道:"你别误会,这次诡异事件后,你们几人的灵性增长得太快,虽然看上去是件好事,但是长久来看也是一种隐患。灵性在短时间内暴涨,意味着心灵中积蓄了大量诡异力量,增加了灵性失控的风险,用你们年轻人的话说,就是修炼得太快,容易走火入魔,出现后遗症。"

听到"走火入魔"这几个字,方休并没有什么反应。好在王德海也习惯了御灵师们的怪异,又尬聊了几句就走了。

他走后没多久,挂着拐杖,脚上还打着石膏的赵昊就眉飞色舞地

第10章 银发附生

进来了:"休哥,你是没看见啊,刚才给我输液的那个小护士有多俊!为了和她多待一会儿,我故意乱动了好几次。"

方休默默看了看赵昊满手背的针眼。以前的赵昊虽然变态,但也不至于这么变态。

随后,赵昊又贼兮兮地拿出了小半截灵香,那是一根小拇指粗细、通体暗红色的香。

"休哥,刚刚王局给了我们三个人一根灵香,我们一人三分之一,说是咱们灵性增长太快,容易有后遗症,不过我觉得他有点小题大做了,哪有那么夸张?我感觉我好着呢。嘿嘿,听说这灵香不便宜,我想着给它卖了,然后换成钱,去提一辆跑车,你觉得怎么样?"

"我建议你还是自己留着吧。"方休微微摇头,赵昊的症状确实比原来严重了。

"对了,休哥,你有灵香吗?那一根灵香就分成了三份,给了我们仨,你是不是没有啊?你要是没有,那我这根给你吧。"

"不用了,我也有。"还是两根。当然,后面这句话方休并没有说,这种事没什么好显摆的。

"我就说嘛,这次能活下来全靠休哥,你怎么可能没有灵香?不过休哥,要不你还是拿着我这根吧,我听说使用诡器会加重心灵污染,你别不够用。"赵昊突然贼兮兮小声说道,"其实刚刚我偷偷点燃了灵香,这灵香根本就不适合我。点燃灵香的感觉太难受了,好像整个人的心都空了,进入了贤者时间,感觉什么都没意思,就连护士小姐姐过来给我扎针我都没感觉了。"

赵昊似乎生怕方休不信,竟拿出打火机又点燃了灵香。片刻后,灵香散发的烟开始在病房里飘散,随着两人的呼吸,钻入两人的鼻腔。味道有些呛,而随着灵香入体,赵昊的表情开始逐渐变得祥和平静,有些生无可恋的意思。

至死方休 预知

方休皱起了眉头。他感觉自己的心灵中仿佛有二十个老和尚在围着自己念经敲木鱼，劝自己放下仇恨，这让他越发烦躁："行了，掐了吧。"

赵昊掐灭了灵香，很快又眉飞色舞起来："怎么样，休哥，我没骗你吧？这灵香真不是什么好东西，点燃了它好像整个人生都失去了乐趣。"

方休点了点头，表示认同。这灵香确实不怎么样，看来得找个机会将灵香全卖了。另外，已经可以着手考虑青山精神病院的事情了，他一直很在意院长周清风留下的东西。

这个世界的真相到底是什么？他刚来到这个平行时空时天花板上的血字是谁写的？太多的谜团没搞清。以前的他实力太弱，没有资格知道这些秘密，现在，他已经初步具备自保之力，可以准备接触了。

（未完待续）

番外

沈灵雪

第一次回眸——

夏国,全球诡异事件联合调查战略防御攻击与后勤保障局绿藤市分局。此时的绿藤市调查局门口站满了人,局长王德海正带领着一众调查局成员为方休等人送行。

"王局,不就是去个总部吗,怎么你还亲自送我啊?这多不好意思。"杨明咧着嘴笑道。

王德海脸一黑,没好气道:"我是为了送你吗?我是专程来送方休的。"

说话间,他将目光移向人群中那位始终面色平静的青年身上。

青年一袭黑色特战服,身姿挺拔如松,他静静地站在那里,仿佛与周围的喧嚣完全隔绝。

"方休,你是解决 S 级梦魇事件的功臣,为咱们绿藤市调查局长了脸,这次去总部参加培训,一定要好好表现,未来是你们年轻人的!"

方休平静地点了点头,并未言语。

王德海早已习惯了对方的冷漠,也不在意,依旧满脸热情地继续嘱咐着。

至死方休 预知

突然,方休感觉到有一道异样的目光从调查局办公楼的三楼投来。他蓦然回首,看向三楼处的窗户,一道倩影一闪而过。

三楼办公室中,沈灵雪慌乱地躲在窗帘后面,避开了方休的目光。

"姐姐,你为什么不去送送预言家哥哥?"一个小男孩疑惑地看着沈灵雪。

"预言家哥哥打败了梦魇,拯救了绿藤市,也救了我,他是大英雄,我们应该去送送他的。"小男孩认真道。

沈灵雪抿着嘴唇,脸上闪过一抹犹豫,可最终还是没有鼓起勇气。她摇了摇头:"有那么多人送他呢,不差我一个。"

小男孩眼中闪过一抹疑惑:"可是你明明一大早就起床了,还穿了新衣服,化了妆,难道不是为了给预言家哥哥送行吗?"

沈灵雪笑了笑,笑容中却夹杂着一丝苦涩:"也许……他并不想看见我。"

窗外响起了杨明的大嗓门:"休哥,咱们怎么去总部啊?要不坐调查局的专机?"

"坐高铁。"平静低沉的声音飘过人群,穿过翠绿葱郁的树叶,爬上三楼,最终落在沈灵雪的耳中。

而沈灵雪怎么也没不会想到,这将是未来的人生里,她距离方休最近的一次。

有些人,一旦错过,就是一辈子;有些话,一旦咽下,就成了一生的遗憾。

第二次回眸——

诡异!密密麻麻的蛇虫诡异如潮水般朝绿藤市涌来,无数荷枪实弹的士兵怒吼着开枪,灵性子弹在黑暗中交织成一道道火力网,疯狂绞杀着诡异。

番外　沈灵雪

此时已至人类生死存亡之际，因为……彼岸入侵了。

不单单是绿藤市，全世界都陷入了战火之中。

绿藤市调查局队长沈灵雪，身穿黑色特战服，双手操控着璀璨的火焰，宛若火焰女神般轰击着四周的诡异。

已经晋升为三阶御灵师的她，拥有的还是大范围的火焰能力，战斗起来爆发出的破坏力十分惊人。只不过四周的诡异实在是太多了，仿佛无穷无尽。

身边的战友一个接一个倒下，但没有人逃跑，只有死战！因为这是属于全人类的战斗，任何人都无法逃避。而他们的战斗，不过是无数战场上一个很小的部分。

"沈队长，兄弟们都快撑不住了，你说人类还有未来吗？"

沈灵雪脸色苍白，因为脱力的缘故，身形有些摇摇欲坠，但她依旧咬牙坚持着："有！一定有！别忘了，夏国还有预言家在！"

"预言家"三个字仿佛带有某种神奇的魔力，为这些直面死亡的战士重新注入了力量，那力量名为"希望"！

沈灵雪脑海中浮现出一道平静的身影，她坚信，只要那个男人还在，人类的未来就在！

这时，漆黑如墨的苍穹之上，突然出现了一道画面。

"那是……"有人惊呼，"是万壑龙关！是预言家！"

沈灵雪猛地抬头，一双美眸中满是震惊，她从画面中看到了万壑龙关，也看到了正在上空战斗的预言家——是方休！

预言家的出现让绿藤市的士兵以及御灵师们精神一振，他们爆发出更大的力量，不断绞杀着诡异，誓要与预言家并肩作战！

一天、两天、三天……无休止的战斗还在继续。沈灵雪的队友们从激动到怀疑，再到绝望、麻木。

"人类真的能赢吗？"

至死方休 预知

"预言家,你说的未来在哪儿?为什么我看不到啊?"

浑身是血的沈灵雪双目通红,看着一位位惨死的战士以及即将崩溃的队友,她死死咬住牙关,不让眼泪流下。

她知道,自己绝不能崩溃,因为她是绿藤市调查局的队长,承担着守护整个绿藤市的责任,若连她也放弃了,那绿藤市将彻底毁灭。

一念至此,她不由抬头看向空中,看向那位身穿总队长服饰的青年。

"你又在承受着多大的压力呢?"

一滴泪水无声滑落。

这时,画面中忽然传来方休平静的声音,熟悉却又陌生,在沈灵雪耳边不断回荡。

"我是预言家方休,所有夏国的子民听着!我已经从未来中看到了拯救夏国的方法——唤醒万壑龙关!"

方休的声音犹如黑暗中一抹星星之火。在他的号召下,沈灵雪立刻组织残存的人开始唤醒万壑龙关。

他们虔诚的祈祷,祈祷奇迹降临,祈祷万壑龙关醒来。沈灵雪也同样如此,只不过她的祈祷多了一句——希望方休平安。

万众一心,在的祈祷中,万壑龙关真的醒来了,它化作一条绵延万里的神龙,将无穷无尽的诡异抵挡在外。可惜好景不长,神龙身上的金光很快便变得暗淡,仿佛要消散一般。

危难之际,方休再次力挽狂澜,他平静的声音响彻天地:"受命于天,既寿永昌!以预言家之名,万壑龙关——醒来!"

"嗷!"神龙重新翱翔于九天之上,亿万道璀璨金光刺破阴霾,肆虐的诡异顷刻间化为灰烬。

"我们……赢了!"

"预言家万岁!"

番外 沈灵雪

整个绿藤市的人们都激动得热泪盈眶,他们相拥而泣,不断高呼着"预言家万岁",哪怕嗓子嘶哑也没有停下。

沈灵雪看着被拯救的人们,开心地抹着眼泪,只是眼泪却越擦越多。她看向那个被万民瞩目的男人,任由泪水模糊了双眼。

而男人好像也在透过画面看着她。

第三次回眸——

百年后,一道宛如神祇的身影屹立在上空。

狂风吹拂下,黑袍猎猎作响,银色长发随风飘荡,双眸一银一红,光芒炽盛,仿佛能洞彻天地,探照九幽。

他俯瞰着夏国,平静的声音犹如天帝敕令,响彻天地。

"沉睡于上个时代的夏国子民,你们的预言家……回来了!"

时间波动席卷天地,夏国的每一寸土地皆被时间笼罩,掩埋于上个时代的人们在时空之力的影响下开始苏醒。

此时,一位白发苍苍、满脸皱纹的老奶奶正在打扫她弟弟的坟墓。当她听到方休的声音时,浑浊苍老的眼睛猛地看向苍穹之上的身影,激动到落泪,手中的扫帚不知何时早已掉落在地。

"他回来了,他真的回来,我就知道……我就知道……"

这时,她身后突然出现异动,一个男子从坟墓中爬出,双目茫然。

"你是……姐姐?"

老奶奶瞬间泣不成声,步履蹒跚地来到男子的身前,颤抖着道:"是我……是我……"

"可是……我不是死了吗?"

"你被预言家复活了,他回来了,他说过的,百年之后归来,他真的回来了!"

两人相拥而泣。良久之后,男子问道:"姐姐,你还不去见他吗?"

至死方休 预知

老奶奶微笑摇头:"不去了,一百年过去了,他说不定早就忘了我。"

男子有些激动:"可是你等了他一辈子啊。"

老奶奶抬头看了一眼苍穹之上容颜未改的方休,嘴角的笑容多了一抹释然:"我已经老了,我不想让他看到我现在的样子,我更希望,停留在他的记忆中的永远是曾经那个年轻漂亮的沈灵雪。只要能像现在这样,远远地看上他一眼,一眼就好……"

泪水模糊了视线,恍惚间,那个曾经魂牵梦绕的身影好像也看向了她。